조선에서 온 붉은 승려

## 조선에서 온 붉은 승려

지은이_ 정찬주

1판 1쇄 인쇄_ 2013. 9. 25.
1판 1쇄 발행_ 2013. 9. 30.

발행처_ 김영사
발행인_ 박은주

등록번호_ 제406-2003-036호
등록일자_ 1979. 5. 17.

경기도 파주시 문발동 출판단지 515-1 우편번호 413-756
마케팅부 031) 955-3100, 편집부 031) 955-3250, 팩시밀리 031) 955-3111

저작권자 ⓒ 정찬주, 2013

이 책은 저작권법에 의해 보호를 받는 저작물이므로
저자와 출판사의 허락 없이 내용의 일부를 인용하거나 발췌하는 것을 금합니다.

값은 뒤표지에 있습니다.
ISBN 978-89-349-6455-1  03810

독자 의견 전화_ 031) 955-3200
홈페이지_ www.gimmyoung.com
이메일_ bestbook@gimmyoung.com

좋은 독자가 좋은 책을 만듭니다.
김영사는 독자 여러분의 의견에 항상 귀 기울이고 있습니다.

# 조선에서 온
# 붉은 승려

정찬주 장편소설

김영사

"내게 가장 큰 영향을 준 사람은
금강산에 온 붉은 승려 김성숙이었다"

_《아리랑》의 혁명가 김산(장지락)

차례

1 　쓸쓸한 죽음 10 ｜ 비를 피하는 집 17 ｜ 화장하지 말라 24

2 　용문사 빗자루 34 ｜ 지피지기 42 ｜ 사람이 하늘이다 50
　　서대문형무소 58 ｜ 벙거지와 누비장삼 66

3 　화택세상 76 ｜ 운허와 태허 85 ｜ 금강산 92

4 　베이징 유학 102 ｜ 분노 110 ｜ 젊은 지도자 118
　　폭탄이 되라 127 ｜ 조선의열단 137

5 　혁명의 땅 148 ｜ 황포군관학교 156 ｜ 중산대학 166
　　생무 175 ｜ 혁명과 사랑 184

| 6 | 이육사 첫 시 196 | 조선인 전사들 204 | 하지 못한 키스 212 |

| 7 | 결혼 222 | 젊은 손님 229 | 이별 237
민족, 그리고 민족 245

| 8 | 연극 〈안중근〉 254 | 연날리기 263 | 해방 전후 271

| 9 | 폭설 280 | 꿈 287


작가후기 | 295
참고문헌 | 299

조선에서 온 붉은 승려

# 1

### 쓸쓸한 죽음

1969년 4월.

산골짜기를 흐르는 계곡물이 간밤에 내린 가랑비로 부풀어 있었다. 바위덩어리에 부딪치는 물줄기는 기세등등하게 튀어 올랐다. 60대 중반으로 보이는 노신사가 여관 앞으로 흐르는 계곡물에 얼굴을 훔쳤다. 4월 초순의 봄이었지만 계곡물은 아직 겨울의 체온이었다. 노신사는 간밤 서울에 사는 후배 시인들과 마신 술로 대취했음에도 일찍 일어나 연거푸 찬물을 얼굴에 뿌렸다.

소쩍새가 피울음을 쏟아내듯 길게 울었다. 소쩍새는 날카로운 부리로 노신사의 등짝을 쪼며 비통한 소리를 냈다. 방은 어느새 젊은 시인들이 어지럽게 비운 술병들이 다 치워지고 없었다. 시인들은 간밤에 하나둘 감쪽같이 사라졌지만 빈 술병들은 노신사 곁에서 뒹굴었던 것이다.

어젯밤에 한 시인이 가지고 온 석간신문은 여전히 책상 위에 놓여 있었다. 좀 전에 노신사가 정치면에서 사회면으로 넘기다 말고 놀란 채 놓아버렸던 신문이었다. 노신사가 하룻밤을 묵고 있는 곳은 자하문 밖에 있는 세검정 여관이었다. 여관 이름대로 세검정 골짜기의 가정집을 개조해 영업하는 객실이 서너 개뿐인 단출한 여관이었다. 여관은 숙박비가 저렴하여 가난한 시인들이 시회詩會를 자주 여는 장소이기도 하였다. 노신사는 안경을 벗고 손수건으로 두 눈가를 닦았다. 골짜기의 찬 계곡물로 솟구치는 감정을 억제했는데도 눈물이 멈추지 않았다.

'운암雲岩 선배가 이렇게 허무하게 가시다니.'

노신사는 다섯 살 위인 운암의 생애가 가련하여 견딜 수 없었다. 무엇보다 운암과 다시 만날 수 없다고 생각하니 억울했다. 기이한 인연이었다. 바로 10년 전에 이 세검정 여관에서 후배들 몇몇이서 회갑연을 열어주었는데 똑같은 장소에서 부고를 접하다니 심장이 졸아드는 것처럼 아팠다. 노신사는 심장이 위치한 자신의 가슴을 문질렀다. 노신사가 운암을 마음속으로 흠모했던 까닭은 그의 바다와 같은 포용력 때문이었다. 노신사가 1960년 3월 부정선거를 획책한 이승만 대통령을 변호하는 듯한 발언을 하여 정치적으로 생애 최대의 곤경에 빠졌을 때 운암은 등 돌리지 않고 그를 찾아와 지인들에게 용서를 구하라고 타일렀으며, 한 번의 실언으로 일제강점기 때 감옥에 갇혔던 항일의 이력이 묻혀서는 안 된다고 충고했던 것이다.

골짜기에 자리한 여관은 주변의 풍치와 달리 칙칙했다. 환한 산봉우리보다 아침햇살이 늦었다. 여관방도 어둑하여 신문을 보려면 고개를 들이밀어야 했다. 노신사는 신문을 들었다가 다시 놓았다.

소쩍새가 여관 가까운 숲까지 내려와 울었다. 운암의 외로운 넋인 듯 노신사를 우울하게 했다. 노신사는 허리를 곧추세우고 두 손으로 신문을 폈다. 운암의 현실을 있는 그대로 받아들이기로 했다. 노신사는 신문의 사회면 톱기사를 다시 읽어내려갔다.

### 쓸쓸히 간 임정요인, 애국지사 고故 김성숙 옹

항일독립투쟁의 가시밭길을 걸어온 노애국지사 김성숙 옹은 가난에 시달려 중태에 이르도록 제대로 치료조차 받지 못한 채 쓸쓸히 이승을 떠났다. 그가 숨을 거둔 뒤에도 가난의 그림자는 이내 가시지 않아 퇴원비가 마련되는 여섯 시간 동안 김옹의 유해는 병원을 떠나지 못했다.

지난 12일 오전 10시 성요셉병원(서울시 서대문구 중림동 149)에서 만성기관지염으로 숨을 거둔 임시정부요인 김옹의 임종을 지켜본 유족들은 눈물을 흘릴 겨를도 없이 모자란 퇴원비 1만 1천 원을 주선하기 위해 거리에 나서야 했다. 가까스로 이 돈을 마련한 것은 김옹이 숨진 지 6시간 뒤, 유해를 안고 병원을 나선 유족들은 그제야 외로운 고인의 죽음과 가난 앞에 북받치는 설움으로 목 놓아 울었다.

조국의 광복을 위해 평생을 바친 김옹의 만년은 너무나도 가난했고 고생스러웠다. 서울 성동구 구의동 236의 6에 있는 그의 집은 대지 20평에 건평 11평의 소옥, 이 집이 김옹이 남기고 간 유일한 유산이었다. 이것도 6년 전, 10년 동안이나 셋방살이에 허덕이는 김옹을 위해 친지들이 돈을 모아 비나 피하도록 마련해준 것. 그래서 집 앞 문 위엔 피우정避雨亭이란 목각 현판이 걸려 있다.

달포 전부터 3년 전에 앓았던 기관지염이 도져 병상에 누운 김옹은 병원 치료는 엄두도 내지 못한 채 약국에서 약을 사다 집에서 치료를 해왔다. 이제까지 김옹은 가족들의 생계를 거의 친지들의 도움을 입어 어려운 고비를 넘겨오곤 했었다. 이러한 딱한 처지에서 "약값조차 제대로 치르지 못해왔다"고 말하는 둘째아들 청운靑雲( 21, 국민대 법과 1년)군은 10여 일 전부터 병세가 악화되자 박기출 의원의 소개장을 얻어 메디컬센터에 무료 치료를 받으려 했으나 서류 구비가 번거로워 입원하지 못했다"고 한숨지었다.

김옹은 삼일운동에 관련 2년 동안 옥고를 치르고 중국으로 망명, 1942년 상하이임시정부 내무부차관에 임명되었고 해방과 더불어 귀국해서는 정계에 몸을 담아 최근엔 신민당 지도위원으로 있었으나 그가 숨을 거둘 때까지도 뼈저린 가난은 그의 곁을 떠날 줄 몰랐다.

죽음의 순간까지도 가난에 시달려야했던 노애국지사의 빈소 바른쪽 벽에 걸린 백범 김구 선생의 친필 산고수장山高水長이란 족자는 광복에 바친 고인의 높은 뜻과 가난 속에서도 끈기로 엮어온 그의 생애를 다시 한 번 되새기게 했다.

피우정避雨亭.
방 한 칸, 부엌 한 칸의 비나 겨우 피하는 집. 식솔 한둘이 겨우 몸을 누이는 작은 오두막이므로 당堂이라 하지 않고 정亭자를 붙였다. 피우정은 운암의 초라한 만년을 강변했다. 회갑을 지낸 나이에도 집 한 채가 없었을 뿐더러 하루하루 끼니를 걱정해야 했던 고단한 삶이었기 때문에 운암에게는 오두막을 갖는 것만으로도 꿈같은 일이었다.

6년 전이었다. 구익균 항일동지가 운암에게 자기 집터 한쪽으로 20평을 내어준다고 하자, 지인들이 운암이 기거할 11평짜리 오두막을 짓고자 모금을 시작했다. 오두막의 크기는 정확하게 10.5평이었다. 모금 용지는 항일동지들은 물론 구상 시인과 노신사에게도 인편으로 보내왔다. 모금은 길게 끌지 않고 31명에서 마감했다. 고대광실을 건립하는 것이 아니라 시멘트 벽돌집 오두막 한 채를 짓는 모금이었다.

운암은 노신사에게 집 이름까지 부탁했다. 노신사는 망설이지 않고 여러 개의 당호를 지었다. 하룻밤을 보내고 나서도 마음에 드는 당호는 '피우정避雨亭'이었다. 평생 가난과 고독의 비를 맞고 살아왔지만 앞으로의 여생은 '비를 피하는 집'에서 안락하게 살라는 축원이 담긴 당호였다.

노신사는 아침상을 물렸다. 한 수저를 떴으나 밥알을 씹지 못하고 말았다. 운암 유족들이 퇴원비를 마련하기 위해 병원 밖으로 나가 여섯 시간이나 거리를 헤맸다는 신문기사가 눈앞에 아른거려 밥알이 목구멍을 넘어가지 못했다. 살아생전은 물론이고 죽음 이후조차 궁색하기 짝이 없는 그의 인생이 비통하기만 했다. 운암이 회갑연에서 조국 해방을 바랐을 뿐 부귀영화를 바라지 않았다고 했던 말이 떠올라 분하기까지 했다. 노신사는 밖으로 나가 심호흡을 했다. 조국 해방을 위해 항일투사로 살아왔지만 정부로부터 아무런 도움을 받지 못하고 죽어간 운암을 생각하자 분노가 치밀었다.

노신사는 계곡을 따라 만들어진 자드락길을 걸었다. 땀이 등줄기를 타고 흐를 때까지 오르막 자드락길을 탔다. 청랭한 산바람과 솔향이 차츰 흥분을 가라앉혀주었다. 분노를 삭일 때는 몸을 혹사시키는 것도 한 방법이었다. 노신사는 세검정의 주택들이 한눈에 드는 고갯마루에 이르러서야 걸음을 멈추었다. 구렁이처럼 허리가 휜 낙락장송 그루터기 옆의 너럭바위에 앉았다. 고개를 돌려보니 첩첩이 이어지는 파도 같은 능선들이 보였다. 망망대해 같은 창공에는 흰 구름이 몇 점 떠 있었다. 노신사는 운암을 떠올리며 추모시를 한 수 읊조렸다.

하늘에 구름이 간다
나도 그 구름같이 간다
물속에 구름이 간다
나도 저 구름같이 간다
아무리 파도가 쳐도
젖지 않고 간다
산 위에 바위가 섰다
나도 저 바위처럼 섰다
비바람 뒤흔들어도
꿈쩍 않고 섰다

노신사가 산을 내려온 때는 점심 무렵이었다. 정오의 햇살이 노신사의 등을 떠밀었다. 여관으로 돌아온 노신사는 방으로 곧장 들어가 책상 앞에 앉았다. 그때 여관 여주인이 방문을 노크하면서 말했다.

"손님이 기다리고 있습니다."

손님은 어젯밤 시회 자리에 참석하겠다고 약속했다가 오지 못한 신문사 기자였다. 낯익은 목소리였으므로 노신사는 그가 D일보 기자라는 것을 바로 알았다.

"노산 선생님. 이기잡니다."

노신사는 그가 왜 달려왔는지 그의 용건을 짐작했다. 운암에 대한 원고를 청탁하려고 온 것이 분명했다. 노신사는 운암의 추도사만은 자신이 써야 한다고 생각했다. 산에서 지은 추도시가 들어간 추도사를 써 운암의 생애를 세상 사람들과 함께 기리고 싶었다. 운암의 추도사를 쓰고 싶은 참담한 심정의 노신사는 시조의 대가 노산鷺山 이은상李殷相이었다.

## 비 를 피 하 는 집

**왕십리** 구익균 선생의 집 옆의 피우정 마당에는 조문객들이 삼삼오오 모여 얘기를 나누고 있었다. 노산이 피우정 마당으로 들어서자 서너 사람이 노산에게 다가와 인사했지만 한두 명은 고개를 돌려버렸다. 친일파를 감싼 이승만에 대한 분노를 노산에게 전가하고 있었다. 노산은 자신에 대한 세간의 평을 잘 알고 있었으므로 개의치 않았다. 마당가 응달에는 매화 한 그루가 때늦게 꽃을 피우고 있었다. 북풍한설이 모질었던 지난겨울과 초봄의 꽃샘추위를 견딘 매화가 이제야 꽃망울을 터뜨리고 있었다. 운암이 퇴비를 묻고 애지중지 키운 매화였다. 대범하면서도 세심한 성격의 운암은 유난히 화초를 좋아하였다. 화초 중에서도 매화를 사랑하여 피우정 낙성식 날에 청매 한 그루를 구해와 심었던 것이다.

 노산은 아직 새벽이슬이 마르지 않은 청매 한 가지를 꺾었다. 영정은 피우정 방벽에 걸려 있었다. 영정 사진은 두 눈이 살아 있는 것처럼 강렬했다. 비록 사진이지만 눈빛이 상대를 압도하는 듯했다. 대머리는 삭발한 스님 같았고 긴 인중은 꽉 다문 입을 더 도드

라져 보이게 했다. 비분강개하여 언제라도 소리 지를 듯싶은 입으로 3년여 동안 쿨럭쿨럭 천식 기침을 토하며 앓았다는 것이 믿어지지 않았다. 노산은 영정을 향해 두 번 절하고 상주이자 숙녀淑女의 동생인 정봉鼎鳳에게 한 번 절했다. 그러자 운암의 큰딸 숙녀가 다가와 노산의 손을 잡고 흐느꼈다. 흰 상복 차림의 숙녀는 운암이 출가하기 전 평안북도 철산에서 결혼했던 정鄭씨 부인이 낳은 딸이었다.

청매 한 가지지만 매화꽃 향기는 피우정 방 안에 있는 사람들의 코를 찔렀다. 운암의 운명을 기다렸다는 듯 개화기를 훨씬 지나서야 피어난 청매꽃이었다. 김구 선생이 쓴 산고수장山高水長이란 액자 속의 글씨가 영정을 내려다보고 있다. 김구 선생이 1949년 암살되기 몇 달 전 운암의 대쪽처럼 올곧은 성품을 높은 산과 긴 강에 비유하여 경교장京橋莊으로 찾아온 운암에게 써준 글씨였다.

노산은 숙녀에게 다시 한 번 더 들르겠다고 말한 뒤 피우정을 나왔다. 오후 3시쯤 기자가 추도사 원고를 받으러 집으로 오겠다고 했던 것이다. 노산은 시내버스로 동대문까지 나왔다가 전차를 한 번 탄 뒤 다시 시내버스를 갈아탔다. 발을 헛딛었다가 시내버스 안에서 구를 뻔해 승객들의 눈총을 받았다. 피우정을 나서면서부터 줄곧 운암의 기막힌 생애만 생각하다가 실수를 했던 것이다.

집으로 돌아온 노산은 벼루와 먹을 꺼냈다. 흥에 겨울 때는 만년필을 즐겼지만 마음이 경건해지고 싶을 때는 붓을 들곤 했다. 노산은 벼루에 먹을 갈았다. 묵향이 코끝을 스치자 그제야 노산은 붓을 들었다. 먹물을 이리저리 묻히며 붓끝을 세운 뒤 추도사의 제목부터 써 나갔다.

'운암雲岩 김성숙金星淑 선생을 곡哭하다'

노산은 시내버스 안에서 머릿속으로 썼던 추도사를 원고지에 옮기기 시작했다. 감정이 고조되면 행을 바꾸고 문단을 무시했다. 선배 동지를 보내면서 문장작법 따위에 얽매이고 싶지 않았다. 행이나 문단을 바꾸면서 생긴 원고지 빈 칸은 비통한 감정으로 채웠다.

운암 김성숙 선생이 가셨다.
이름 글자 그대로 맑은 별 하나.
지나간 일제시대 역사의 어둔 밤을 지켜주던, 독립정신의 값진 별이 또 하나 이 하늘 아래서 사라져갔다.
보이는 것, 들리는 것이 온통 지저분하기만 한 여기서, 그래도 '불굴의 지조'로써 자기를 지키고 남을 맑히던 깨끗한 스승이, 또 한 분 이 땅에서 사라져갔다.
나는 여기서 구태여 선생의 사상 계열과 정치노선의 온갖 이야기를 되풀이하고자는 아니한다.
다만 20여 년의 가난과 박해 속에서도 깨끗이 살고 간, 그것 하나 가지고 우리는 우러러 그를 받들 따름이다.

노산은 붓끝에 다시 먹물을 묻혔다. 선생의 사상 계열은 좌우를 넘어선 민족주의였고, 정치노선은 현 정부를 비판하는 야당의 입장이었다. 신민당 지도위원으로서 야당 국회의원들을 격려해왔던 원로였다. 특히 김대중 의원은 운암을 자신이 존경하는 다섯 사람 중에 한 사람으로 꼽았다. 그러나 노산은 그런 정치적인 이야기로 운암의 생애가 빛나기를 바라지 않았다. 반생을 온갖 박해 속에서도 굴하지 않고 맑게 살다간 운암의 기개가 자신의 마음을 숙연케 할 뿐이었다.

10년 전 선생의 회갑에 동지와 제자들이 자하문 밖 세검정에서 초라한 잔치나마 베풀어 선생을 위로해 드렸을 적에 선생은 굳이 내 손에 붓을 쥐어주며 즉흥시 한 장을 청했었고 나는 사양하는 걸 잊어버리고 붓에다 먹을 찍어 시 한 편을 써드린 일이 있다.

선생이 즐겨 마시던 값싼 술과 외로움을 주제로 한 짧은 시였다.

조촐하게나마 축수를 드린 지 겨우 10년! 거리엔 술이 남았는데 그는 그 술을 다 못 말리고 가버렸다. 아마 이 나라 거리의 술맛이 너무도 써서 짐짓 밀쳐버리고 가셨나보다.

노산은 운암이 자신에게 시를 청했던 사실을 잊지 못했다. 그것은 자신을 항일동지로 인정해준다는 표시이기도 했다. 그러나 노산은 운암의 항일투쟁에는 비교할 바가 못 된다고 늘 여겨오던 터였다. 자신이 조선어학회사건에 연루돼 투옥됐던 것이나 해방 전 사상범 예비검속으로 광양경찰서에 붙들려 있다가 광복을 맞았다는 것이 중국 대륙으로 건너가 쫓기는 맹수처럼 반생을 항일투사로 살아온 운암에 비하면 부끄러운 이력이기 때문이었다.

여우도 굴이 있고 새도 집이 있으되 인자人子는 머리 둘 곳이 없다더니만 이 나라에서는 친일파에게 오히려 '고대광실'이 있고, 모리배에게는 '고루거각'이 있어도 오직 독립운동자에게는 비 피할 곳도 없는 것을 어찌하랴.

동지들 몇 사람이 푼돈을 모아 그에게 방 한 칸 지어드리고 나는 특히 그 집에다 피우정避雨亭이란 이름을 붙여드렸다.

어제의 해외에서는 눈을 맞았고, 오늘의 고국에서는 비를 피하며 맞아야 하는 독립운동자에게 위로의 글자가 되었으리라.

이같이 정亭으로 이름 한 굴窟 속에서나마 비를 피하며 살겠거니 했더니마는, 그 집도 마침내 못마땅해서, 그는 이제 멀리 다른 어디로 떠나고 말았다.

피우정을 짓는 데 가까운 동지들과 노산, 구상 등 31명이 지갑을 열어 냈다. 자발적으로 형편에 따라 모금에 응했다. 공사는 여름에 시작하여 가을햇살이 양명한 초가을에 준공했는데 비록 10.5평짜리의 오두막이었지만 모금에 참여한 지인들 몇 명은 낙성식 날 눈물을 흘리며 '만세 삼창'을 했다. 감격해서 웃을 수도 울 수도 없는 이상한 '만세 삼창'이었다. 노산은 그날 피우정을 보면서 먹먹해지는 가슴을 쓸어내렸던 기억이 다시 떠올라 잠시 붓을 놓았다.

피우정은 비었다. 다만 여기 운암雲岩이란 이름의, 굽힐 줄 모르던 지조인志操人 한 분이 끼쳐준 감명과 인상만이 벗들의 가슴마다에 서려 있을 따름이다.

운암이란 그 구름은 흔히 일컫는 무상한 구름만이 아니다. 물 위에 그림자 진 구름같이 젖지 않고 가는 그 구름이다. 아무리 물결이 뒤눕혀도 젖을 수 없는 구름이다.

운암이란 그 바위는, 다만 산 위에 우뚝 서 있는 풍치의 바위가 아니다. 거리 복판에, 정치의 복판에, 사상의 복판에 서 있는 바위다. 아무리 뒤흔들어도 움직일 수 없는 바위다.

노산은 어제 지었던 추도시를 꺼냈다. 몇 글자를 수정해보려 하다가 그만두었다. 운암에 대한 소회와 자신의 심정을 진솔하게 읊조렸던 어제의 시를 다듬어지지 않은 그대로 추도사에 넣고 싶었다. 한두 구절을 손댄다면 어제 순간적으로 격동했던 감정의 밀도가 옅어질 것 같아서였다. 노산은 메모지에 적힌 추도시를 그대로 옮겼다. 그런대로 추도사의 문장과 잘 어울렸다. 추도사의 문장은 추도시를 산문으로 풀어놓은 것과 흡사했던 것이다. 마침내 노산은 마지막 문장을 한 호흡으로 써내려갔다.

이것이 운암이 우리에게 끼쳐준 인상이요, 감명이요, 교훈이었다. 이같이 그는 우리들의 소맷자락을 스치고 구름같이 갔다. 그러나 이같이 그는 또 우리들 가슴속에 바위처럼 서 있다.

괘종시계를 보니 오후 3시 10분 전이었다. 노산은 D신문사 기자와 약속 시간을 지켰다는 것에 안도했다. 괘종시계 옆의 거울에 희미하게 웃고 있는 자신의 얼굴이 보였다. 이마 주름은 깊어져 있고 눈은 퀭한데다 입술꼬리는 처져 있었다. 생전에 운암은 자신의 큰 귀를 부처님 귀라고 부러워했는데 오늘따라 귓불은 쪼글쪼글하게 말라 있었다. 두툼한 코도 탄력을 잃어 이제 '복코'라고 할 수 없었다. 자신도 어느 순간 지인들의 소맷자락을 스치고 구름같이 이 세상과 하직할 터였다.

노산은 어금니를 꽉 물면서 희미한 미소를 거둬들였다. 인생이란 영욕을 뒤로하며 앞서거니 뒤서거니 영원한 미답未踏의 길로 사라지고 마는 무상한 무엇일 뿐이었다. 오늘은 운암이 먼저 가지만 내일은 노산 자신이 가야 할지도 모르는 숙명적인 존재가 인생이었다. 노산은 옆구리로 빠져나가는 바람 같은 허전한 기분에 휩싸였다. 밤하늘의 맑은 별 하나가 홀연히 떨어진 듯한 허허로움, 그 서늘한 기분은 부질없는 허무도 슬픈 상실감도 아닌 차라리 목마른 갈증 같은 것이었다. 추도사에서는 운암이 우리들 가슴속에 바위처럼 서 있어 감화를 준다고 했지만 실제로는 그가 사라져 허허롭기 짝이 없었다.

노산은 집안일을 거들어주는 청년을 불러 술을 사오게 했다. 운암의 잔을 앞에다 놓고 그와 대작하듯 술을 마시며 대취하고 싶었다. 노산은 붓통에서 모지랑붓을 꺼낸 뒤 먹물을 듬뿍 찍어 주먹만큼 큰 글씨로 곡哭자를 썼다.

## 화 장 하 지 말 라

신문과 방송이 운암의 안타까운 별세 소식을 전하자, 독립운동가에 대한 정부의 무관심을 질타하는 여론이 일었다. 특히 D일보가 관심을 갖고 운암 사후 두 번의 톱기사를 연속적으로 내보냈다. 그제야 정부 총무처에서 운암 장례식을 사회장으로 치르기로 결정했다.

그런데 사상적으로 좌우를 초월했던 운암에게 좌파라는 잘못된 낙인이 찍혀 장례식 치를 장소가 쉽게 정해지지 못했다. 서울시청은 광장을 선뜻 내놓지 않았다. 간부들이 정부의 눈치를 보느라고 소극적이었다. 그렇다고 덕수궁이나 창경궁 등 고궁 담 안에서 치르는 것도 모양새가 어색했다. 운암은 왕족이 아닐 뿐더러 백성들에게 고통을 주었던 궁궐은 그의 생애와 어울리지 않았다. 장소가 결정되지 못하자 가장 애가 탄 사람은 운허耘虛였다.

운허는 생각다 못해 역경위원들의 아침회의를 취소하고 동국대 역경원장실을 나섰다. 운허는 1964년부터 대장경을 한글로 번역하는 동국역경원 원장을 맡아오고 있었다. 남산 자락에 있는 동국대를 내려온 운허는 빠른 걸음으로 퇴계로와 을지로를 지나 종로 견지동과 안국동 사이에 자리한 조계사를 찾아갔다. 조계사 일주문을 들어선 운허는 대웅전으로 들어가 삼배했다. 나이 탓인지 숨이 턱에 찼지만 더 늦출 수 없는 일이었다.

때마침 총무원으로 사용하고 있는 요사에는 영암映巖 총무원장이 자리를 지키고 있었다. 77세의 노승 운허를 본 62세의 영암이 합장하며 달려나왔다.

"노장님, 무슨 일이십니까?"

"보리차 한 잔 주시오."

총무원장실에 놓인 다탁을 사이에 두고 마주앉은 운허가 숨을 골랐다. 남산 자락에서 종로까지 한달음에 걸어왔으니 숨이 찰 만도 했다. 잠시 후 사미승이 보리차 대신 물을 한 컵 가져와 운허 앞에 놓았다.

"역경 일 보시는 데 제가 많이 지원해드리지 못해서 오신 것입니까?"

영암도 총무원 차원에서 운허의 역경 사업을 도우려고 애쓰는 스님 중 한 명이었다. 봉은사로 운허를 찾아갔을 때 "부처님께서 50년 설하신 법문을 내 50년 승랍僧臘에 반도 듣지 못했고, 그 반도 알지 못했으니 내생에 다시 사람의 몸 받아서 태어난다면 또 경을 읽고 역경을 하겠소"라고 들었던 운허의 절절한 서원을 잊을 수 없었다. 그러나 전국의 절들이 몇 군데 빼고는 곤궁하였으므로 영암의 마음과 달리 지원은 지지부진한 편이었다. 숨을 고른 운허가 영암의 장삼에 달린 호주머니를 보면서 고개를 끄덕거렸다. 영암의 호주머니는 승려들 사이에서 소문이 나 있었는데, 한쪽은 공금 호주머니이고 다른 쪽은 개인 돈을 넣는 호주머니로 공과 사를 엄격하게 구별하고 사는 스님이었던 것이다.

"오늘은 다른 일로 왔어요."

"무슨 일인지 말씀하시지요, 노장님."

운허는 대답 대신 눈가에 잔주름을 만들었다. 잠시 후에는 덧니를 드러내며 미소 짓더니 겸연쩍게 작은 소리로 말했다.

"조계사 마당을 빌리러 왔어요."

"스님, 조계사 마당을 무엇에 쓰시려고 그럽니까?"

"운암 선생이 입적하셨는데 장례식장으로 쓰려고 그래요."

"아이고, 노장님. 전화를 주시지 그 일로 여기까지 오셨습니까?"

영암은 흔쾌하게 허락했다. 영암은 운암에 대해서도 잘 알고 있었다. 승려 신분이었을 때 그의 출가본사는 봉선사이고 법호는 태허太虛이며, 항일운동을 하기 위해 승복을 벗었고 호는 운암이라는 사실까지 잘 알고 있었다.

운허는 총무원장실을 나서며 가슴을 쓸어내렸다. 영암은 공사가 분명하여 버스 탈 일이 있어도 개인 돈을 넣는 호주머니가 비면 공금을 손대지 않고 먼 길도 걸어 다니는 지독한 승려였던 것이다. 그러니 조계사 마당을 승려가 아닌 환속한 사람의 장례식장으로 빌려주지 않겠다고 주장했다면 할 말이 궁색해졌을 것이기 때문이었다.

운허는 운암보다 나이는 여섯 살 위였지만 승려가 된 순서는 운암이 운허보다 5년 빨랐다. 운암은 1916년에 양평 용문사에서 풍곡楓谷을, 운허는 1921년 금강산 유점사에서 경송慶松을 스승 삼아 출가했다. 그런데 풍곡과 경송은 모두 봉선사 주지 월초月初의 제자들이었으므로 운암이나 운허는 허虛자 돌림의 형제가 되는 셈이었다. 운암도 법호가 태허로서 봉선사 월초 문하의 6허虛 가운데 한 사람이었던 것이다. 운허가 운암에게 늘 애틋한 정을 가지고 있었던 까닭은 봉선사라는 문중의식 말고도 속가의 고향이 모두 평안북도라는 사실도 컸다. 운암은 철산, 운허는 정주로서 모두 서해를 낀 땅으로 거친 바닷바람에도 꺾이지 않는 해송처럼 기질마저 닮은 데가 많았다.

조화들이 새벽부터 하나둘 대웅전 어간에 늘어나고 있었다. 만장들은 토방 축대를 따라 세워두고 있었다. 아침 9시가 되자 두건을 쓴 상주와 장례를 주최하는 검은 양복 차림의 사람들이 왔고, 조계사 옆에 위치한 중동고등학교 학생 30여 명이 와서 의자를 나르는 등 장례식장을 정리했다. 학생들은 아직 검정색 동복을 입고 있었는데, 그들 중 몇몇은 독립운동을 했다는 분이 광화문이나 시청광장이 있는데 왜 옹색한 절 마당에서 사회장을 치르는지 의아해했다.
강남 봉은사에 방을 둔 운허도 나룻배를 타고 한강을 건너와 이미 조계사 요사에 와 있었다. 총무원과 합의를 보지 못한 부분이 있기 때문이었다. 운허가 유족들과 매장할 것을 이미 합의했고 파주 조리면 장탄리로 매장할 장소까지 정했는데, 총무원 일부 간부들이 뒤늦게 운암이 한때 승려였고 장례식도 불교식으로 집전하고 있으니 다비식을 치러야 한다고 맞섰던 것이다.

"노장님, 불교식으로 치르는 장례라면 화장을 해야 하지 않겠습니까?"

"그렇지. 화장을 해야 이치에 맞는 일이네."

"그런데 노장님께서는 왜 매장하자고 주장하시는 것입니까?"

"운암이 지금은 비록 이름 없는 산자락에 묻히지만 세상 사람들이 반드시 운암을 귀하게 여길 때가 올 것이네."

"운암 선생을 다시 평가할 때가 온다는 말입니까?"

"그렇다네. 지금 화장하여 한 줌 재로 흩어버린다면 그때 가서 운암을 어디서 무엇으로 찾을 것인가?"

결국 총무원의 젊은 스님들이 물러섰다. 운허는 운암이 언젠가 그의 삶을 재평가받을 것으로 굳게 믿었다. 그날을 대비해서 운암의 유해라도 남겨두자는 것이 운허의 생각이었다. 젊은 스님들의 주장을 묵묵히 듣고 있던 영암이 한마디 했다.

"노장님 안목에 거듭 놀랄 뿐입니다. 스님들 주장대로 불교식 장례가 아닌 것은 맞지만 노장님께서는 앞날을 다 보시고 방편으로 하신 말씀이니 따라야 합니다."

운암의 장례식은 정확하게 10시에 시작했다. 9시 30분쯤이 되자 조객들은 더 이상 오지 않았다. 일주문을 들어서는 사람은 기도하러 온 조계사 신도들과 구경꾼들이 발꿈치를 세우고 기웃거릴 뿐이었다. 학생들이 정돈한 의자는 300여 개였지만 군데군데 비었다.

정부에서 비용을 대는 사회장치고는 초라했다. 정계에서는 국회부의장, 신민당 총재, 정부에서는 총무처 장관 등이 왔을 뿐 여당의 실세 정객들은 보이지 않았다. 행사 내내 만장을 들고 있던 학생들은 조객 대표들이 차례대로 읽는 조사를 듣는 둥 마는 둥 하면서 짧은 행사인데도 지루해했다.

다만, 노산이 추도사를 애끓게 읽을 때는 유족과 일부 조객들이 오열했다. 그뿐이었다. 스님의 목탁소리를 끝으로 장례식의 모든 절차가 마무리되자 모두들 의자에서 후닥닥 일어나 일주문을 빠져나갔다. 의자 위에 버리고 간 행사 인쇄물이 뒹굴 뿐, 조계사 마당은 순식간에 출렁이던 썰물이 자취를 감춘 듯했다. 가사장삼 차림으로 행사에 참여했던 총무원 스님들도 총총히 요사로 들어가버렸다. 노산은 잠시 선 채로 한 스님이 흔들었던 요령소리의 여운을 허공에서 쫓다가 조객들이 하나도 없는 것을 확인하고는 가슴에 찬 조화를 뗐다.

조계사 일주문 밖에 대기한 장의차는 영정을 태운 승용차와 운암의 유택까지 따라갈 버스 한 대뿐이었다.

1년 후.
1970년 4월이었으니 꼭 1년 만이었다. 피우정을 짓는 데 모금을 냈던 동지들이 다시 운암의 파주 조리면 장탄리 유택 앞에 모였다. 묘역을 정갈하게 정비하고 묘비를 세우는 날이었다. 기단의 검은 돌에 새긴 묘비명도 추도시, 추도사와 같이 노산이 지었다.

조국광복을 위해 일본제국주의에 항쟁하고, 정의와 대중복리를 위해 모든 사회악과 싸우며 한평생 가시밭길에서 오직 이상과 지조로써 살고 간 이가 계셨으니 운암 김성숙 선생이시다.

1898년 평북 철산 농가에서 태어나 어려서부터 강개한 성격을 가졌더니 기미년에 옥고를 치른 뒤 사회운동에 가담했다가 마침내 26세에 중국으로 망명하였다.

중국 중산대中山大 정치학과를 마치고 북경, 광동, 상하이 등지에서 혁명단체의 기관지들을 편집했으며 광복운동의 일선에 나서서 혁명동지들을 규합, 조선민족해방운동을 조직하기도 하고 뒤에 중일전쟁이 벌어지자 여러 혁명 단체들을 임정으로 총단결하여 국무위원이 되어 해방을 맞으니 48세였다.

귀국한 뒤에도 민족통일을 위해 사상 분열을 막기에 애썼으며 최후에 이르기까지 20여 년, 정치인으로 사상인으로 온갖 파한을 겪으면서도 부정과 불의에는 추호도 굽힘없이 살다가 1969년 4월 12일 71세로 별세하자 동지들이 울며 여기 장례 지냈다.

그런데 이로부터 35년 만에 놀라운 시절인연이 왔다. 2004년 7월 28일의 일이었다. 세상 사람들이 때가 되면 운암을 귀하게 여길 터이니 운암의 유해를 태우지 말라던 운허의 안목이 빛을 발하던 날이었다. 1982년에야 운암에게 건국훈장 '독립장'이 추서되더니 파주 유택에 있던 운암의 유해가 마침내 서울 동작동 국립묘지로 안장됐다. 뿐만 아니었다. 운허의 부탁으로 운암에게 조계사 마당을 내주었던 영암은 그 인연의 메아리인 듯 1987년 강남 봉은사에서 입적했지만 유해는 운암의 출가본사인 남양주 봉선사로 옮겨져 그곳의 다비장에서 스님들의 독경소리를 들으며 천화遷化했다.

조선에서 온 붉은 승려

# 2

### 용문사 빗자루

1916년 11월 말.

금강산 유점사에서 온 19세의 청년은 땔나무를 하고 요사 아궁이에 군불을 지피는 일을 했다. 지난 봄날 승려가 되겠다고 용문사로 왔지만 한 해가 다 지나가는데도 주지스님은 여전히 잡일만 시켰다. 게다가 가을이 깊어지면서 북풍이 불기 시작하자 하나의 일이 더 추가되었다. 절 마당을 노랗게 물들이는 은행나무 낙엽을 쓰는 일이었다. 보름 전 수도산 봉은사로 가서 승려 자격증인 도첩度牒까지 받았지만 지금까지 해온 허드렛일은 바뀌지 않았다. 도첩에는 자신의 이름이 성암星巖으로 바뀌어 있었다. 법명이었다.

  출가 전 모습과 달라진 것이 있다면 외모였다. 법명을 받으러 가는 날 아침에 머리를 삭발했고, 잿빛 승복으로 갈아입었던 것이다. 낙엽은 바람을 따라 종각을 넘어 대웅전과 요사 마당에 가득 쌓였다. 청년이 아침저녁으로 빗자루를 들고 마당에서 살았지만 마당은 금세 노랗게 변해 있곤 했다. 천 년도 넘은 은행나무는 절로 들어오는 산길과 돌계단까지도 청년 사미승을 희롱하듯 낙엽을 쏟아부었다.

청년 사미승에게 낙엽을 쓸라고 지시한 사람은 풍곡 주지스님이었다.
　"정식 비구가 됐다고 착각하지 마라. 법명을 받았으니 이제 겨우 년 사미승이 된 것이다."
　승려가 되는 것도 쉬운 일이 아니었다. 승복만 입으면 되는 줄 알았는데 그게 아니었다. 나이는 엇비슷하지만 자신보다 4년 먼저 머리를 깎은 사형의 위치에 도달하려면 아득했다. 얼굴이 호랑이처럼 무섭게 생긴 사형이 하는 절일이란 아침저녁으로 목탁과 요령을 들고 근엄한 표정으로 집전하는 예불뿐이었다. 예불한 뒤에는 어두컴컴한 요사 골방으로 들어가 밤낮으로 가부좌를 틀고 앉아 있기만 했다. 그래도 주지 풍곡은 사형에게 아무런 지시나 간섭을 하지 않았다.
　청년 사미승이 철산 고향집을 나선 지 어느 새 7개월이 지나고 있었다. 원래는 항일투사를 육성하는 봉천 신흥무관학교에 입교하려고 했지만 초파일 무렵에 원산을 지나다가 풍곡을 만나 금강산 유점사를 거쳐 용문사로 내려와버렸다. 청년 사미승은 총 대신 빗자루를 들고 있는 자신이 아무리 생각해봐도 낯설었다. 풍곡에게 하소연할 수도 없었다. 며칠 전 출타하려는 풍곡을 붙들고 얘기했다가 오히려 야단만 맞았다.
　"스님, 이젠 불경을 읽게 해주십시오."
　"이놈아, 온갖 망상으로 들끓는 네 머릿속으로 부처님 말씀이 들어갈 수가 있겠느냐! 속가의 일은 다 잊어버려야 해. 결혼한 속가의 처자도 식구도 다 잊어버려야 중이 될 수 있어. 절 울타리 밖의 일은 모두 잊어버려야 진짜 중이 될 수 있는 것이야."

"스님, 무슨 방법으로 잊어버릴 수 있겠습니까?"

"내가 네게 속았구나. 석왕사 가는 길에서 처음 만났을 때는 쓸 만한 중이 되겠다 싶어 데리고 왔다만 지금 보니 아주 어리석은 놈이구나."

"제가 감히 스님을 속였다니요. 저는 스님을 속인 일이 없습니다."

"허허허. 나는 네 놈에게 바깥의 일을 잊어버릴 수 있는 방법을 다 가르쳐주었는데도 왜 헛소리를 하는 것이냐."

"스님, 한 번만 더 가르쳐주시면 다시는 묻지 않겠습니다."

"알겠다. 네가 원하니 가르쳐주마."

청년 사미승은 합장하고 고개를 숙였다. 그러자 풍곡이 빗자루를 하나 들고 와 말했다.

"이 빗자루가 너를 살리기도 하고 죽이기도 할 것이다. 중으로 만들기도 하고 중 옷을 벗기기도 할 것이다. 용문사 빗자루는 마당만 쓸라고 있는 것이 아니다."

그제야 청년 사미승은 풍곡의 말을 이해했다. 빗자루로 마당에 쌓인 낙엽뿐만 아니라 머릿속의 망상까지도 다 쓸어버리라는 것이 은사 풍곡의 가르침이었다.

그해 겨울은 눈이 자주 와 용문산 산자락을 덮곤 했다. 청년 사미승은 마당으로 나가 하루 종일 눈을 쓸었고, 사형은 골방에 꼼짝 않고 가부좌를 틀었다. 바람처럼 활달한 풍곡은 절에만 있지 않고 장삼자락을 휘날리며 만행을 나갔다가 돌아오곤 했다. 청년 사미승은 사형이 아무 일도 하지 않고 골방 안에서 좌선만 하고 자신은 언 손을 호호 불어가며 눈 치우는 일만 해도 이제는 섭섭하지 않았다. 풍곡에게 한마디 법문을 들은 뒤로는 무심코 쌓인 눈을 쓸기만 했다.

그런데 동안거가 끝나는 정월 보름날이었다. 갑자기 풍곡이 두 사람을 부르더니 해오던 서로의 일과를 바꾸었다.

"오늘부터는 서로의 일을 바꾸어라. 너는 이제 비질을 그만하고 골방에 들앉아 좌선만 해라. 알겠느냐?"

"예."

청년 사미승은 사형이 하던 좌선을 자신이 뺏는 듯한 기분이 들어 미안해했다. 풍곡은 사형을 크게 나무랐다.

"보아하니 너는 깨닫겠다는 생각에 빠져 있는 것 같다. 그것을 우리 불가에서는 법집法執이라 하느니라. 그걸 버려야 깨달을 수 있다. 그러니 너는 오늘부터 나무하고 마당 쓰는 일로 돌아가거라."

청년 사미승은 조석예불 때 그동안 귀동냥한 깜냥으로 서툴거나마 목탁 치고 요령 흔들며 집전했다. 변화는 그뿐이었다. 사형은 전혀 흔들림 없이 무엇에 집중한 골똘한 태도로 군불을 지피거나 비질을 했다. 그러면서도 혼잣말로 '무無라, 무無라' 하고 다녔다.

청년 사미승이 사형과 밤새 얘기를 나눈 것은 딱 한 번뿐이었다. 서울 마포에서 풍곡을 찾아온 노파가 폭설이 내려 절을 내려가지 못한 날이었다. 사형은 노파와 구면이었다. 노파가 폭설 때문에 오도 가도 못하자 자신의 골방을 비워주고 청년 사미승 방으로 건너왔다.

좀체 말을 걸지 않던 사형이 입을 열자 의외로 양순하게 보였다.
"사제, 보살님이 자고 간다고 하니까 오늘은 이 방에서 자야 할 것 같소."
"제가 공양간 골방으로 갈까요?"
"함께 자면 돼요. 냉골 방으로 갈 필요가 없어요."
"대단한 신도인 것 같습니다."
"마포에서 용문사까지 걸어와 불공을 올리는 것을 보면 신심이 장하신 노파지요."
공양간 골방이란 부엌 옆에 딸린 방으로 윗목에는 창고처럼 고구마를 쌓아두어 비좁기 짝이 없었다. 작년까지는 공양주보살이 사용했던 방이지만 지금은 비어 있었다. 사형이 노파를 그 방으로 보내지 않는 것은 은사 풍곡이 어렵게 여기는 사람이기 때문이었다.
달빛이 창호에 어렸다. 사형과 사제가 되는 두 사람은 밤늦도록 이야기를 주고받았다. 청년 사미승은 오줌이 마려워 참지 못하고 밖으로 나갔다. 오후 늦게까지 내리던 눈은 어느새 그쳐 있었고, 눈구름이 사라진 허공에는 둥그런 달이 나타나 달빛을 뿌리고 있었다. 툇마루에 흩뿌려진 눈이 달빛을 받아 보석처럼 반짝였다.
대웅전에는 촛불이 켜져 있었다. 아마도 마포에서 온 노파가 기도하고 있는 것 같았다. 산 능선 쪽에서 노루가 목쉰 소리로 울었다. 정랑에서 나온 청년 사미승은 진저리를 쳤다. 체온이 오줌으로 빠져나간 듯 추위가 뼛속으로 파고들었다. 청년 사미승은 다시 방으로 들어와서야 눈을 감았다. 그러나 사형이 엎치락뒤치락하는 소리에 잠이 달아났다. 한참 만에 청년 사미승이 말했다.

"사형, 잡니까?"

"아니오. 사제는 무슨 인연으로 출가했을까 하고 헤아리고 있었소."

"군사훈련을 시킨다는 봉천 신흥군관학교를 가려고 석왕사 부근을 지나다가 위풍당당하게 걸으시는 주지스님 모습에 반해서 이리로 따라왔지요."

"기회가 되면 떠날 것이오?"

"모르겠습니다. 다만, 이왕 출가했으니 불교 교리를 배워 부처님이 어떤 분인지 알고 싶소."

"우리 노장님은 불학보다는 참선을 중히 여기는 분이오. 정말 불학을 배우고 싶다면 봉선사로 가 월초화상 밑에서 공부함이 좋을 것이오."

"저는 은사님의 말씀만 따르겠습니다."

"은사님은 법호처럼 바람 풍風, 계곡 곡谷자와 같이 계곡에서 불어가는 바람인 양 거침없이 사시는 분이지요. 올 초파일만 해도 나한테 절을 맡겨두고 석왕사를 다녀오셨으니까요. 초파일 연등 값이나 계산하는 그런 옹졸한 분이 아니지요."

"그런데 보살님은 왜 밤을 새워 기도합니까?"

"아마도 비뚤어진 아들이 있는가 봅니다. 그 아들 잘 되라고 기도할 겁니다."

비로소 사형이 노파 아들에 대해서 얘기를 했다. 풍곡이 양주 회암사 주지로 있을 때였다. 서울의 젊은 유생들이 경치 좋은 곳을 유람 다니다가 돈이 떨어지면 만만한 절로 들어가 주지를 협박하여 유람 경비를 뜯곤 했다. 자신들은 양반이니 천민인 승려를 괴롭혀도 괜찮다고 생각하는 파락호들이었다. 어찌 보면 도적떼나 다름없었다.

야심한 밤이었다. 도적떼 같은 청년들이 들어와 스님들을 절 기둥에 묶어놓고는 주지채로 들어가 풍곡마저 밖으로 끌어냈다. 도포 차림의 힘센 사내가 풍곡을 기둥 쪽으로 밀치며 묶으려 했다. 그러자 풍곡이 소리쳤다.

"야! 이놈들아. 묶으려면 바르게 묶어야지 왜 거꾸로 묶느냐."

풍곡의 호통에 힘센 사내가 어리둥절해하더니 잠시 후 풍곡의 멱살을 잡아 힘으로 밀치며 말했다.

"이 중놈이, 거꾸로 묶다니 양반집 가문의 나를 현혹하는구나."

"양반집 가문이라고 말하는 네 입이 부끄럽지 않느냐! 내가 도둑인 너를 묶어야지 어찌 도둑인 네가 거꾸로 나를 묶는단 말이냐."

사내가 풍곡의 멱살을 놓더니 고개를 떨어뜨렸다. 그리고는 도적떼로 변한 일행에게 다른 스님들을 풀어주라고 말했다.

"스님들을 풀어주세."

사내가 풍곡 앞에 엎드려 잘못을 빌었다.

"대사님, 저희들의 장난이 지나쳤으니 용서해주십시오."

풍곡이 겁을 먹은 채 떨고 있는 스님들에게 나직하게 말했다.

"뭐하고 있느냐. 야심한 밤에 회암사 올라오느라 허기져 있을 텐데 따뜻한 밥이나 해서 먹이지 않고."

도적떼로 변한 유생들은 곧 산을 도망치듯 내려가버렸다. 풍곡의 한마디에 감히 방으로 들어갈 엄두를 내지 못했다. 도포 차림의 사내 뒤를 따라 흑단 같은 어둠 속으로 흔적 없이 사라졌다.

사형이 노파의 얘기를 다 하고는 곧 코를 골았다. 지금 대웅전에서 기도하고 있는 노파는 바로 그 사내의 어머니였다. 사내는 몇 대째 벼슬하지 못하다가 잔반殘班으로 내려앉은 집안의 장손이었고, 노파는 사대문 안의 모든 젓갈가게에 새우젓을 공급하는 도매상 갑부였다. 사형과 사제 간인 두 사람은 약속이나 한 듯 새벽녘이 되자, 함께 일어나 빗자루를 하나씩 들고 절 마당과 일주문 너머 산길까지 눈을 쓸었다. 절 주변의 산자락은 굳이 비질할 필요가 없었다. 설경에 손을 댄다는 것은 바보짓이었다. 참나무 나목들 사이로 쌓인 눈은 맑고 고요했다.

## 지 피 지 기

동안거 해제를 하고 한 달쯤 지났을 때였다. 활엽수들 중에서 가장 빠르게 움이 트는 오리나무에 푸른 기운이 돌기 시작할 무렵이었다. 매화나무와 서로 다투며 꽃을 피우는 생강나무는 벌써 노란 꽃망울을 터뜨리고 있었다. 청년 사미승은 생강나무 꽃향기를 맡으며 풍곡을 따라 봉선사로 갔다. 강원에 입학하기 위해서였다. 봉선사 강원 이름은 전문창화강원專門彰華講院이었고 전통적인 과목 이외에 신학문과 일어까지 가르치려고 하는 강원이었다. 이는 개명한 세상이 되었으니 조선의 승가 교육도 바뀌어야 한다는 봉선사 주지 월초月初의 강력한 뜻이었다.

월초는 불교중앙학림의 전신인 명진학교明進學校를 1906년에 개교시켰을 때도 우리나라 최초 수학교사 이명칠李明七을 초빙하여 서양 수학을, 어윤중魚允中, 윤치호尹致昊, 서광범徐光範 등에게 불교 이외의 과목을, 일본인 이노우에 겐신井上玄眞에게는 일본어를 가르치도록 하였다. 이러한 명진학교의 전통은 불교중앙학림에도 그대로 이어졌다. 전국에서 모인 젊은 승려들에게 조선 제일의 강백 박한

영朴漢永이 불교학을, 이명칠이 수학과 미술을, 이지광李智光이 역사와 지리를, 송헌석宋憲奭이 국어를, 일본인 하야카와 케이조早川敬藏는 일어와 물리를 가르쳤다.

청년 사미승은 봉선사 요사 뒷방에 바랑을 풀었다. 초저녁쯤 풍곡이 방으로 들어와 한마디 했다.

"은사님이 중앙학림에서 볼일을 보시고 밤중에 오신다고 한다. 그러니 인사는 내일 아침에 드리는 것이 좋겠다."

풍곡은 비좁은 뒷방에 큰 대大자로 누웠다. 그러더니 청년 사미승더러 깊이 새겨들으라는 듯 은사인 월초에 대해서 얘기를 했다.

"우리 스님 속가 집안에 궁궐로 들어간 홍상궁이 있었던 모양이야. 홍상궁이 우리 스님을 얘기한 까닭에 고종 황제께서 우리 스님과 인연을 맺으신 게지. 어느 날 황태자께서 중병에 걸려 용한 의원들이 다 궁궐에 입실해 황태자를 치료해보았지만 효험이 없었다고 그래. 마지막 수단으로 고종 황제께서 우리 스님에게 불보살님께 기도해달라고 홍상궁을 보냈던 모양이야. 그래서 우리 스님이 청도 운문사 사리굴로 올라가 나반존자님께 100일 기도해 황태자 병세가 호전됐다고 그래. 황태자가 병마를 떨치고 자리에서 일어나자 고종 황제께서 크게 기뻐하며 우리 스님을 각별히 신임하셨던 게지."

풍곡이 큰 대자로 누워 있는 탓에 청년 사미승은 윗목에 무릎을 꿇고 앉아야 했다. 그래도 불편하지는 않았다. 청년 사미승은 은사가 하는 얘기에 신심이 솟구쳤다. 월초가 고종의 신임을 얻게 된 얘기가 흥미진진했다. 더구나 풍곡은 입맛을 쩝쩝 다셔가며 얘기를 구성지게 했다.

월초는 15세에 양주 봉인사 부도암으로 출가한 뒤 15년간 불학을 공부하고 1892년에는 예조판서의 명으로 전시에는 승군대장이 되는 남한산성팔도도총섭南漢山城八道都摠攝에 올랐고, 1900년에는 고양 은평면 산자락에 고종의 지원을 받아 수국사守國寺를 창건했다. 수국사는 명성황후가 일인의 자객에게 시해당한 지 5년 만에 조선 왕조를 지키겠다는 비원을 담아 창건한 사찰이었는데, 황실과 백성이 혼연일체가 되어 거국적으로 힘을 모은 대작불사大作佛事였다. 당시 황실에서 25만 냥, 영의정 심순택沈舜澤 이하 조정 신하 59명과 상궁 13명 등이 1만 9천 냥을 흔쾌히 시주하였고, 왕명으로 전국의 도편수를 모으고 최상의 목재를 가져와 절을 지었다.

"우리 스님 가풍은 두 가지다. 첫 번째는 우리나라 최초의 신식 불교학교인 명진학교를 세우신 뜻만 봐도 알겠지만 우리 불도들이 개명한 세상에 뒤처지지 않도록 교육하고 더불어 인재불사人才佛事 하는 것이고, 또 하나는 삼각산에 수국사를 창건하신 바와 같이 나라를 지켰던 서산대사님처럼 호국정신을 이어가는 것이라 할 수 있다."

실제로 명진학교는 승려 인재를 키워내는 데 한몫을 했다. 한용운韓龍雲은 명진학교 제1회 졸업생이고, 훗날 독립운동을 하다가 망명하거나 옥고를 치렀던 신상완申尙玩, 백성욱白性郁, 김법린金法麟, 김대용金大鎔, 이종욱李鍾郁 등은 명진학교와 그 후신인 불교중앙학림 출신이었던 것이다.

한참 동안 큰 소리로 얘기하던 풍곡이 어느새 코를 골고 있었다.

청년 사미승은 조심스럽게 다리를 뻗고 누웠다. 그러나 잠은 저만큼 달아나버렸다. 풍곡이 간헐적으로 대포를 쏘듯 코를 드르렁드르렁 골았다. 청년 사미승은 마지못해 귀를 막고 돌아누웠다. 풍곡의 코 고는 소리는 청년 사미승의 고막을 찢을 듯이 들려왔다. 결국 청년 사미승은 자는 둥 마는 둥 뒤척이다가 날밤을 샜다.

다음 날.

청년 사미승은 풍곡을 따라 월초가 주석하는 주지채로 올라갔다. 월초는 방 안쪽에 단정히 앉아 있었다. 마치 돌부처 하나가 놓여 있는 것 같았다. 두상이 크고 어깨가 넓으며 초로의 나이답지 않게 허리를 곧추세운 풍채는 장중하기까지 했다. 짙은 눈썹과 두꺼운 입술은 청년 사미승을 기죽게 했다. 청년 사미승은 풍곡이 하는 대로 절하고 물러앉았지만 눈 둘 데를 찾지 못했다.

"성암星巖이라는 사밉니다."

"성암이라고?"

"작년에 철산에서 온 사밉니다."

"얼굴을 보니 태허太虛가 좋겠다."

월초는 밑도 끝도 없이 한마디 내뱉고는 입을 다물어버렸다. 아마도 자신에게 손자뻘이 되는 제자들은 허虛자 돌림이 좋겠다는 뜻인 듯했다. 청년 사미승은 왜 태허인지 감히 묻지 못했다. 풍곡도 따지지 않았다. 되물을 분위기가 아니었다. 윗사람이 제자에게 호를 지어주는 것은 당연한 일이었다. 풍곡이 제자를 대신해서 말했다.

"스님, 사미가 강원에서 공부하고 싶다고 하니 허락해주십시오."

"내가 호까지 주지 않았는가."

청년 사미승은 월초가 강원 입학을 허락하는지 반대하는지 판단을 못했다. 처음으로 고개를 들고 월초의 표정을 살폈다. 월초는 더 이상 할 말이 없다는 듯 시선을 방문 밖에 던지고 있었다. 이제 볼 일을 봤으면 밖으로 나가라는 시선이었다. 풍곡이 알아차리고 양반자세를 풀자 월초가 마지못해 입을 열었다.

"이제 그만 가시게."

풍곡은 자신이 한 발 늦었다고 생각했다. 은사 월초는 한순간도 시간을 지체하거나 낭비하지 않는 스님이었다. 그래서인지 월초는 신도를 대할 때도 미주알고주알 얘기하며 시간을 끌지 않았다. 특히 안부를 묻는 신도에게는 한두 마디만 할 뿐 시간을 아꼈다. 방에 들어온 신도가 "큰스님 친견하고 싶어 찾아왔습니다. 그동안 별고 없으신지요?" 하고 인사하면, 잠시 침묵하고 있다가 신도가 불편해 하면 그제야 "나는 안녕하오. 나를 다 보았으면 어서 가보시오"라고 하며 신도를 돌려보냈다.

"스님, 저는 용문사로 돌아가겠습니다."

풍곡은 방문 밖에서 큰 소리로 인사하고는 봉선사를 떠나버렸다. 청년 사미승은 곧 바랑을 멘 풍곡의 뒷모습을 지웠다. 이제부터 모든 일은 혼자 결정하고 해결해나가야 했다. 청년 사미승은 호미를 하나 들고 밭으로 나갔다. 강원에 입학하려고 봉선사 말사에서 온 사미승들이 밭을 일구고 있었던 것이다. 채소 씨앗을 뿌리기 위해 밭두둑을 만드는 울력이었다.

그런데 사미승들 중에는 벌써 월초에게 반감을 가지고 있는 사람도 있었다. 강원 과목을 비난하고 있었다. 절 밖의 일을 제법 소상하게 알고 있는 사미승이 말했다.

"나는 봉선사 강원을 떠나 다른 절 강원으로 가겠소. 우리가 왜 일어를 주절거린단 말이오? 이는 총독부에서 내린 지령이 분명하오. 우리가 왜 명성황후를 시해한 왜놈 말을 배워 깨끗한 입을 더럽힌단 말이오."

한 사미승이 투덜거리자 여러 사미승들이 맞장구쳤다.

"우리가 왜 총독부 지령대로 일어를 배우고 조선 불교를 왜놈들 종파인 조동종에게 팔아넘긴 이회광李晦光의 뒤를 따라간단 말이오."

사미승들의 분위기는 심상찮았다. 개강하는 날쯤에는 모두 봉선사를 떠나버릴 듯했다. 그러나 막상 개강하는 날이 되자, 앞에 나서 주장하던 사미승만 떠났고 나머지 10여 명은 월초의 훈계를 뼈아프게 들었다. 월초는 사미승들의 소란을 전해 들었는지 모처럼 서울 종로 토박이 말씨로 길게 얘기했다. 결국 강원 큰방에 빙 둘러앉은 사미승들을 제압해버렸다.

"이 홍월초가 화계사에 머물 때 일본 정토종 중을 만나고 나서 봉원사 이보담李寶潭 스님과 원흥사 안에 불교연구회를 설립한 이유가 있소. 일본 정토종의 근대화된 포교 전도를 타산지석으로 배우고자 함이었지 정토종 중이 되자는 속셈은 아니었소. 조동종 중들이 우리 조선 절에 들어와 살아도 된다고 허락한 이회광의 매종賣宗과 이 홍월초가 가는 길은 근본적으로 다르다는 것을 알아야 하오.

나는 명진학교 때부터 일인을 초빙하여 일어를 가르치게 했소. 왜냐, 지피지기 해야만 우리 조선 불교가 살아남을 것이라고 생각했기 때문이오. 그런데 여러분은 왜 적을 알고 나를 알아야 살아남는다는 이치를 아직도 모르는 것이오!"

불교연구회가 정토종 종무원의 자금을 지원받고 정토종 종지宗旨인 '정토淨土'를 지향하는 모임이었다고는 하지만, 그 근본 취지는 조선 불교보다 앞서가는 포교 전도를 연구하는 데 있었던 것도 사실이었다. 물론 모임의 인물 중에는 정토종 배지를 자랑스럽게 달고 다니거나 이회광처럼 친일을 염두에 둔 승려도 있었으므로 오해받을 만한 소지가 없지는 않았지만, 월초만은 조선 불교에 생기를 불어넣어 보자는 순수한 입장이었던 것이다. 총독부의 조선 불교 말살 지령에 격렬하게 반발했던 한용운과 김법린, 그리고 천도교 교주 손병희孫秉熙가 봉선사를 자주 찾아와 월초를 만나고 가는 것은 바로 그런, 월초의 속마음을 알기 때문이었다.

청년 사미승은 10여 명의 강원 학인들 중에서 일어 실력만큼은 가장 앞섰다. 강원 생활 4개월 만에 일어 원서를 읽고 학인들 앞에서 일어로 연설할 정도였다. 월초가 강원 졸업 며칠 전 일어 특별 시간을 마련해 자신과 구면이자 불교중앙학림 강사인 하야카와 케이조를 부른 적이 있는데, 그때 그 역시도 발군인 청년 사미승의 일어 실력에 감탄을 금치 못했다.

1917년 7월 15일. 월초는 강원 사미과 제 1회 졸업식날 밤 아무도 모르게 그를 주지채로 불렀다. 월초는 정식으로 사미과를 마친 그의 손을 잡아끌면서 말했다.

"내 눈이 틀리지 않았다. 나는 너를 사미라 부르지 않고 태허라 부르겠다. 태허란 허공이다. 너는 허공처럼 대장부로 살아야 한다."

태허는 벌떡 일어나 월초에게 삼배를 했다. 월초는 태허를 처음 대면했을 때와 같이 고개를 한 번 끄덕했을 뿐 돌부처처럼 미동도 하지 않았다. 나는 할 말을 다했으니 이제 너의 일을 보라는 식이었다.

## 사 람 이   하 늘 이 다

봉선사에 처음 온 행자나 사미승들은 월초와 손병희를 구분하지 못했다. 얼굴이 서로 너무 닮았으므로 헷갈렸다. 사미승 태허도 처음에는 혼동했으나 곧 두 사람의 특징을 가려냈다. 콧수염을 단 얼굴이 비슷하긴 하지만 손병희와 월초가 다른 점은 있었다. 월초는 턱수염이 없었지만 손병희는 늘 턱수염을 기르고 다녔다. 또한 얼굴 표정을 뜯어보면 월초는 근엄했고 손병희는 부드러웠다.

월초가 손병희보다 세 살 위였으나 두 사람은 친구처럼 사귀었다. 서로 존댓말로 얘기하다가도 기분이 좋을 때는 '이놈, 저놈' 하며 말을 놓고 농을 주고받았다. 태허가 봉선사와 수국사를 왕래하며 월초 밑에서 정진하고 있을 때 손병희는 봉선사를 더 자주 찾아왔다. 천도교 수련도장인 서울 봉황각에서 1912년부터 3년 동안 지방 교역자들에게 해왔던 논강이 끝나 외출이 자유로워졌기 때문이었다.

실제로 동학의 이름을 천도교로 바꾼 손병희는 봉황각에서 3년 동안 49일씩 7차에 걸쳐 483명을 교육시켰다. 천도교의 인내천人乃

天, 즉 '사람이 하늘이다'라고 손병희 자신이 깨달은 바를 주제로 가르쳤는데, 이는 동학의 창시자 최제우의 '시천주侍天主(내 마음 안에 하느님을 모신다)'와 동학의 2대 교주 최시형의 '사인여천事人如天(하늘과 같이 사람을 섬겨라)'의 가르침을 계승한 것이었다.

그런데 천도교 교주 손병희가 전국 방방곡곡의 천도교 교역자들을 서울로 불러 수련시킨 목적은 종교적인 정진 외에 다른 뜻도 있었다. 특히 신분과 계급을 초월해야 한다는 인간평등을 강조했던 손병희의 가르침은 야만적인 일본 침략을 고발하고 조선독립의 신념을 깊이 심어주기 위한 정신무장이자 방편이었다. 손병희는 자신의 인생을 조선독립에 바치기로 하고 10년 목표를 세워 천도교 교역자들에게 조선은 반드시 독립해야 한다고 은밀하게 가르쳤던 셈이었다.

그날은 손병희가 젊은 만해를 데리고 왔다. 만해萬海 한용운은 월초가 교장을 역임했던 명진학교 출신으로 같은 승려이지만 월초를 꼭 선생님으로 불렀다. 태허는 주지채로 올라가 차 심부름을 했다. 차 심부름도 고명한 손님들을 사귀라는 월초의 배려였다. 월초는 외부 손님이 왔을 때는 더벅머리 행자를 심부름시키지 않고 반드시 태허를 불러 방에 앉혔다.

찻물을 끓이는 것은 더벅머리 행자 몫이었다. 어린 행자가 마당가 차아궁이에 잔솔가지와 솔방울을 넣고 불을 붙였다. 솔방울은 연기를 내지 않는 땔감이었다. 찻물은 금세 물고기 눈 같은 기포를 드러내며 끓었다. 태허가 찻물을 담은 무쇠주전자를 들고 방으로 들어갔을 때 이번에는 낯선 승려가 보였다. 태허보다 열 살 위인 만해였다. 만해의 첫 인상은 날카롭고 강했다. 다탁을 사이에 두고 월초와 손병희가 마주보며 앉았고, 만해는 고집스럽게 한 걸음 정도 떨어져 반가부좌를 틀고 있었다. 월초가 만해에게 말했다.

"좀 더 가까이 앉으시게."

"괜찮습니다, 선생님."

월초가 네 개의 찻잔에 차를 가득 채우자, 태허는 다탁에 놓인 찻잔을 공손하게 들고 손님들 앞으로 날랐다. 그리고 자신 앞에도 찻잔을 가져다놓았다. 월초는 습관대로 차를 빨리 돌렸다. 손님들이 마시기 바쁘게 연거푸 세 잔을 따르더니 말했다.

"태허야, 인사 드려라. 몇 년 전에 〈조선불교유신론〉이란 논문을 발표해서 우리 절집을 들었다가 놓은 만해스님이다."

"아이고, 선생님. 과찬이십니다."

손병희가 거들었다.

"나도 보았소. 조선 불교의 병을 진단하고 처방전까지 내놓은 유신론이었소."

"월초 선생님 덕분입니다. 다만, 허물이 있다면 모두 부족한 저의 탓입니다. 제가 출가해서 명진학교를 다니지 않았다면 신학문을 어디서 접했겠습니까? 외전外傳을 배우지 않았더라면 불교 밖의 세계를 어떻게 알았겠습니까?"

"오랜 역사를 자랑하지만 우리 절집을 들여다보면 답답할 수밖에."

월초는 만해의 말에 한마디만 하고 입을 다물더니 차를 무겁게 마셨다. 태허가 조심스럽게 손병희에게 물었다.

"의암義菴 선생님, 오늘 두어 가지만 여쭈어봐도 되겠습니까? 선생님께서 말씀하신 '사람이 하늘이다'를 '사람이 부처다'라고 해도 되겠습니까?"

"옳거니, 말만 다르지 같은 뜻이오."

"천교도에서 '내 안의 하느님을 모신다'를 불교의 '누구나 다 불성佛性이 있다'로 받아들여도 되겠습니까?"

손병희가 크게 만족하며 말했다.

"내가 따르는 차를 한 잔 받으시오."

태허는 무릎을 꿇고 찻잔을 내밀었다. 다관에서 나온 찻물이 또르륵 소리를 내며 찻잔에 떨어졌다. 손병희는 만해의 찻잔에도 차를 부었다. 손병희에게 다관을 건네받은 월초는 묵묵히 태허를 바라보기만 했다. 찻물이 다 됐으니 다시 뜨거운 찻물을 가져오라는 뜻이었다. 태허는 월초의 마음을 간파하고 빈 무쇠주전자를 들고서 뒷걸음질로 물러났다.

그때 만해가 밖으로 나와 정랑을 찾았고, 태허는 차아궁이에 불을 지피며 얼굴에 검은 검댕을 묻힌 어린 행자를 불러 정랑까지 안내해드리라고 시켰다. 그러자 만해가 조금 전 방에서 처음으로 대면한 태허를 비범하게 느꼈던지 불쑥 돌아보며 말했다.

"내 〈조선불교유신론〉을 보고 싶소?"

태허도 기다렸다는 듯이 대답했다.

"방금 의암 선생님께서 병든 조선 불교의 처방전이라 했습니다.

반드시 보고 싶습니다."

만해가 호주머니 속에서 얇은 책을 한 권 꺼냈다. 태허는 만해가 들고 있는 책이 〈조선불교유신론〉이라는 것을 직감했다.

"허물이 보이면 언제라도 지적해주시오."

만해는 정랑으로 들어가버렸고, 태허는 마당가 차아궁이에 무쇠 주전자를 올려놓고 행자 대신 입으로 바람을 만들어 후후 불며 잔불을 살렸다. 만해가 다가와 혼잣말로 투덜거렸다.

"차를 마시면 오줌만 마려워서."

태허가 방으로 들어가려는 만해에게 한마디 했다.

"스님, 무슨 일로 봉선사에 오셨습니까?"

"거사 날을 잡기 위해 왔지요."

"무슨 거사입니까?"

"독립 선언을 하고 탑골 공원부터 독립만세운동을 시작할 겁니다."

태허도 막연하게 분위기는 감지하고 있었지만 만해 입을 통해서 직접 듣고 나니 비로소 실감이 났다. 태허는 망설이지 않았다. 자신도 독립만세운동에 적극 동참할 결심을 했다. 봉천 신흥무관학교에 입학하지 못하고 좌절된 것에 대한 반작용이었다. 사실 작년부터 손병희는 독립만세운동을 주동할 인물들과 만나 거사 계획을 세워왔으며 봉선사에 와서도 월초를 만나면 으레 조선독립운동 얘기부터 했고, 태허는 차 심부름을 하면서 얼핏얼핏 그런 얘기를 들었던 것이다.

태허는 차아궁이 옆에서 만해가 건네준 책을 폈다. 첫 장 서문과 서론의 한 구절부터 시선을 끌었다. 태허는 아궁이 속의 불티로 눈썹에 불이 붙은 것처럼 놀랐다.

    매실을 보고 그 갈증을 멈추게 하는 것도 양생의 방법이다. 그러나 이 유신론이야말로 매실의 그림자에 불과하다.
    갈증의 불이 몸을 불태우니 매실의 그림자를 가지고서라도 만석이나 되는 많은 샘물을 당해내지 않을 수 없는 처지이다.

    조선 불교 유신에 뜻을 둔 이가 있기는 하나 지금까지 드러내지 않는 것은 무엇 때문인가? 하나는 천운에 돌리고, 하나는 남을 탓함이 그 원인인 것이 분명하다. 나는 '일을 성사시킴이 하늘에 있다'는 말에 의혹을 품게 된 뒤 비로소 조선 불교 유신의 책임이 천운이나 남에게 있는 것이 아니라 나에게 있음을 알았다.

태허는 월초의 묵직한 음성에 책을 덮었다.
"찻물 가져오너라!"
"네."
방 안에서는 독립 선언과 만세 운동에 대한 깊은 얘기가 오가고 있었다. 손병희가 주로 얘기하고 과묵한 월초는 듣는 입장이었다. 만해는 여전히 한 걸음 떨어진 채 꼿꼿하게 앉아서 손병희가 묻는 말에만 대답하곤 했다.
"만해스님이 불교 대표들을 만나 우리 입장을 설명해주시오."

"큰절 스님들은 다 산중에 계시니 뵙기가 힘들고 비밀을 유지하기도 힘듭니다. 일본의 정토종이나 조동종 승려들이 우리나라 산중 절까지 들어와 있는 형편이기 때문입니다."

월초가 고개를 끄덕거리며 만해의 말에 동의했다. 그러자 손병희가 천도교 쪽의 입장을 얘기했다.

"우리 천도교에서는 이미 15명을 대표로 뽑아 놓았어요. 원근각처에서 만세 운동을 주도할 교역자들이지요."

월초가 부러운 듯 말했다.

"목숨을 내놓겠다는 대표들이 15명이나 된다니 대단합니다."

"신자 2백만 명 중에서 내가 직접 뽑은 교역자들입니다. 불교계 고승들은 몇 분이나 대표로 동참할 것 같습니까?"

"만해스님이 얘기한 대로 어려움이 많아요. 내 생각으로는 서울 대각사에 계시는 백용성스님이야 흔쾌하게 동참하시겠지만 말입니다."

손병희는 다른 날과 달리 오후 늦게 떠나지 않고 점심을 한 뒤 바로 봉황각으로 돌아갔다. 바랑을 멘 만해도 손병희와 함께 떠났다. 그들이 떠난 뒤 월초는 주지채 자신의 방을 정리했다. 손병희와 주고받은 편지를 손수 마당가 차아궁이에 넣고 태웠다. 벽장 속에 개어놓은 장삼은 한 벌만 남기고 태허에게 물려주었다. 족자와 병풍만 방에 남겨두고 선물받은 벼루들과 붓통 등은 강원 학인들이 사용하게끔 강원 방으로 옮겼다. 태허는 월초가 자신의 신변을 정리하는 것을 보고는 일이 급박하게 돌아가고 있음을 느꼈다.

실제로 2월 하순부터는 봉선사도 태풍전야처럼 긴장감이 팽팽하게 감돌았다. 손병희가 독립선언서를 선포하기로 한 3월 1일이 다가오고 있었다. 그런데 애석하게도 월초는 3.1운동의 민족대표 33인에 들지 못했다. 만해는 손병희가 당연히 동지인 월초의 동의를 받았을 거라고 방심했고, 손병희는 불교 쪽이니 만해가 스스로 찾아가서 승낙받았을 거라고 믿었던 것이다. 물론 자신의 신변을 정리하기까지 했던 월초는 그런 자리나 이름에 연연하지 않았다. 자기 질서를 지키면서 젊은 승려들을 교육하여 그들이 세상을 이롭게 하는 것이 수행자로서 자신의 몫이라고 생각했기 때문이었다.

### 서 대 문 형 무 소

서대문형무소에 수감된 지 한 달 만이었다. 태허와 함께 붙들려온 지월(이순재)이 갑자기 "독립 만세!" 하고 소리를 치자 간수들이 달려왔다. 정의감이 강한 지월은 봉선사가 소유하고 있는 산과 토지를 관리 감독하는 농감農監이었는데, 소작농들 편에서 일을 보아온 승려였다. 일인 간수들을 본 태허는 물론이고 봉선사 승려 김석로와 강완수가 그들을 조롱하듯 피식 웃었다. 지월이 또다시 "독립 만세!" 하고 외치자 간수 한 사람이 지월을 겁박하며 끌어냈다.

지월은 지하 고문실로 끌려갔다가 하루가 지난 뒤에야 올라왔다. 못에 찔린 온몸은 멍이 들고 피딱지가 덕지덕지 붙어 있었다. 수감자에게 가장 두려운 고문 중 하나인 상자 고문까지 당했던 것이다. 상자 고문이란 못이 삐쭉삐쭉 나온 상자 속에 수감자를 넣고 간수가 상자를 흔들어대는 고문이었다. 상자 고문을 심하게 당한 수감자는 누구나 예외 없이 얼굴과 등, 엉덩이와 다리 등 온몸이 피투성이가 되었다.

태허는 지월의 볼에 난 상처를 보면서 이를 악물었다. 볼은 구멍이 나 피딱지 사이로 피가 흐물흐물 흘렀다. 지월은 볼에 난 상처와 입술이 부어올라 말을 못했다. 엉덩이가 찢어져서 고통 때문에 앉지도 못했다. 광릉천장터에서 함께 붙들려온 김석로와 강완수는 지월을 붙들고 소리 없이 울었다. 태허도 눈물을 주르르 흘렸다.

봉선사 승려들이 받은 죄목은 광릉천장터 만세시위운동 주도와 불온문서 제작 및 유포죄였다. 경성지방법원은 태허와 지월, 김석로와 강완수가 1919년 3월 30일 광릉천장터에서 만세 시위를 주도하고 등사기로 시위 격문을 인쇄하여 남양주 주민들에게 유포했다는 죄로 모두에게 실형을 선고했는데, 태허의 형량은 1년 2개월이었다. 만세시위운동의 가담 정도에 따라 1년에서 1년 6개월의 징역형을 선고했던 것이다.

보름 후. 지월은 소동을 일으킨 죄가 더해져 지하 독방으로 이감됐고, 지월의 자리에 사회주의자 김사국金思國이 들어왔다. 1919년 4월 하순의 일이었다. 김사국의 죄목은 한성임시정부를 선포하는 국민대회에 참가한 뒤 종로 통의동 부근 주민들에게 불온문서를 유포했다는 것이었다.

김사국은 태허를 보더니 자신을 소개했다.

"스님, 고생이 많습니다. 제 법명은 해광解光입니다. 지난 4월 23일 국민대회에 참가했다는 죄로 들어왔습니다."

김사국이 굳이 법명을 밝힌 것은 수감자들이 승려이기 때문에 호감을 주기 위해서였다. 태허 옆에 있던 김석로가 가르마 머리를 한 김사국을 보면서 물었다.

"우리와 같은 스님이라는 말이오?"
"신학문을 배우기 전에 어머니와 함께 유점사에서 살았지요."
이번에는 태허가 물었다.
"어머니가 비구니스님입니까?"
"그렇소. 어머니 법명은 안국당安國堂입니다. 제가 열세 살 때였지요. 어머니는 아버지가 돌아가시자 형제를 데리고 서울에서 충주로 내려갔다가 점쟁이가 식구들이 장수하려면 불전에 축원하라는 말을 듣고 유점사로 갔습니다."
김석로가 웃으며 말했다.
"점쟁이가 용하오. 하하하. 어머니를 스님으로 만드는 신통력이 있으니 말이오."
"먹고 살기도 힘들고 불공 드리지 않으면 저나 남동생이 단명한다고 하니 그랬던 겁니다. 충주에서 유점사까지 한 달을 걸려 걸어갔습니다. 어머니는 바로 머리를 깎고 스님이 되었고 저는 어머니가 붙여준 독선생獨先生에게 한문을 배웠지요."
나이를 따져보니 김사국은 태허보다 여섯 살 위였다. 김사국은 신학문을 제대로 배워서인지 아는 것이 많았다. 소련의 정세와 사회주의 사상까지 환히 꿰뚫고 있었다. 더구나 김사국은 일본까지 가서 견문을 넓히고 온 지식인이었다. 그는 나이 16세 때 보성중학교에 다니다가 일본으로 건너가 대한흥학회 활동을 하던 중 그만두고 귀국하여 경성고등보통학교를 들어가 마쳤다고 말했다. 채기두蔡基斗와 최린崔麟이 초대 회장과 부회장을 맡았던 대한흥학회는

1909년 1월에 크고 작은 동경유학생 모임들을 통합한 연합회 성격의 단체였다.

첫날부터 김사국은 가장 좋은 자리로 가 앉았다. 그에게 몇 마디를 듣고 공감한 태허가 변기에서 조금 떨어진 지월이 앉았던 자리를 권했던 것이다. 김사국은 태허에게 소련과 중국, 일본의 지식인들 사이에 사회주의 사상이 퍼지고 있는 국제적인 흐름을 얘기해주었는데, 이제 조선도 소작농이나 무산자無産者들이 긴 잠에서 깨어나 자신의 권리를 쟁취하기 위해 힘을 모아야 한다고 주장했다. 김사국의 얘기를 들을 때마다 태허는 새롭게 눈이 떠지는 것 같았다. 고향에 있는 속가만 해도 사정은 마찬가지였다. 경상도 상산(상주)에서 평북 철산으로 이주해온 이후 조상 대대로 변변치 않은 농토를 일구거나 부잣집 소작농으로 살아왔는데, 흉년이 들면 서당을 운영하는 할아버지까지도 끼니를 제대로 잇지 못하고 식구들 모두가 배를 곯았던 것이다.

태허는 김사국에게 날마다 비슷비슷한 얘기를 들었지만 지루하지 않았다. 오히려 형무소를 출소하면 김사국과 더욱더 가깝게 인연을 이어가고 싶었다. 김사국에게는 태허가 갖지 못한 국제적인 안목과 사람들을 단번에 설득하는 언변이 있었다.

태허와 김사국은 소등이 된 밤중에도 손바닥만 한 창문으로 흐릿하게 들어오는 달빛을 보면서 얘기를 주고받았다.

"해광이란 법명은 누가 지어주었소?"

"유점사 주지스님이 준 법명이오. 저도 어머니처럼 머리를 깎고 사미로 살았지요. 절에서 비록 3년밖에 살지 않았소만."

"환속했군요."

"절이 성격상 맞지 않았소. 나는 사람들이 많이 모이는 서울이 그리웠어요. 한문보다는 신학문을 배우고 싶기도 했고."

"그래서 보성중학교를 갔군요."

"비구니스님이 된 어머니를 졸라 동생 사민이와 외할머니가 계시는 서울로 내려왔어요. 동생은 절에 놔두고 오려고 했으나 동생이 눈치를 채고 하루 종일 우는 바람에 같이 와 종로에서 살았지요. 저는 그해에 보성중학교에 입학했어요."

동생 김사민은 자신과 달리 성격이 거칠어 어린 나이지만 절에서 무슨 일을 저지를지 몰랐으므로 서울로 함께 왔다고도 했다. 김사국의 말대로 김사민은 성장해서도 성격이 우직하고 저항적이어서 눈앞에 장애가 나타나면 참지 못했다. 김사민도 형과 같이 사회주의운동을 하다가 1923년 1월 16일에 출판법 위반으로 2년 징역형을 받고 서대문형무소에 수감되었는데 큰 사건을 일으키고 말았다. 부당하게 처우하는 일인 간수가 찬 긴 칼을 빼앗아 그의 머리에 중상을 입혔던 것이다. 간수가 모자를 쓰고 있지 않았더라면 사망에 이를 뻔했던 사건이었다. 부당한 것을 보면 불같이 화를 내는 성격 때문이었다. 이후 김사민은 일인 간수들의 혹독한 고문을 견디지 못하고 정신이상이 되어버렸다. 출옥한 뒤 석왕사로 가 어머니 안국당이 치료하고 간병했으나 결국 미치광이 폐인이 되어 객사하고 말았다.

"일본에서는 무슨 공부를 했소?"

"일본에서 고학하려고 했지만 마음대로 되지 않았어요. 대한흥학회도 별로 매력이 없었지요. 동경유학생들이 회비를 내고 모여서 지덕체를 연마하자, 귀국해서 계몽운동을 하자, 뭐 이런 한담을 나누다가 헤어지는 단체였지요. 나로서는 귀가 솔깃해지는 혁신적인 토론은 없고 모두들 점잖게 듣기 좋은 말만 하고 그랬어요. 고학도 안 되고 모임에도 흥미가 없고 그래서 서울로 와버렸지요."

초가을이 되자, 형무소 감방 안은 살얼음이 낀 듯 추웠다. 여름에는 달구어진 옥사 벽돌의 열기와 퀴퀴한 냄새로 견딜 수 없었지만 초가을부터는 뼛속 깊이 냉기가 파고들었다. 그래도 태허를 비롯한 봉선사 승려들은 잘 견디었지만 약골인 김사국은 추위에 약했다. 감기에 걸려 콧물을 흘리곤 했다. 어떤 날은 기침을 심하게 하여 목구멍에서 피가 넘어오기도 했다. 일인 간수에게 약을 원했지만 무시당하기 일쑤였다.

봉선사 강원에서 만났던 일어 강사 하야카와 케이조가 태허를 면회 오지 않았더라면 김사국은 큰 병이 도졌을지도 몰랐다. 하야카와 케이조는 태허에게 약속을 지켰다. 약을 일인 간수 편에 넣어주었던 것이다.

하야카와 케이조는 월초를 안내하여 또다시 서대문형무소를 찾아왔다. 하야카와 케이조가 형무소 소장에게 부탁한 덕분에 특별면회를 얻어냈던 것이다. 월초는 면회실에 먼저 와 태허를 기다리고 있었다. 특별면회실은 2평 남짓했다. 작은 책상과 의자는 감시하는 간수용이었고, 긴 책상과 의자는 수감자와 면회자용이었다. 태허와 김석로, 강완수는 월초를 보자마자 비좁은 시멘트 바닥에 엎드려 절을 했다. 잠시 후에는 간수의 손에 의지해 들어온 지월도 비틀거리며 월초 앞에서 엎드렸다. 월초는 몸이 몹시 상한 지월을 보더니 한동안 말을 못한 채 입술을 떨었다. 태허가 먼저 말문을 열었다.

"주지스님, 저희 때문에 마음고생이 많으시지요? 면목 없습니다."

"무슨 얘기를 하는 거냐? 우리들은 이심전심으로 수행하는 중이 아니더냐. 말하지 않더라도 하늘이 알고 땅이 안다. 삼세 불보살님들이 다 지켜보고 계신다."

지월이 눈물을 흘렸다. 그러자 월초가 의자에서 일어나 몸을 앞으로 숙이더니 지월의 눈물을 닦아주었다. 월초의 그 모습에 태허는 콧잔등이 시큰했다. 김석로와 강완수는 고개를 숙여버렸다.

"너희들 속가는 걱정하지 마라. 내가 돌보고 있다. 그러니 너희들은 몸조리를 잘해 무사해야 한다. 건강해야 수행도 잘할 수 있는 것이다. 임제선사가 수처작주隨處作主 입처개진入處皆眞이라 했다. 선 자리마다 주인공이 되어 진리의 땅이 되게 하라는 뜻이다. 감옥도 한 생각 바꾸면 법당이다."

월초가 법문이나 강의시간 외에 태허에게 여러 마디를 한 것은 처음이었다. 작심하고 면회를 와 법문하고 있는 셈이었다. 태허는 월초의 짧은 법문에 감동하여 환희심이 솟구쳤다. 감옥을 법당으로 생각한다면 억울하고 분한 마음이 사라질 것 같았다. 감옥이 비록 고통스럽기는 하지만 부처님의 6년 고행에 비하면 아무것도 아니었다. 월초가 면회실을 나가면서 태허에게 한마디 했다.

"네 속가 식구들은 이미 수국사 근처로 이사 왔다. 수국사에 딸린 논밭이 많으니 아무 걱정하지 마라."

"스님, 잊지 않겠습니다."

"허허. 쓸데없는 소리."

월초는 입을 다문 채 뒤를 돌아보지 않고 휑하니 나가버렸다. 태허는 월초의 뒷모습을 더 보려고 했지만 일인 간수의 손에 끌려나갔다. 태허는 입술을 질끈 깨물었다. 그의 입술에서 피가 흘렀다.

## 벙거지와 누비장삼

**폭설이** 그친 뒤 칼바람이 불었다. 흩날리는 눈가루가 방문을 때렸다. 문틈으로 칼바람이 비집고 들어왔다. 정씨 부인은 방문을 열고 나갈 엄두를 내지 못했다. 네 살 된 숙녀가 춥다고 칭얼거렸다. 작은댁이 사는 아래채 굴뚝에서는 연기가 나는데 정씨 부인이 기거하는 큰방은 냉골이었다. 수국사 농감스님이 태허의 소식을 전해준 뒤부터 냉골방에서 잤다. 승려가 된 남편이 서대문형무소에 수감된 날부터 단 한 번도 큰방에 불을 들이지 않았던 것이다. 그나마 다행인 것은 날마다 사랑방 솥에 쇠죽을 끓이기 때문에 얼음장만은 겨우 면했다. 사랑방 구들과 큰방 구들이 한 굴뚝으로 연결되어 있기 때문이었다.

정씨 부인은 수국사로 가서 놋쇠 마지摩旨 그릇들을 닦으려고 했지만 뒷날로 미루었다. 수국사 가는 길도 눈이 한 자나 쌓여 막혀 있었다. 며칠 전 수국사 농감스님이 절의 마지 그릇들을 닦아달라고 부탁했던 것이다. 수국사 소유의 논밭을 경작하고 있는 처지이므로 절의 허드렛일을 도와주어야 했다.

정씨 부인은 수국사에서 농토를 넉넉하게 빌려주어 먹고 사는 데는 지장이 없었지만 홀로 커야 할 어린 딸 숙녀를 보면 가슴이 아팠다. 숙녀는 아침에 눈만 뜨면 아래채로 가 놀았다. 태허의 동생이자 작은아버지인 김성호金星鎬가 숙녀를 친딸처럼 귀여워해주었다. 그러나 요즘에는 식구들 모두가 김성호를 보기 힘들었다. 추수가 끝나고 나서는 아예 용문사나 봉선사, 수국사 객방에서 열흘 이상씩 머물다 오기 때문이었다. 이제는 김성호마저 승려가 되지 않는가 싶어 식구들이 불안해했지만 막을 방도는 없었다.

정씨 부인은 짜다 만 벙거지를 끌어당겼다. 먹물을 들인 굵은 실로 짜가고 있는 벙거지였다. 누비장삼은 동짓날 이전에 무명 천 속에 솜을 넣고 바늘로 한 땀 한 땀 질러 이미 만들어놓은 상태였다. 어젯밤을 새웠으면 벙거지 모양이 다 나왔을 텐데 자꾸 손이 곱아서 밀쳐두었던 것이다. 얼굴이 아버지 태허를 빼닮은 숙녀가 말했다.

"우리 방은 왜 불을 때지 않아?"

"추우면 작은엄마 방으로 가 있어라."

"싫어. 작은아버지가 없잖아."

숙녀는 정씨 부인이 왜 방에 불을 들이지 않는지를 모르고 묻곤 했다. 정씨 부인으로서는 남편이 차가운 감옥에 있는데 자신만 따뜻한 방에 다리를 펴고 있을 수 없었다. 그래서 방에 군불을 지피지 않고 사는데 숙녀는 정씨 부인의 마음을 이해할 리 없었다.

"이거는 무엇이야?"

"벙거지라는 모자다."

"누구 것이야?"

"아버지 것이다."

"아버지는 어디 있어?"

"서울에 계신다."

"왜 한 번도 오지 않아?"

"공부를 하시는 중이다."

태허를 단 한 번도 본 적이 없는 숙녀는 또래보다 영특했다. 이것저것 물어보면서 아버지인 태허를 상상하는 모양이었다. 한 번 질문하면 끝이 없었다. 정씨 부인이 한마디 해야 멈추었다.

"추우면 어서 작은엄마 방으로 가라니까!"

숙녀가 방문을 열고 나갔다가 다시 들어와버렸다. 칼바람은 이제 눈보라로 바뀌어 있었다. 눈발 섞인 바람이 무섭게 몰아치고 있었다. 뒷산을 넘어가는 눈보라가 소나무 가지들을 부러뜨릴 듯이 흔들었다. 문풍지가 다급하게 울었다.

"무섭지? 아래채로 가거라."

"엄마도 작은엄마 방에서 놀자."

정씨 부인은 숙녀를 업고 아래채로 갔다. 등에 업힌 숙녀가 또 물었다.

"벙거지는 왜 아궁이 속의 재 같은 색이야?"

"아버지는 잿빛을 좋아하신단다."

숙녀가 또 무언가를 물으려고 하자 정씨 부인이 숙녀의 엉덩이를 치며 말을 막았다.

"그만 물어라, 이것아!"

아버지 없이 크는 숙녀가 불쌍해서 말을 받아주고 있었지만 정씨 부인의 속마음은 불티가 묻힌 화로 속의 재와 같았다. 숙녀가 자꾸 캐묻는 것은 식어가는 재를 헤집어 불티를 찾아내는 거나 마찬가지였다.

보름 후.

정씨 부인은 이른 새벽에 보따리 하나를 머리에 이고 집을 나섰다. 수국사에서 서울 서대문까지는 한 나절 이상을 걸어야 했다. 처음에는 숙녀를 데리고 가려 했으나 어린아이가 걷기에는 먼 거리였으므로 혼자 집을 떠났다. 수국사를 지나서 응달 길을 따라 불광동 어귀에 이르자 아침 해가 떴다. 응달 길은 아직도 눈이 쌓여 있었다. 눈길에서는 조심스럽게 잰걸음으로 걷다가 엉덩방아를 찧기도 했다.

정씨 부인은 마을 당산나무 아래 보따리를 내려놓고 잠시 쉬면서 해바라기를 했다. 때마침 서울로 땔나무를 팔러 가는 지게꾼들이 지나갔다. 지게꾼들은 걸음이 빠르지도 늦지도 않았다. 한결같은 걸음걸이로 무학재를 올라가고 있었다. 정씨 부인도 지게꾼들의 꽁무니에 서서 뒤따랐는데 정오 무렵에야 멀리 서대문형무소가 보였다. 서대문형무소는 무학재 너머 산자락에 붙어 있었다. 지게꾼들 덕분에 서대문형무소까지 지름길로 온 것 같았다.

서대문형무소는 정씨 부인이 지금까지 봐왔던 건물 중에 가장 컸다. 사람 키보다 높은 벽돌담장을 보자 숨이 막혔다. 정씨 부인은 숨을 고른 뒤 정문 쪽으로 걸어갔다. 그러나 한인 간수가 정씨 부인의 면회 신청을 접수받지 않았다. 형무소 자체 행사가 있어 면회를 받지 않는다고 거절했다.

"오늘은 면회 신청 받지 않으니 돌아가시오."

"간수님, 면회를 받아줄 때까지 여기 앉아 있겠습니다."

"내일 오란 말이오."

정씨 부인은 항의하듯 정문 밖에서 쭈그리고 앉아버렸다. 간수는 정씨 부인이 그러거나 말거나 모른 체했다. 그래도 정씨 부인은 면회 신청이 받아들여지기를 기다렸다. 벽돌담장 밑에서 짐승처럼 웅크리고 앉아서 밤을 새울 생각이었다.

석양이 기울고 기온이 뚝 떨어지자 일인 간수장이 한인 간수를 데리고 나타났다. 한인 간수가 물었다.

"면회할 사람이 누구요?"

"태허스님입니다."

"중이 한두 명인 줄 아시오. 이름이 누구요?"

"김성숙입니다."

간수장이 태허를 아는 듯 심각하게 찡그리고 있던 표정을 바꾸었다. 간수장은 태허(김성숙)의 일어 실력을 칭찬했던 일어강사 하야카와 케이조를 잘 알고 있었던 것이다. 간수장이 정씨 부인에게 손짓을 했다.

"하야카와 케이조 스키나 오보상다네. 츠이테 키테구다사이(하야카와 케이조 씨가 좋아하는 중이군. 따라오시오).”

"당신! 운이 좋은 줄 아시오."

면회를 거절했던 한인 간수가 투덜거렸다. 그러면서 간수장에게 거수경례를 하고는 자기 자리로 돌아갔다. 정씨 부인은 간수장 사무실로 따라갔다. 사무실은 화목난로의 온기로 창에 김이 서려 있었다. 김에 가리어 형무소 안의 옥사들은 흐릿하게 보였다. 간수장 사무실에도 한인 간수가 한 명 있었다. 한인 간수가 화목난로에 장작을 던져 넣으며 말했다.

"보따리를 풀어보시오."

"누비장삼과 벙거집니다."

"사제 옷과 모자는 전해줄 수 없소."

정씨 부인은 보따리를 풀다 말고 한인 간수를 쳐다보았다. 간수는 누비장삼과 벙거지를 확인하고는 단호하게 말했다.

"내가 할 수 있는 일이란 보관하고 있다가 출소 날 돌려주는 것밖에 없소. 어떻게 하겠소?"

"전해주신다니 감사합니다."

"나한테 고마워할 필요는 없소. 수감자 사제품은 돌려주게 되어 있소."

"간수님, 이 자리에서 태허스님을 만날 수는 있겠지요?"

"나는 위에서 시키는 대로만 할 뿐이오. 소장님 재가가 나야 되오."

간수장이 잠시 나갔다 돌아오더니 한인 간수에게 일본말로 지시했다.

"쇼초노 쿄다쿠가 오리타. 고코니 츠레테 키나사이(소장님, 허락이 떨어졌네. 이리 데리고 오게)."

"이곳으로 말입니까?"

"그렇다."

한인 간수는 고개를 갸웃거렸다. 면회실이 아닌 간수장 사무실로 수감자를 데려온다는 것은 있을 수 없는 일이었다. 간수장은 형무소 규정을 어겨가며 태허에게 호의를 베풀었다. 아마도 하야카와 케이조가 잘해주라고 특별하게 부탁을 한 것이 분명했다. 그러지 않고서는 불가능한 일이었다.

정씨 부인은 초조했다. 갑자기 입술이 탔다. 한때 남편이었던 태허를 만난다는 것이 반갑기보다는 두려웠다. 무서워서 두려운 것이 아니었다. 승려로 변한 모습과 마주친다는 것이 두려웠다. 입안의 침도 말랐다. 속이 떨려 한마디도 못 할 것만 같았다.

그런데 한인 간수가 혼자 돌아왔다. 간수장에게 일본말로 뭐라고 보고하더니 정씨 부인을 쳐다보며 퉁명스럽게 말했다.

"돌아가시오. 김성숙이 당신을 만나지 않겠다고 하오."

"그럴 리가 없습니다."

"집 떠난 중이 됐으니 당신을 만나지 않겠다는 것이오."

"무심한 사람이 스님이라더니."

정씨 부인은 더 매달리지 못했다. 자신을 아내로 인정해주지 않는 사실에 정신이 번쩍 났다. 태허는 이제 더 이상 자신의 남편이 아니었다. 숙녀만이 피붙이로서 딸일 뿐이었다. 정씨 부인의 태도를 지켜보고 있던 간수장이 한마디 했다.

"조센니모 혼모노노 오보상이 이탄다(조선에도 진짜 스님이 있군)!"

간수장이 믿을 수 없다는 듯 도리질했다. 간수장은 정씨 부인의 면회를 거절한 태허의 태도에 감동한 표정을 지었다. 한인 간수를 보며 감탄사를 연발했다. 한인 간수가 정씨 부인에게 "누비장삼과 벙거지는 반드시 전해줄 것이니 안심하라"고 말했다. 한인 간수는 약속을 지켰다. 태허에게 누비장삼과 벙거지가 전해진 것은 두 달 뒤 태허가 출소한 날이었다. 태허는 누비장삼에 벙거지를 쓴 모습으로 서대문형무소 정문을 나섰다.

조선에서 온 붉은 승려

3

## 화 택 세 상

달이 밝았다. 봉선사 경내에도 달빛이 금싸라기처럼 재였다. 태허는 야경을 돌지 않는 밤인데도 주지채 부근에서 서성거렸다. 그러다가도 월초의 기침소리가 나면 몸을 숨겼다. 월초를 만나 자신의 뜻을 고백하려고 했지만 용기가 나지 않았다. 태허는 어깨가 축축해진 것을 느꼈다. 밤이슬이 내리고 있었다. 밤이슬은 야광의 물체처럼 푸르스름한 빛을 냈다. 태허는 자신의 방으로 돌아와 누웠다. 잠이 올 리 만무했다.

수행자의 길과 세속인의 길은 엄연히 달랐다. 태허는 1920년 4월 28일 서대문형무소에서 출소한 뒤 무산자동맹에 가입해 김사국 등과 활동해보았지만 봉선사에 몸을 담고 있는 수행자로서 갈등이 왔다. 자신은 철저한 사회운동가도 승려도 아니었다. 이제는 하나를 선택해야 할 시점에 도달한 것 같았다. 자신을 아껴준 월초의 은혜를 저버리고 절을 떠난다는 것도, 의지만 가지고 세상 속으로 뛰어든다는 것도 결코 쉽지는 않은 일이었다.

태허는 벌떡 일어나 앉았다. 방문 밖에 그림자가 어른거렸다. 부엉이가 날갯짓하며 날아갔거니 하고 다시 누우려고 했지만 머리끝은 여전히 쭈뼛했다. 누군가가 태허의 방 앞에서 서성거리고 있는 것이 분명했다.

'야경 도는 스님이 방에 불이 켜진 것을 보고 주의 주려고 하는 것이 아닐까.'

태허는 그런 생각을 하면서 입 바람으로 호롱불을 훅 껐다. 그제야 묵직한 인기척이 났다. 태허는 직감적으로 월초임을 알고 방문을 열고 나가 합장했다.

"주지스님, 무슨 일이십니까?"

"너야말로 무슨 일로 내 방 앞을 왔다 갔다 하는 것이냐?"

태허가 대답을 못하자 월초가 말했다.

"며칠 전에 꿈을 꾸었다. 네가 봉선사를 떠나더구나. 내 꿈이 맞는지 말해보아라."

"주지스님, 비구계 계첩을 받지 않겠습니다. 제가 가야 할 길은 절 밖에 있는 것 같습니다."

"절 밖에서 무엇을 하겠다는 것이냐?"

"독립운동을 하겠습니다. 감옥에서 출소한 뒤부터 깊이 고민해 봤고 마침내 도달한 생각입니다."

"어리석구나! 부처님도 화택중생火宅衆生이라 했거늘 탐진치貪瞋癡로 불이 난 네 몸뚱이 화택으로부터 먼저 벗어나는 것이 급선무가 아니겠느냐?"

"저는 세상의 급한 불부터 먼저 끄고 돌아오겠습니다."

월초는 희미하게 미소를 지었다. 사실 화급한 면으로 친다면 불붙은 화택중생이나 화택세상은 같은 말이었다. 월초가 미소를 짓는다는 것은 허락한다는 의미였다. 월초는 단서를 달았다.

"내년 봄에 비구계를 받고 떠나거라."

"무슨 말씀이신지요. 절을 떠나는데 왜 비구계를 받으라 하십니까?"

"계를 받는 공덕이 있지."

"떠나는 제가 무슨 염치로 그런 공덕을 받겠습니까?"

"계란 나침반과 같아. 길을 잘못 들었을 때 바른 길을 가리켜주는 것이 나침반이 아니더냐. 더구나 네 호주머니에 든 계첩은 부적이 돼줄 것이다."

"부적이라뇨?"

"부처님이 호주머니에 계첩을 넣고 다니는 너를 지켜주실 것이다."

태허는 월초의 말에 콧잔등이 시큰했다. 절을 떠나겠다는데 비구계를 받으라고 강요하는 월초의 깊은 속내를 알고는 가슴이 먹먹해졌다.

"스님 말씀을 따르겠습니다."

"내일부터는 대중의 청규를 따르지 말고 네 마음대로 행동해도 좋다."

"금강산을 한 번 다녀와도 되겠습니까? 금강산을 한 번 보는 것이 소원입니다."

"만주로 갈 거면 지금 가지 마라. 떠날 때 아예 금강산으로 가서 머물다 가거라."

"무슨 말씀이신지요?"

"금강산에서 똑똑한 중이 올 것이다. 그때까지 기다렸다가 그 중에게 금강산 얘기도 듣고 그곳 절에 사는 중들을 소개받고 가야만 편히 머물 수 있을 것이다."

"네, 그러겠습니다."

"헌데 너는 왜 금강산을 가려고 하느냐?"

"일찍부터 금강산을 가보고 싶었고, 두 번째는 만주나 중국 본토로 가서 독립운동을 하다가 일이 잘못된다면 스님께서 반드시 피해를 볼 것입니다. 그래서 저는 금강산에서 살던 중이라고 신분을 속이려 합니다."

월초가 얘기한 중은 운허였다. 경송이 월초에게 자신의 상좌 운허를 자랑했던 적이 있는데, 월초는 젊은 그에게 자신의 가풍을 잇게 하고자 유점사에 있는 그를 불렀던 것이다. 운허는 지금 봉선사로 오고 있는 중이었다.

운허 역시 태허와 비슷한 사고를 가지고 있는 승려였다. 소설가 춘원 이광수李光洙와 8촌 사이인 운허(이학수李學洙)는 동갑내기였다. 이광수가 생일이 두 달 빨라 형이 되었다. 운허는 평양대성중학교를 다니다가 20세 때 한일합방이 되자 만주 봉천으로 건너가 한인 교포학교 동창학교 교원으로 재직하면서 항일단체인 대동청년단에 가입했다. 이후 1914년에는 교포아동학교인 홍동학교와 1917년에는 배달학교를 설립해 운영하다가 3.1운동 직후에는 독립군정기 기관지인 〈한족신보〉 사장에 취임하여 신문을 발행했으며 1920년에는 광한당을 조직해 독립운동을 했다. 그러다가 국내에 잠입했는데 동지들이 서울에서 체포되어 운허는 홍천의 수타사를 거쳐 유점사 말사인 봉일사로 숨었다. 이름도 이학수에서 박용하로 가명을 썼다. 당시 봉일사 주지는 경송이었는데 운허는 유점사로 가서 1921년 5월 경송을 은사로 용하란 법명을 받고 출가했다. 운허의 관심은 오직 독립과 교육이었다. 출가한 뒤 하나가 더 추가되었던바 그 일은 역경譯經이었다. 한자로 된 불경을 우리말로 번역하지 않으면 결국 조선 사람들에게는 무용지물이 되고 말 것이라는 생각 때문이었다.

"내 걱정은 하지 마라. 이유가 어찌 됐든 금강산을 보겠다고 한 것은 잘한 일이다. 금강산은 법기보살法起菩薩이 상주하는 명산이다. 법기보살이란 부처님 법을 일으키는 보살인즉 중국에도, 일본에도 없는 우리나라 금강산에만 계시는 보살이니라."

태허는 월초가 방을 나간 뒤 잠을 이루지 못했다. 새벽녘에는 영천 은해사에서 온 객승 차응준車應俊이 부는 대금소리에 자신도 모르게 눈물이 흘렀다. 태허는 무상함을 절감케 하는 대금의 흐느끼는 소리에 빠져들었다. 차응준은 도량석을 돌 때나 고향 생각이 나 기분이 울적해지면 대금을 꺼내 서산대사의 회심곡回心曲을 불곤 했다. 잠이 달아나버리자 온갖 상념들이 머릿속을 오락가락했다. 가는 길을 바꾼다고 생각하니 지난 일들이 산자락 저편 절골 마을의 불빛처럼 명멸했다. 서대문형무소로 면회를 왔는데 만나주지 않았던 속가 아내 정씨도 떠올랐다. 한 점 혈육인 숙녀도 아련히 그리웠다. 자신의 진로를 바꿀 줄 알았더라면 차라리 만나줄 걸 하고 후회도 했다. 정씨 부인이 맡기고 간 누비장삼과 벙거지 차림으로 출소한 날 마음속으로는 이기적인 자신을 탓하기도 했던 것이다.

며칠 후.
태허의 동생 성호가 봉선사에 나타났다. 성호는 머리만 길었지 승려나 다름없었다. 농한기에는 집에 가지 않고 부목처럼 수국사나 용문사, 봉선사 객방에서 살았다. 작년에는 모내고 김매는 농번기에도 절에서 살려고 해서 아내가 용문사까지 쫓아와 큰 소리로 언쟁한 일도 있었다.
태허가 출소한 뒤 성호가 봉선사를 찾아온 것은 처음이었다. 태허는 헛기침을 하며 성호가 든 객방으로 들어갔다. 성호는 태허를 형님이라 하지 않고 꼭 스님이라고 불렀다. 성호가 태허에게 작심한 듯 말했다.
"스님, 저도 머리 깎게 해주세요."
"중이 되겠다는 것이냐?"
태허는 잠시 입을 다물었다. 자신은 절을 떠나려고 하는데 동생은 절에 들어오겠다고 하니 길이 교차하는 느낌이었다. 말문을 막히게 하는 기막힌 운명이었다. 성호는 속가의 형인 태허가 망설이지 않고 승낙할 줄 알았는데 입을 다물어버리자 당황했다. 잠시 후 태허가 작은 소리로 말했다.

"부모님은 어떠하시더냐?"

"제 뜻대로 하라 했습니다."

"그래도 너마저 출가하겠다니 식구들의 상심이 클 것이다. 더구나 나는 머잖아 중국으로 떠난다."

"스님이 중국으로 갈 것이라는 소문은 수국사까지 다 퍼져 있습니다."

"사실이니 구차하게 변명하지는 않겠다. 나는 그렇다고 하지만 너마저 출가한다면 식구들은 누구를 의지하겠느냐?"

"아닙니다. 속가는 걱정 안 하셔도 됩니다. 형수님이 집안의 대들보처럼 워낙 살림을 잘하십니다."

성호는 태허의 속가 아내였던 정씨 부인을 집안의 대들보라고 부르곤 했다. 사실 정씨 부인이 수국사 부근으로 이사를 와서부터는 성호 아내를 데리고 농사는 물론이고 집안의 대소사를 맡아서 치르곤 했던 것이다.

"네 뜻이 그러하다면 어찌할 수 없구나."

"오늘 봉선사에 온 까닭입니다. 월초 주지스님에게 출가하려고 왔습니다."

"이왕 그렇다면 큰스님 회상에서 공부하는 것이 좋겠지."

"주지스님은 지금 어디에 계십니까?"

"주지채에 계실 것이다. 네가 가서 직접 여쭈어라."

성호는 지체하지 않고 바로 일어섰다. 출가 의지가 모나지 않은 성격과 달리 급하고 강했다. 태허는 자신이 설득하기에는 늦었다고 생각했다. 성호에게는 이미 중물이 들어 있었다. 성호가 방문을 나서다 말고 돌아섰다.

"스님, 또 드릴 말씀이 있습니다."
"무엇이냐?"
"형수님 부탁입니다."
"나더러 속가를 들르라는 말이냐?"
"형수님은 대가 끊길까 근심이 크십니다."
"그런 이유로 중이 속가를 들락거려도 된다는 말이냐?"
"스님이 절을 떠나 중국으로 간다는 소문은 속가 식구들도 모두가 알고 있습니다. 월초스님의 허락을 받았다는 소문까지 들었습니다. 그런데도 속가를 들르지 않겠다는 스님의 마음을 이해할 수 없습니다."

태허는 대답을 못했다. 며칠 사이에 월초를 만나 자신의 심중을 고백했던 얘기가 수국사까지 퍼져 있다니 놀라운 일이었다. 그렇다고 이미 사실이 되어버린 일을 두고 부정할 수도 없었다. 금강산을 거쳐 중국으로 함께 가기로 한 김규하金奎河에게 미리 얘기했는데 그 내용이 소문으로 돌았는지도 몰랐다. 경상도 사투리가 유난히 심한 의성 출신인 김규하는 서울에서 사회주의 운동을 조금 하다가 지금은 봉선사에 머물고 있었다. 김규하와 함께 객방을 쓰던 차응준도 언변이 좋은 김규하에게 설득을 당해 덩달아 중국으로 가려고 결심했다. 그들은 태허가 금강산으로 떠날 날만을 기다렸다.

성호가 금세 월초를 만나고 돌아왔다.

"주지스님께서 봉선사에는 대중이 많으니 용문사로 가 풍곡스님에게 머리를 깎으라고 합니다."

"마음이 모질지 못한 넌 풍곡스님 밑에서 공부하는 것이 좋을지도 모른다. 나의 은사이신 풍곡스님은 호연지기가 대단하신 분이다."

다음 날 성호는 바로 용문사로 떠났다. 비로소 성호는 스스로 머리를 깎고 구면인 풍곡의 상좌가 되어 법명을 능허凌虛라고 받았다. 태허와는 속가나 불가나 허虛자 돌림의 동생이 되는 셈이었다.

## 운허와 태허

운허가 유점사에서 봉선사로 걸어오고 있을 때 태허는 용문사에서 살았다. 더러 서울로 나가 무산자동맹 사무실도 들렀다. 운허가 지금 서울로 오고 있는 까닭은 월초가 손상좌뻘 되는 그를 불러서였다.

1922년 동안거 해제를 한 뒤였다. 겨울의 손끝이 아직 매서울 때였다. 월초가 금강산으로 가는 봉선사 학인 편에 유점사 주지에게 서찰을 보냈던 것이다. 월초와 호형호제하는 유점사 주지는 운허를 불러 말했다.

"양주 봉선사에 계시는 홍월초 스님은 자네로 말하면 할아버지뻘 되네. 월초스님이 서찰을 보내왔네. 손상좌인 자네를 친히 보고 싶으니 봉선사로 보내라는 것이네. 그러니 어서 가보도록 하게."

유점사 주지는 운허에게 서찰이 든 편지봉투를 내밀었다.

"이걸 바랑에 넣게. 양주로 가는 길에 일본 형사들이 자네를 검문하면 이 서찰을 보이게. 월초스님이 자네 신분을 보증하는 서찰이네."

월초가 서찰을 보낸 까닭은 독립운동을 한 운허의 출가 전 이력을 알고 있기 때문이었다. 검문에서 출가 전의 이력이 밝혀진다면 곧바로 구속이었다. 승려증인 도첩을 지니고 있다 하더라도 안심할 수 없었다. 일인 형사들은 승려로 신분을 위장한 독립운동가들이 많다는 사실을 잘 파악하고 있었다.

유점사를 떠난 운허는 하루를 걸어 평강에서 하룻밤 묵으려고 주막집을 들어갔다가 예상한 대로 형사들의 검문을 받았다. 형사들 중에는 일인도 있고 한인도 있었다. 한인 형사는 운허가 도첩을 보여주었는데도 행적을 캐물었다.

"이 도첩 가짜 아니오?"

월초는 봉선사로 올 때 벙어리 흉내를 내라고 했지만 운허는 참지 못하고 말했다.

"중은 거짓말을 하지 않소."

"언제 중이 됐소?"

"도첩에 나온 대로 1921년 5월에 중이 됐소."

한인 형사는 고향을 떠난 이후의 행적을 하나하나 묻기 시작했다. 할 수 없이 운허는 서찰을 꺼냈다.

"이 서찰을 보시오."

"무언가?"

"봉선사에 계시는 월초 큰스님께서 검문하거든 이 서찰을 보여주라고 했소."

"월초가 당신을 보증하겠다는 말이군."

한인 형사는 봉투에서 서찰을 꺼내 읽어내려갔다. 서찰의 내용을 읽어가던 한인 형사의 손이 바르르 떨렸다. 서찰의 내용은 이러했다.

이 글을 쓴 늙은 중은 홍월초라는 중인바 조선 총독이 내 수양아들이오. 이 글을 소지하고 있는 중은 바로 내 손자라, 이 아이의 신원은 나 홍월초가 보증하는 바이니 지체 없이 통과시켜 경기도 양주 봉선사로 보내주기 바라오. 만에 하나라도 이 아이를 지체시켜 내가 도모하는 일에 차질이 생기면 총독에게 알려 엄히 추궁할 것인즉 이 점 각별히 유념토록 하시오.

서찰을 본 형사는 도리질했다. 총독이 서찰을 쓴 월초의 수양아들이라고 하니 기가 죽지 않을 수 없었다. 형사들은 곧 주막집을 물러가버렸고 운허는 며칠을 더 걸은 끝에 무사히 봉선사에 도착할 수 있었다.

마침내 운허는 저녁공양을 마치고 월초를 만나기 위해 주지채로 올라갔다. 아직은 겨울이라 낮이 짧았다. 저녁예불이 끝나자마자 경내는 금세 캄캄해졌다. 주지채 방안의 불빛이 마루와 토방을 희미하게 비치고 있었다. 토방에는 신발 한 켤레가 단정하게 놓여 있었다. 운허는 신발을 향해 합장한 뒤 말했다.

"큰스님, 유점사에서 온 객승입니다."

"들어오너라."

월초는 운허가 절하는 순간 호롱불을 꺼버렸다. 불이 꺼진 심지에서 한동안 연기 냄새가 났다. 방 안은 어둠에 휩싸였다. 운허는 창졸간의 변화에 놀랐다. 잠시 후 눈이 어둠에 익숙해지자 월초의 모습이 그림자처럼 보였다.

"중이 왜 됐느냐?"

"절로 피신했던 것이 인연이 됐습니다."

"절은 몸을 숨기는 곳이 아니다. 정말 중이 될 생각이 있느냐?"

"큰스님, 실다운 중이 되게 해주십시오."

"지금 방 안이 어떠한지 말해보아라."

"캄캄합니다."

월초가 다시 물었다.

"방 안의 어둠을 몰아내려면 어찌해야 하느냐? 몽둥이를 휘둘러 몰아내야겠느냐, 아니면 칼을 휘둘러 몰아내야겠느냐?"

"불을 다시 켜야만 합니다."

운허가 당황하지 않고 바로 대답하자 월초는 잠시 침묵했다. 그러더니 다시 운허를 다그치듯 말했다.

"방문을 열어 보아라. 바깥은 어떠한지 말해보아라."

"겨울바람이 차갑게 불고 있습니다."

"북풍을 피하려면 몸으로 막아내야겠느냐, 담을 쌓아 막아내야겠느냐?"

"밖으로 나가지 않으면 됩니다."

그제야 월초가 심지에 불을 붙였다. 심지를 태우는 불이 심하게 흔들리자 운허에게 방문을 닫으라고 손짓했다. 월초는 운허의 총기에 만족했다.

"방 안의 어둠은 몽둥이를 휘둘러도, 칼을 휘둘러도 몰아낼 수 없다. 네 말대로 불을 켜면 된다. 중은 지혜의 불을 켤 줄 아는 사람이다."

순간, 운허는 머리에 벼락이 치는 느낌이 들었다. 월초의 법문에 눈앞이 크게 밝아지는 듯했다. 피신 중에 임시방편으로 승려 행세를 하다가 월초를 만나 비로소 참다운 수행자가 돼야겠다고 발심을 했다.

"북풍한설을 몸으로도, 담으로도 막을 수는 없는 일이다. 네 말대로 방문을 닫으면 된다. 중은 자기를 가둘 줄 아는 사람이다. 알겠느냐?"

"큰스님, 다시 절 받으십시오."

운허는 월초에게 다시 삼배를 올렸다. 단 몇 마디로 자신을 압도하는 월초야말로 소문대로 큰스님이었다. 월초 역시 자신이 던지는 질문에 막힘없이 대답하는 운허가 대견했다. 부처님 법의 큰 그릇이 될 것 같은 예감이 들었다. 몇 달이라도 직접 가르치고 싶을 정도로 욕심이 났다.

"유점사에서 하는 공부도 있겠지만 봉선사 강원에서 몇 달만이라도 나한테서 공부하고 돌아가거라."

"큰스님 말씀을 따르겠습니다."

운허는 다음 날로 바로 봉선사 강원에 들었다. 그런 지 며칠 만이었다. 밤중에 월초는 은밀하게 운허와 태허를 불렀다. 때마침 태허는 용문사에서 돌아와 있었다. 은사 풍곡이 하는 자잘한 사무를 도왔고, 속가동생 능허에게 며칠 동안 조석 예불하는 법,《반야심경》이나《천수경》등 짧은 경전을 가르쳐주고 왔다.

월초는 여느 날과 달리 차를 준비해놓고 있었다. 손님이 오지 않았는데도 대중스님과 차를 마신다는 것은 아주 드문 일이었다. 시간을 유난히 아껴 쓰는 월초이기에 손상좌와 차담을 한다는 것은 하나의 사건이었다. 다탁에는 다식용으로 그릇에 인절미도 놓여 있었다. 무릎을 꿇고 있는 운허는 몹시 긴장했고, 태허는 반가부좌로 편안하게 앉았다. 월초는 차를 한 잔 따른 뒤 무겁게 말문을 열었다. 그 바람에 운허와 태허는 찻잔을 들었다가 놓아야 했다.

"너희들은 큰일을 해야 할 중이다."

태허는 자신에게 당부할 월초의 말을 이미 짐작했다는 듯 말했다.

"당부를 따르겠습니다."

"큰 뜻을 이루려면 너희들은 각자의 길을 가야 할 것이다. 운허는 국내에서 큰일을 하고, 태허는 대륙으로 가 활동하거라."

월초의 당부는 죽기 전 제자들에게 남기는 유훈이나 다름없었다. 이제 자신의 목숨도 12년밖에 남지 않았다고 예견해왔던 월초는 자신의 가풍을 잇는 데 운허에게는 절 안에서 교육과 역경을, 태허에게는 절 밖에서 독립운동을 주문했던 것이다.

월초의 당부는 뜻밖에도 부드러웠다. 겨울바람이 봄바람으로 바뀐 것 같았다. 평소에 하던 무거운 말투가 아니었다. 손상좌가 되는 운허와 태허를 바라보는 눈빛도 자애로웠다. 그러나 시간을 지체하지 않는 태도는 변함이 없었다. 차를 세 잔 마시는 동안 할 말을 다 하고 나서는 운허와 태허를 물리쳤다. 운허와 태허는 다식으로 나온 인절미를 입에 물지도 못하고 주지 방을 나왔다.

그날 밤 태허는 운허를 자신의 방으로 불러 평안도 사투리로 고향과 절 얘기를 나누며 밤을 새웠다. 두 사람은 독립운동의 열망을 가슴에 품고 있기 때문인지 오래된 도반처럼 바로 의기투합했다.

다음 날.

태허는 하룻밤 동안에 흉금을 터놓고 얘기하는 사이가 된, 유점사에서 온 운허와 헤어졌다. 헐렁한 바랑을 메고 수국사로 떠났다. 수국사에 볼일이 있어 간 것은 아니었다. 중국으로 떠나기 전에 속가를 한 번 들르기 위해서였다. 철산 집을 떠난 뒤 단 한 번도 만난 적이 없는 어린 딸 숙녀가 사무치게 그리웠다. 속가 아내와도 하룻밤 자야 했다. 형수를 반드시 만나야 한다는 속가 동생 능허의 하소연을 끝내 물리칠 수 없었던 것이다.

## 금강산

진달래꽃이 흐드러지게 핀 날이었다. 태허는 월초의 당부대로 1923년 4월 8일에 소요산 자재암에서 비구계를 받았다. 법명은 성암星巖에서 성숙星淑으로 바뀌었다. 성숙은 속가에서 썼던 본명이기도 했다. 출가했다가 다시 세상으로 돌아가는 처지였으므로 상관없었다. 태허는 비구계 수계식을 마치자마자 바로 차응준, 김규하와 함께 홍천 수타사 가는 길로 나섰다. 금강산으로 가기 위해서였다.

들판에는 보리가 푸릇푸릇 봄바람에 물결치고 있었다. 논두렁길도 어느새 쑥, 냉이, 씀바귀, 봄까치꽃 등의 봄풀이 뒤덮고 있었다. 나물을 캐는 처녀들이 이따금 보였다. 겨우내 얼었던 논흙을 뒤엎고 있는 쟁기질하는 농부도 보였다. 쟁기를 끄는 암소가 코를 씩씩거렸다. 세 사람은 가평에서 농부들 사이에 끼어 새참을 얻어먹기도 하고 점심때는 탁발을 하여 공양을 해결했다. 새참을 얻어먹을 때는 차응준이 대금으로 태평가를 불어 축원하듯 답례했고, 낯선 마을에 들어 탁발할 때는 김규하와 태허가 목탁을 구성지게 치면서 주인을 불렀다.

수타사에서 하룻밤 묵기로 한 것은 태허가 결정했다. 운허가 서울에서 일경日警에 쫓기어 처음으로 숨은 곳이 수타사였다고 하는데, 태허는 운허를 숨겨준 수타사 주지를 만나고 싶었던 것이다. 진달래꽃은 홍천 가는 길의 산자락에도 만발해 있었다. 세 사람은 지름길을 타기 위해 가평땅 끝자락에서 나룻배를 타기도 했다. 오르막 산길로 들어서서는 발바닥에 물집이 잡힌 김규하가 처졌다. 태허와 차응준은 앞서 산길을 오르다가도 김규하가 보이지 않으면 한참을 기다리곤 했다.

산마루에 자리 잡아 앉은 차응준은 김규하를 기다리는 것이 지루한 듯 바랑을 풀었다. 바랑에서는 뜻밖에도 붉은 치마가 나왔다. 대금은 노을 빛깔로 빛이 바랜 치마 속에 있었다. 태허가 차응준을 마주보고 앉아서 물었다.

"속가 아내 치마인가요?"

"도둑장가 든 적도 없고 더더구나 처자하고 입 맞추어본 적도 없는디 어디에 속가 아내가 있겠십니꺼."

"그럼, 누구 치마란 말이오."

"할매한테 전해 받았는디 속가 어메 시집 올 때 입은 치마라고 합니다. 난 중이 될라꼬 집을 떠날 때 우리 어메를 보지 못했십니다."

차응준의 등 뒤로 키들이 큰 진달래가 숲을 이루고 있었고 봄볕을 받고 있는 꽃무더기가 화사했다. 차응준은 진달래 꽃그늘 아래 앉아 땀을 들이면서 대금을 만지작거렸다. 꽃그늘이 차응준의 얼굴에 어른거리다 사라졌다.

"어머니 치마요?"

"돌아가신 어메 혼을 저라도 달래주고 싶어서 바랑에 넣고 다니지예. 이 대금은 어메가 품은 한스런 소리를 냅니더."

"스님은 속가 아버지하고 사이는 좋았소?"

"아부지가 어메를 사랑해주었더라면 어메 혼이 덜 외로웠을 낍니더. 속가 아부지는 우리 어메를 놔두고 집을 나가 놀다가 장돌뱅이 마냥 몇날 며칠 만에 돌아올 때가 많았다고 합니더."

"응준스님한테 쓸데없는 말을 물어본 것 같소."

"지가 태허시님한테 실없는 소리를 하고 말았십니더."

차응준이 대금의 천공에 입술을 대고 음을 조율했다. 천공에 축축한 입 바람을 넣어야만 소리 내기가 용이해지는 모양이었다.

"대금을 분 지는 얼마나 됐소?"

"열다섯 살 때부터 장바닥의 남사당패 사내를 사귀어 배웠십니더. 그러니까 10년도 넘은 것 같십니더."

차응준에게 대금을 가르쳐 준 사내는 남사당패 인기가 시들해지자 각자도생하자고 해산한 뒤 마을로 들어온 사람이었다. 남사당패 사내는 전국의 장터를 돌아다녀서인지 말할 때 경상도 사람인데도 전라도 사투리가 튀어나왔다. 이윽고 차응준이 대금을 불었다. 몰입하면 대금의 소리와 차응준의 몸이 함께 움직였다. 감았던 눈의 눈꺼풀이 떨고 어깨가 움직이고 몸이 흔들렸다. 대금이 흐느끼는 소리를 내면 차응준의 몸도 같이 흐느끼는 듯했다.

김규하가 나타나자 차응준이 대금을 입에서 내렸다. 김규하는 몸시 고통스러운지 괴로운 표정을 짓고 있었다.
"수타사는 아직 멀었십니꺼?"
"저기 보이는 집들이 홍천 장터이니 조금만 더 가면 됩니더."
"발바닥에 물집이 잽혀 참말로 죽을 맛입니더."
 산길과 시골 길은 차응준이 훤했다. 은해사에 머물면서 해제 철이 되면 전국의 절을 돌아다녔으니 그럴 만도 했다.
"시님, 수타사 계곡에 용담龍潭이 있지예. 거기 물에 세족하면 몸 뚱이가 새털같이 가벼워집니더. 물집도 바늘로 따고 용담 물에 발 담그고 나면 씻은 듯이 나을 낍니더."
 김규하도 땀을 들이기 위해 자리를 잡고 앉았다. 차응준이 또 대금을 불었다. 태허는 차응준이 대금을 부는 것도 그 나름의 수행이라는 생각이 들었다. 소리는 비록 한스럽게 들리지만 그의 표정은 행복해 보였다. 대금소리와 하나 되는 그의 몸은 무아無我의 황홀한 모습이었다. 선사들이 체험하는 무아의 상태가 바로 그것인 듯도 했다. 차응준은 한 곡을 더 분 다음 한마디 했다.
"이 대금이 없었다면 천지간에 외로운 지는 술주정뱅이가 되어 미쳐버렸을지도 모르지예."

 수타사에서 하룻밤을 잔 세 사람은 양양으로 내려가 낙산사로 떠났다. 이번에는 태허의 몸이 가볍지 않았다. 수타사 객방에서 이부자리를 걷어차고 잔 탓에 감기가 들어 자꾸 기침이 터져나왔다. 양양 가는 길에도 진달래꽃이 만발해 있었지만 태허는 몸이 불편한 탓에 눈에 들어오지 않았다. 정오를 지나서는 머리가 어질어질했다. 한번 아프면 몹시 앓게 되는 체질이었으므로 태허는 은근히 걱정하지 않을 수 없었다.

해가 떨어진 뒤에야 낙산사에 도착한 세 사람은 저녁공양을 마치자마자 객방에 들었다. 차웅준과 김규하는 곧 코를 골았지만 태허는 잠을 이루지 못했다. 파도소리가 바로 귀밑까지 파고드는 것 같았다. 몸에 한기가 들어 이부자리를 덮고 새우처럼 웅크리곤 했다. 두 사람이 잠을 깰까봐 기침도 함부로 못하고 삼켰다. 새벽에는 머리가 깨질 것처럼 아팠다. 목이 따끔거리고 입술이 타 밖으로 나가 석간수를 들이켰다. 찬 바닷바람을 쐬니 살 것 같긴 했지만 열을 삭이는 데는 그 순간뿐이었다. 태허가 바깥을 자주 들락거리자 차웅준이 잠에서 깨어나 물었다.

"태허시님, 심하게 아픕니꺼?"

"밤새 한숨도 자지 못했소. 그러나 제 걱정은 하지 마시오. 금강산까지 갈 힘은 남아 있소."

"무리하지 마시지예. 낙산사에서 하루 이틀 더 있다 가도 될 낍니더. 속초 위 고성까지만 올라가면 금강산 1만2천봉 중에서 남쪽으로 금강산 끄트머리 봉인 구선봉이 보입니더."

금강산 끄트머리 봉이 보인다는 말에 태허는 벌떡 일어나 앉았다. 차웅준의 말은 사실이었다. 속초에서 고성까지 바닷길로 가다 보면 구선봉과 바위섬들로 이루어진 해금강이 보였다. 태허가 굳이 금강산을 경유해서 중국으로 들어가려는 이유는 자신의 미래 운명이 어찌될지 불분명하기 때문이었다. 중국 사람들도 유람하고 싶어 했던 금강산을 눈에 담고 떠나야만 여한이 없을 듯싶었다. 태허는 금강산이라는 말을 듣는 순간 자신도 놀랄 정도로 힘이 났다. 그러나 밥맛이 없어 아침공양은 한 술도 뜨지 못하고 길을 나섰다.

차응준이 말했다.

"태허시님, 몸이 불편하면 건봉사를 가지 말고 바로 해금강 쪽으로 갑시더. 바닷가 길은 가파르지 않십니더."

건봉사를 가려면 속초에서 바닷가 길을 따라가다가 동해를 등지고 내륙에 있는 고성읍으로 들어가야 했다. 건봉사 산세도 금강산 끝자락에 있다고는 하지만 해금강, 만물상에 비교할 수 있는 풍경은 아니었다. 태허는 원래대로 가자고 고집을 부렸다.

"건봉사에 들러 참배합시다."

차응준이나 김규하 반대를 못했다. 태허에게 봉선사에서 신세를 진 일이 있기 때문이었다. 사실 금강산을 가는 데 태허가 길을 결정하는 향도嚮導 노릇을 하고 있는 셈이었다. 그러나 태허는 건봉사에서 고열로 정신을 잃고 말았다. 잠을 자다가 헛소리를 하더니 정신을 놓아버렸다.

가장 당황했던 사람은 김규하였다. 이상하게도 차응준은 침착했다. 차응준은 태허를 반드시 눕혀놓고 태허의 손과 발을 주무르기 시작했다. 그러더니 방망이를 들고 태허의 발바닥을 세차게 쳤다. 그러자 믿어지지 않는 일이 벌어졌다. 태허가 벌떡 일어났다. 차응준이 태허를 업고 말했다.

"고성읍으로 나가면 한의원이 있을 낍니더."

"이 밤중에 어디로 간단 말이오. 덕분에 괜찮아졌어요."

태허가 정신이 돌아왔는지 기운은 없지만 분명한 말투로 말했다. 차웅준은 태허가 깨어났다고 생각하고는 안심했다.

"아이고, 깜짝 놀랐십니더."

방 안에서는 한바탕 소동이 일었지만 바깥의 세계는 적막강산이었다. 별들이 산자락에 곧 떨어질 듯 가깝게 떠 반짝이고 있었다. 이따금 소쩍새가 적막을 휘젓듯이 울 뿐이었다. 김규하는 곧 코를 골며 잠에 떨어졌다. 태허와 차웅준은 엎치락뒤치락했다.

"태허시님 잡니꺼?"

"아니오."

"목소리를 들어보니 어제보다 나은 것 같십니더. 막혔던 혈을 다 뚫어놨으니 하루만 푹 쉬면 나을 낍니더."

"지압을 배운 적이 있소?"

"남사당패 사내에게 어깨너머로 배웠지예. 남사당패 중에는 돌팔이 한의원도 있다고 합니다."

태허는 자신도 모르게 차웅준의 손을 잡았다. 차웅준이 옆에 없었더라면 어찌 되었을지 가슴이 철렁 내려앉았다. 차웅준은 키가 작았지만 손은 크고 따뜻했다.

"웅준스님, 잊지 않겠소."

"태허시님이 아니라면 지가 어찌 중국으로 갈 수 있겠십니꺼. 그러니 지는 고마울 뿐이지예."

차응준의 권유대로 태허는 건봉사에서 하루를 더 머무르다 다시 동해로 나가 해금강 쪽으로 향했다. 장안사나 마하연사도 가보고 싶었지만 몸이 불편하여 먼발치에서 금강산 1만2천봉을 바라보며 바닷길로 가다가 유점사로 들어갔다.

차응준이 태허의 기분을 맞추어주었다.

"눈으로 금강산 상상봉인 비로봉을 쳐다봤으니 금강산을 다 본 것입니더. 하하하."

유점사에는 중국으로 갈 승려가 또 있었다. 범어사에서 온 김봉환金鳳煥과 신계사에서 온 윤적묵尹寂默, 전북 정읍에서 온 한봉신이 있었다. 태허는 며칠 동안 도반처럼 가까워진 차응준과 금강산 산자락으로 올라가 그의 대금소리로 기운을 되찾았다. 차응준이 부는 대금소리는 한스럽기 짝이 없는데도 신기하게 그 소리를 듣고 나면 살맛이 났다. 대금소리는 마치 겨울바람에 눕는 보리 같았다. 눈보라가 몰아치면 힘없이 눕혀졌다가도 바람이 그치면 다시 파랗게 일어서는 보리를 연상시키는 소리였다.

이윽고 태허는 중국으로 떠나고 싶어 몸이 달은 5명의 승려와 함께 중국으로 떠났다. 모두 다 베이징으로 가서 자기 뜻을 펼치고 싶어 했다.

조선에서 온 붉은 승려

# 4

## 베 이 징   유 학

민국대학民國大學은 베이징의 선무문宣武門 안에 위치한 옛 극근군克勤郡 왕부王府 자리에 있었다. 극근군 왕부 자리에 민국학원이 개교된 해는 1917년이었고, 6년이 지난 뒤 1923년에 민국대학으로 개명되었다. 김성숙은 베이징에 도착한 지 얼마 안 되었을 때 학생을 모집하는 민국대학 정치경제학과 1기생으로 손쉽게 입학했다.

왕부의 건물을 그대로 물려받은 민국대학은 권위적인 관청 냄새를 강하게 풍겼다. 붉은 아치형 교문 앞에는 커다란 돌사자 두 마리가 버티고 있었다. 건물을 빙 둘러싸고 있는 높은 담장은 흰색 회칠을 하여 초라한 민가들과 경계를 분명히 짓고 있었다. 교문을 들어서면 회나무와 측백나무들이 듬성듬성 직립한 정원 너머로 ㄷ자 형태로 배치된 이층 건물들이 드러났다.

금강산에서 함께 온 5명의 승려들은 각자 형편에 따라 대학을 입학했다. 김봉환은 문화대학, 윤적묵은 평민대학, 김규하, 차응준, 김정완은 북경대학의 신입생이 되었다. 물론 이들 외에도 베이징에는 승려 출신의 유학생이 더 있었다. 금강산에서 온 승려들은 늦가을 무렵에 어느 정도 대학생활에 적응이 되자, 그들을 중심으로 불교유학생회를 조직했다. 상호 친목과 학술 연구, 자유 평등, 신사회를 추구한다는 것을 목적으로 모임 안에 체육부, 문예부, 경리부를 설치했다.

그들이 신사회를 추구한다는 것은 조선독립을 뜻했고, 궁극적으로는 조선에 불국토를 실현하는 일이었다. 회원들 중 서너 명은 여전히 승복을 입고 다녔고, 또 몇 명은 김성숙과 같이 양복으로 바꿔 입은 사람도 있었다. 김성숙은 민국대학 입학 전에 승복을 벗었는데 그날을 선명하게 기억했다. 붉은 가사와 잿빛 장삼을 반듯하게 접어서 월초와 은사 풍곡에게 반납하는 마음으로 동쪽을 향해 세 번 절을 했다.

물론 태허라는 법호도 그때부터 내려놓았다. 앞으로는 승려 신분이 아닌 김성숙으로만 처신하고 행동할 생각이었다. 그래야만 불문佛門을 욕되게 하지 않을 것이고, 월초와 풍곡에게 누를 끼치지 않을 것이었다. 그러나 월초의 당부대로 도첩과 계첩만은 호주머니에 반드시 넣고 다녔다. 무슨 일을 하더라도 부처의 가르침을 잊지 않기 위해서였다.

유학 온 다른 승려들도 그런 태도만은 엇비슷했다. 어느 날 회합한 자리에서 임진왜란 때 승병대장으로 활약한 서산대사의 격문을 돌려보기도 했는데, 그 순간만은 모두가 곧 독립운동에 뛰어들 것 같은 결연한 태도를 지었다. 임진왜란이나 한일합방이나 또다시 되풀이된 역사의 치욕이기 때문이었다. 그러니 서산대사의 절절한 호소는 그들의 마음을 크게 격동시킬 수밖에 없었다.

아, 하늘의 길이 막히도다. 조국의 운명이 위태롭도다. 극악무도한 적도賊徒가 하늘의 이치를 거슬러 함선 수천 척으로 바다를 건너오니 그 독기가 조선 천지에 가득한지라. 삼경三京이 함락되고 우리 선조들이 누천년 이룬 바가 산산이 무너지도다. 저 바다의 악귀들이 우리 조국을 무참히 짓밟고 무고한 백성들을 학살하는 광란을 벌이나니 이 어찌 사람이 할 짓이랴? 살기가 서린 저 악귀들은 독사 금수와 다를 바 없도다.

조선의 승병들이여.
깃발을 치켜들고 일어서시오. 그대들 어느 누가 이 땅에서 삶을 얻어 받지 아니하였소? 그대들 어느 누가 선조들의 피를 이어받지 아니하였소? 의義를 위해 나를 희생하는 바, 또 모든 중생을 대신하여 고통을 받는 바가 곧 보살이 할 바요 나아갈 길이라. 일찍이 원광법사께서 임전무퇴라 이르시니 무릇 나라를 지키고 백성을 구함은 불법을 따른 우리 조상들이 대대손손 받들어 온 전통이오.

조선의 승병들이여.
우리 백성이 살아남을지 아니할지, 우리 조국이 남아 있을지 아니할지, 그 모두가 이 싸움에 달려 있소. 목숨을 걸고 우리 조국과 백성을 지키는 일은 단군의 피가 혈관에 흐르는 한 누구나 마땅히 해야 할 바라. 이 땅의 나무와 풀마저 구하는 제세濟世가 바로 불법이 아니리까? 백성들이 적도의 창칼에 죽임을 당하고 그 피가 조국을 붉게 적시오. 조국이 사라지고 백성이 괴로워할진대 그대들이 살아남는 바가 곧 조국과 백성에 대한 배신이 아니리까?

조선의 승병들이여.
나이가 들고 쇠약한 승려는 사찰을 지키며 구국제민救國濟民을 기원하게 하시오. 몸이 성한 그대들은 무기를 들어 적도를 물리치고 조국을 구하시오. 모든 보살의 가피력으로 무장하시오. 적도를 쓰러뜨릴 보검을 손아귀에 움켜쥐시오. 팔부신장의 번뜩이는 천둥번개로 후려치며 나아가시오. 참변에 울부짖는 백성들이 분하고 원통하오. 지체 없이 일어나 불구대천의 원수를 토벌 격멸하시오.

조선의 승병들이여.
조정 대신들은 당쟁 속을 헤매고 군 지휘관들은 전선에서 도주하니 이 아니 슬프오? 또한 외국 세력을 불러들여 살아날 길을 꾀한다 하니, 우리 민족의 치욕이 아니리까? 이제 우리 승병만이 조국을 구하고 백성을 살릴 수 있소. 그대들이 밤낮없이 수행 정진하는 바가 생사를 초월하자 함이오. 또한 그대들에겐 거둬야 할 식솔이 없으니 돌아볼 바가 무엇이오? 모든 불보살이 그대들의 나아갈 길을 보살피고 거들지니, 분연히 일어서시오. 용맹의연하게 전장으로 나아가 적도를 궤멸하시오. 적도의 창검 포화가 두려울 바 무엇이오? 전투가 없이는 승리도 없소. 죽음이 없이는 삶이 없소.

조선팔도의 승병들이여! 일어서시오. 순안의 법흥사로 집결하시오. 나 휴정은 거기서 그대들을 기다릴 터이오. 우리 일치단결하여 결전의 싸움터로 용약 진군합시다.

서산대사의 격문을 돌려보는 동안 차응준은 마음을 주체하지 못하고 대금을 꺼내 불었다. 그가 가장 잘 부는 서산대사의 회심곡이었다. 차응준의 눈에는 어느새 눈물이 흘렀다. 대금소리는 개성이 강하고 자유 분망한 승려들의 마음을 하나로 묶었다. 강원도 신계사 출신의 젊은 승려 윤적묵은 기어이 꺼이꺼이 울음을 토해냈다.

그런데 김성숙은 불교유학생회에 차츰 흥미를 잃었다. 회원들의 노선이 각각 달랐고 그 수준도 차이가 많이 났기 때문이었다. 대학 공부에 뒤처지면서 다시 금강산으로 돌아가 중노릇 하겠다는 사람도 있었고, 김성숙이 인민의 해방이 바로 부처님 가르침이라고 얘기할 때면 무슨 잠꼬대 같은 소리냐고 투덜거리는 사람도 생겨났다.

김성숙은 자신과 뜻을 같이 할 수 있는 동지를 찾아 나섰다. 베이징의 동사미시대가東四米市大街에 있는 YMCA회관에 들른 것도 그런 마음에서였다. 베이징에는 조선인 학생이 800명쯤 되었는데, 때마침 조선인학생회와 한인학생동맹회 학생들 간에 토론이 있다고 전해들었던 것이다. 조선인학생회는 현 중국의 체제 안에서 개혁을 하자는 우파인 후스胡適와 량치차오梁啓超의 주장을, 한인동맹회는 사회주의와 무정부주의를 통해 개혁하자는 중국의 좌파인 리다자오李大釗와 천두슈陳獨秀의 주장을 따랐는데 조선의 독립도 마찬가지라는 논리로 두 모임 간에 논쟁을 벌였다. 빈틈없는 논리를 내세운 논쟁이라기보다는 입씨름에 가까웠다. 초대받지 않은 불청객 김성숙은 미소를 지었다.

이윽고 방청석에 앉아 있던 김성숙이 일어나 발언권을 얻었다. 김성숙은 연단으로 올라가 논객의 면모를 유감없이 발휘했다.

"저는 금강산에서 붉은 가사를 걸치고 중노릇을 조금 했던 김규광이라고 합니다. 현재는 민국대학에 다니고 있습니다."

물론 김규광은 자신의 신분을 일경에 노출하지 않기 위한 가명이었다. 김성숙이 잠시 침묵하고 있자 방청석에서 웅성거리던 소리가 잦아들었다. 어떤 사람이 소리쳤다.

"금강산 붉은 승려 양반! 얘기를 계속하시오."

"좋습니다. 제 의견을 말씀드리겠습니다."

김성숙은 청중이 지루해하지 않게끔 10분 정도 얘기했다. 조선 독립의 해법을 좌파와 우파의 논리를 넘어 불교의 중도中道에서 찾자는 것이 김성숙의 주장이었고, 그 역시 이루고자 하는 목표는 방편으로 받아들인 사회주의 인민해방이었다. 김성숙의 주장은 양극단으로 치우지지 않는다는 불교의 중도를 취한 입장이었다. 서대문형무소에서 만난 사회주의자 김사국의 영향이 컸으며, 자신이 실제로 조선노동공제회와 조선무산자동맹에서 활동했던 경험에서 연유한 것이었다. 김성숙이 조선독립은 어떤 주의와 사상보다 우선이라는 요지로 단호하게 얘기하자 연단의 논객들은 입을 다물었다. 침묵을 깬 사람은 연단이 아니라 방청석에 있었다. 다른 사람보다 머리 하나가 더 얹혀 있는 것 같은 청년이었다.

"좌파면 좌파고 우파면 우파지 중도가 무엇입니까? 그것은 회색이 아닙니까?"

"불교의 중도란 유교의 중용과 다르지요. 회색이 아닙니다. 흰색과 검정색을 초월한 색이면서도 흰색과 검정색을 포용하고 있는 색이 중도지요. 이제 이해하시겠습니까?"

김성숙의 대답에 청년은 더 묻지 않았다. 장신의 청년이 바로 장지락張志樂이었다. 방청석으로 내려온 김성숙에게 19세의 장지락이 먼저 다가왔다. 장지락이 김성숙의 얼굴 밑까지 허리를 굽히며 인사했다.

"협화의학원에서 공부하고 있는 의학도 장지락입니다."

김성숙은 이목구비가 뚜렷한데다 키까지 큰 장지락의 인사를 받고는 기분이 좋아졌다. 장지락의 첫 인상은 낙락장송 한 그루가 박토에 뿌리박고 있는 것처럼 믿음직해 보였다. 김성숙은 당장 그를 데리고 술집으로 갔다. 외부활동 중에 사용하는 그의 가명은 김산金山이었다. 술을 몇 잔 주고받으며 장지락의 얘기를 들어보니 출신지가 평안북도로 같았다. 장지락이 태어난 곳은 용천이었고, 김성숙은 철산이었다. 다만 종교는 서로 달랐다. 장지락은 어린 시절부터 어머니를 따라서 교회를 나갔고, 기독교 계통의 학교인 평양숭실중학교를 다녔던 기독교 신자였다. 그러나 종교 때문에 논쟁할 일은 없을 것 같았다. 김성숙은 승복을 이미 벗어버렸고, 장지락도 인민이 해방될 때까지는 하나님을 찾지 않기로 한 상태였다. 장지락은 더 이상 기도에 매달리지 않고 자신의 의지로 고난을 극복하기로 작심하고 있었다.

김성숙은 인민해방을 위해 사회주의 사상과 논리를 펴는 잡지 〈혁명〉을 꾸려갈 동지 하나를 발견한 것이 무엇보다 기뻤다. 자신과 뜻이 맞는 사회주의 유학파 장건상, 양명, 김용찬, 이낙구 등 8명과 창일당創一黨을 조직하였는데 그 기관지인 〈혁명〉을 발간하려고 며칠 전부터 기자를 찾고 있었다. 장지락 역시 김성숙의 제의를 받고는 감동했다. 기자가 되면 사회주의 이론에 해박할 뿐더러 형님 같은 김성숙을 날마다 만날 수 있고, 자신이 흠모해왔던 북경대학 리다자오 교수나 천두슈, 마오쩌둥毛澤東 등을 만날 수 있기 때문이었다.

김성숙은 잡지 〈혁명〉의 주필을, 장지락은 부주필을 맡았다. 중국공산당 창시자 중 한 사람인 리다자오는 잡지 〈혁명〉의 고문 역할과 고정필자가 되어주었다. 창간호부터 중국의 석학인 고급 필자를 확보한 셈이었다. 김성숙의 예감은 적중했다. 비록 32페이지의 얇은 잡지였지만 독자들의 반응은 뜨거웠다. 주로 사회주의 동조자, 좌파 민족주의자, 무정부주의자들이 정기구독을 신청했다. 8백 부를 발행한 창간호는 금세 재고가 사라졌다. 6개월 이내에 3천 부 돌파는 아무 문제가 없을 것 같았다. 조선은 물론 만주, 시베리아, 호놀룰루, 캘리포니아, 유럽까지 잡지의 고정 독자들이 생겼기 때문이었다.

## 분 노

햇빛이 잘 들지 않는 〈혁명〉의 사무실은 어둡고 비좁았다. 서너 사람이 앉으면 꽉 찼다. 의자도 서너 개뿐이었다. 동지들이 찾아오면 한두 사람은 서 있어야 했다. 편집 일은 주로 강의가 없는 날에 했다. 그래도 청탁원고 마감 날이 다가오면 수업을 마치고 사무실로 돌아와 날밤을 샜다. 간단한 취재와 교열은 장지락이 거들었다. 장지락은 이미 16세 때 만주에서 상하이로 내려가 임시정부 기관지 〈독립신문〉 임시직원으로 취직하여 춘원 이광수 밑에서 교열과 교정을 봤던 경험이 있었다. 베이징에는 한글을 인쇄하는 시설이 없었으므로 김성숙은 스스로 판을 떠서 석판인쇄를 하였다.

며칠 전에는 김성숙이 석판의 글씨가 흐릿하게 보인다고 장지락에게 호소했다. 장지락은 김성숙의 눈을 유심히 살피고는 놀랐다. 눈곱이 낀 두 눈가로 진물이 흘렀다. 실명의 위기가 올 수 있을 정도로 상태가 안 좋았다. 장지락은 김성숙을 설득하여 자신이 다니고 있는 협화의학원으로 데리고 가 치료받게 했다. 주사를 맞고 안약을 복용하자 곧 눈동자가 맑아졌다. 초기에 치료한 덕분에 병세가 금세 호전되었다.

　장지락이 사무실 문을 밀고 들어온 김성숙에게 그의 아팠던 눈을 살피면서 말했다. 검은 안경테 속의 그의 눈은 정상으로 되돌아와 있었다. 장지락은 김성숙을 형이라고 불렀다.

　"하마터면 형 논문을 더 이상 보지 못할 뻔했소."

　"뭐, 잡지에 내 원고만 실리는가?"

　"형 논문은 베이징 조선인 학생 중에서 단연 최고지요. 전 형의 글을 보지 않았다면 무식한 혁명가가 될 수밖에 없었어요."

　장지락의 말은 사실이었다. 더구나 그는 직선적인 성격이었으므로 거짓말을 할 줄 몰랐다. 그는 사회주의 이론에 있어서 백지나 다름없었다. 김성숙의 글들은 사회주의자가 된 그의 백지 같은 머릿속을 가득 채워주었는데, 그는 무슨 이론이든 왕성하게 흡수하는 사춘기 청년이었다.

　"고마워. 지락이 동생이 없었더라면 나는 실명했을지도 모르지."

　김성숙이 마시다 남은 고량주를 서랍에서 꺼냈다. 불을 붙이면 바로 불꽃을 보이는 배갈이었다. 안주는 편집 일을 하면서 심심풀이로 먹곤 하는 볶은 콩이었다.

　"성숙 형. 이제는 제가 왜 의대에 입학했는지 알겠지요?"

　"내 눈병 고쳐줄려고?"

　"그래요. 저는 사회주의 혁명가들이 다치면 아름다운 그들의 상처를 치료하기 위해 의사가 되기로 한 겁니다."

　"지락 동지를 처음 만났을 때도 비슷한 얘기를 했어."

김성숙이 종지기 같은 작은 유리잔에 술을 붓자 장지락은 알약을 삼키듯 단숨에 털어 넣었다. 배갈이 식도를 타고 넘어가는 동안 장지락은 미간을 찌푸렸다.

"저는 왜놈들이 조선을 침략하지 않았더라면 아마도 목사나 작가가 되고자 했을 겁니다. 목사가 되려고 했다면 아마도 독실한 신자인 어머니가 가장 기뻐하셨겠지요."

김성숙은 자작으로 마셨다. 자신의 정체를 감추기 위해 일부러 정치경제학과 신입생들과 홍등가와 술집을 다니기 시작한 김성숙은 자작으로 술을 마실 만큼 술맛에 익숙해지고 있었다.

일본인에 대한 장지락의 증오심은 뼛속 깊이 사무쳐 있었다. 김성숙보다 그 강도와 밀도가 더했다. 장지락은 일본인을 반드시 '왜놈'이라고 불렀다. 일본인에 대한 증오심은 어린 시절 그의 어머니가 일인 순사에게 폭행당했던 데서 연유하고 있었다. 그가 일곱 살 때였다. 일인 순사 두 명이 집을 찾아와서 그의 어머니를 보자마자 인정사정없이 구타했다. 그의 어머니는 입술이 터졌고 피가 흘러 흰 무명저고리가 붉어졌다. 흰 저고리를 적신 붉은 피는 오래도록 그의 내상內傷이 되었다. 상처가 도질 때마다 그는 분노가 치밀었다.

일곱 살의 장지락은 소리 지르며 일인 순사에게 달려들었다. 그의 어머니는 '말썽을 일으키지 말라'며 어린 장지락의 손을 잡아당겼다. 그가 어머니에게 들은 구타당한 이유란 교회 가는 날이었기 때문에 면사무소로 예방주사를 맞으러 나가지 않았기 때문이었다. 어린 그였지만 어른처럼 분노가 치밀었다. 어머니를 때린 일인 순사는 물론 일본군들을 바다에 쓸어 넣어버리고 싶었다.

장지락이 두 번째로 큰 증오심을 느낀 것은 기독교 계통의 평양 숭실중학교에 입학한 뒤였다. 고향의 같은 마을 출신 선생이 지리와 역사를 가르쳤는데, 그 선생은 장지락에게 "우리는 독실한 기독교 신자다. 기독교야말로 우리 조선을 통일시킬 수 있고 우리 교육의 추진력이 되고 있다는 사실을 절대로 잊어서는 안 된다. 기독교는 인간해방을 위한 운동이다"라고 말하곤 했다.

그러나 선생의 가르침과 달리 기독교는 일인들의 횡포 앞에서 힘을 보여주지 못했다. 조선인들은 하나님의 보호를 받지 못했다. 기도한 보답이 있다면 오직 참혹함과 슬픔을 느끼는 것뿐이었다. 중학생 장지락은 기독교를 믿기만 하고 아무런 저항도 하지 않는다면 선생의 당부와 달리 문제가 있다고 생각하기 시작했다.

장지락은 3.1운동이 좌초되면서 큰 충격을 받았다. 순수한 비폭력운동의 슬픈 패배였다. 정말로 신이 있는지 깊은 회의가 들었다. 기독교 여신도들이 거리에 모여서 찬송가를 부르고 있을 때 일본 경찰들이 해산시키기 위해 발포를 했다. 그래도 여신도들이 흩어지지 않자 달려와 대검으로 찔렀다. 몇 명은 피를 흘리며 쓰러졌다. 중학생 장지락은 일본인들에게 증오심이 치밀었고 한편으로는 기도만 하면서 맞서는 기독교인들의 순교가 어리석게 보였다. 기도만 하는 것은 어이없게도 죽음을 자초하는 일이라고 믿었다.

어느 날 십자가에 매달려 죽어 있는 기독교인을 본 뒤로는 더욱 그런 생각에 사로잡혔다. 기독교 지도자가 성문 밖에서 참혹한 모습으로 죽어 있었고, 신도들은 그 앞에서 찬송가를 부르고 있었다. 일본 경찰들이 "기독교 신자니까 이렇게 하면 천당에 갈 수 있겠지" 하고 그를 십자가에 세워놓고 못을 박은 것이었다.

장지락은 배갈을 서너 잔 들이킨 뒤 김성숙이 묻지 않았는데도 자신이 기독교를 버린 얘기를 했다. 무신론자라기보기보다는 자기 신앙의 자포자기였다.

"3.1운동 이전까지는 저도 주일마다 교회를 나갔지요. 비록 기도가 쓸데없는 짓이라고 생각했지만 말이오. 그래도 교회가 조선에서 훌륭한 역할을 하리라는 소망까지 버리진 않았어요. 하지만 3.1운동 이후에는 믿음이 깨어져버렸지요. 나는 신이 존재하지 않으며 그리스도의 가르침은 내 투쟁에 별로 쓸모가 없다고 생각했던 겁니다. 저는 복수하고 싶은 마음에 주먹이 근질거릴 뿐이었지요."

김성숙은 장지락을 무신론자라고 여기지는 않았다. 일인들이 조선인들을 무자비하게 살상하는데도 하늘이 벌을 내리지 않는 것에 대한 장지락 나름의 항변이라고 생각했다. 비록 자신이 승복을 벗었지만 불자가 아니라고 말할 수 없는 것처럼, 장지락이 교회를 나가지 않고 기도하지 않는다고 해서 무신론자라고 할 수는 없었다. 장지락과 같은 조선의 일부 젊은이들은 일인들의 야만적인 살상과 폭력을 경험하고 나서는 만주로 가 독립군이 되거나 무정부주의자나 테러리스트가 될 수밖에 없었던 것이다.

김성숙은 화제를 돌렸다. 자신도 서대문형무소에 갇혀 있던 기억이 떠올라 치가 떨렸던 것이다. 자신은 그나마 운이 좋은 편이었다.

혹독한 고문을 이기지 못하고 정신이상으로 폐인이 되거나, 뼈가 탈골하고 골절하여 병신이 되거나, 서대문형무소 시구문을 통해서 산자락에 던져진 시신도 수없이 많았다.

"장 동지, 목사가 되려면 인민이 해방되기 전까지는 불가능하겠군. 그렇다 하더라도 작가의 꿈은 버리지 않겠지?"

"중학생 때부터 톨스토이를 좋아했어요."

장지락은 호주머니에서 헌 책을 한 권 꺼냈다. 일어판 4권으로 나온 톨스토이의 《인생독본》 중 1권이었다. 표지가 곧 떨어져나갈 것처럼 나달나달 닳아 있었다. 책상 위에 놓인 《인생독본》을 보지 않았더라도 김성숙은 장지락이 톨스토이 신봉자라는 것을 이미 알고 있었다. 그가 언젠가 이렇게 말했다.

"사람들이 옛날 선생님을 좋아하듯이 저는 아직도 톨스토이를 좋아해요. 저는 지금도 톨스토이 책을 날마다 읽고 있지요. 톨스토이는 제게 이상주의와 무정부주의를 심어주었어요. 일찍이 고통받는 이웃이 있다는 것을 일깨워주었던 겁니다. 저는 어린 시절부터 잔혹한 일들을 지긋지긋하게 보아왔기 때문에 톨스토이의 인도주의가 얼마나 위대한지 그 가치도 쉽게 이해할 수 있었던 겁니다."

김성숙은 장지락이 작가의 꿈을 아주 포기한 것은 아니라고 보았다. 그는 톨스토이가 보여주지 못한 혁명가의 초상을 소설로 써보고 싶어 했고, 실제로 26세 때 단편소설 《기이한 무기(奇怪的武器)》를 잡지 〈신동방〉에 발표했다. 의열단 단원인 테러리스트 오성륜吳成崙과 이봉창李奉昌의 의거를 사실적으로 서술한 내용이었다. 장지락은 톨스토이가 일찍 죽지 않았더라면 혁명가로 돌아섰을 것이라고 믿었다. 장지락은 톨스토이가 러시아의 '10월 혁명'을 생전에 경험했다면 10월 혁명 전후를 10권 이상의 대하소설로 썼을 것이라고 상상할 때가 많았다. 인간의 온갖 선함과 추악함, 모순과 투쟁, 정의와 불의, 영웅의 유약함, 민중의 위대함, 이상과 환멸을 소설화했을 것이라고 상상했다.

그날 김성숙과 장지락은 술에 취해 사무실 마루에서 새우잠을 잤다. 사무실은 으슬으슬 추웠다. 작은 담요 한 장으로 함께 누웠는데 자다 보니 김성숙이 혼자 덮고 있었다. 장지락이 양보한 것이 분명했다. 그런데 새벽녘에는 장지락이 혼자 덮고 있었다. 김성숙이 일어나 자신이 덮고 있는 담요를 장지락에게 주었기 때문이었다.

그들에게 작은 담요 한 장은 투쟁이나 쟁취의 대상이 아니었다. 두 사람이 덮어야 할 담요 한 장은 부조리하게 작은 것이었지만 그럼에도 불구하고 퀴퀴한 그것은 변증법적으로 그들의 우정을 깊고 따뜻하게 했다.

다음 날. 김성숙은 아침 일찍부터 편집 일을 할 수 있었다. 장지락이 어느새 자신보다 먼저 일어나 김이 모락모락 나는 만두를 아침거리로 사다놓고 갔다. 만두 옆에는 메모지가 한 장 놓여 있었다. 메모지에는 이렇게 쓰여 있었다.

'오늘, 베이징에 와 있는 마오쩌둥 동지를 취재하러 갑니다. 함께 가시려면 협화의학원 정문으로 오후 2시까지 오시오.'

김성숙은 강의가 없는 날이므로 마오쩌둥을 만나고 싶었다. 리다자오 교수에게 그의 평판을 익히 들었고, 장지락이 인터뷰를 하여 〈혁명〉 초대석에 게재할 수만 있다면 특종이나 다름없었다. 더구나 마오쩌둥은 공산주의자지만 육조 혜능慧能대사를 흠모하여 일찍이 《육조단경》을 사숙했다는 얘기를 리다자오 교수에게 들었던 것이다. 자신이 승려였다고 말하면 그와의 인연이 더욱 돈독해지는 계기가 될지도 모르는 일이었다.

## 젊은 지도자

김성숙과 장지락은 협화의학원 교문 앞에서 북경대학으로 갔다. 북경대학 도서관 현관에서 마오쩌둥을 만나기로 약속했던 것이다. 멀리 북경대학이 보일 때쯤 인력거꾼들이 다가와 호객을 했다. 그때마다 장지락이 점잖게 거절했다. 인력거꾼 중에는 자신들과 같은 처지인 가난한 대학생도 끼어 있었다. 인력거꾼들은 두 사람의 부스스한 모습과 남루한 차림을 보더니 더 이상 따라붙지 않았다.

장지락은 북경대학 교문을 들어선 뒤 앞장서서 도서관으로 가는 지름길로 갔다. 리다자오 교수가 도서관 관장으로 재직할 때 그를 한 번 찾아간 적이 있었다. 교정은 한눈에 다 볼 수 없을 만큼 넓었다. 건물들이 여기저기 들어서 어수선할 정도였다. 새롭게 조성하고 있는 정원은 조경수를 심으려고 군데군데 파헤쳐져 있었다.

어느 대학이나 도서관은 늘 학생들로 붐비기 마련이었다. 은자라도 되는 것처럼 도서관에 상주하며 독서하는 독서광도 있었지만 신문이나 잡지 등을 읽으며 강의시간을 기다리는 학생들도 많았다. 김성숙과 장지락은 서성거리는 학생들 사이에 서 있는 마오쩌둥을 바로 알아보았다. 그는 현관 계단 위에 동상처럼 무뚝뚝하게 서 있었다. 키가 컸으므로 젊은 학생들을 내려다보고 있는 것 같았다.

김성숙은 잠시 걸음을 멈추고 31세의 젊은 마오쩌둥을 바라보았다. 넓은 이마에는 야심이 담겨 있었고, 한가운데로 가르마를 탄 검은 머리는 좌고우면하지 않고 직선적으로 행동하는 성격을 암시했다. 시선은 무언가를 주시하고 있는 것처럼 흔들리지 않았다. 얼굴 윗부분의 느낌만으로는 그의 면전에서 한 마디도 말을 붙이지 못할 것 같았다. 그런데 통통한 코와 둥그스름한 입술, 그리고 부드러운 턱 위에 있는 점 등은 다정하고 친숙한 이웃을 연상케 했다. 장지락이 마오쩌둥에게 먼저 다가가 인사한 뒤 김성숙을 소개했다.

"잡지〈혁명〉의 주필이십니다."

"마오쩌둥이라 하오."

"김성숙이라 합니다."

마오쩌둥이 손을 내밀었다. 체구에 비해서 작은 손이었다. 김성숙은 부지런한 느낌을 주는 그의 작은 손을 보자 갑자기 친밀감이 들었다. 압도할 것 같은 큰 키와 달리 작은 손은 겸손했다. 김성숙의 마음을 편안하게 했다.

김성숙은 마오쩌둥의 말을 잘 알아듣지는 못했다. 아직 베이징의 중국말도 서툴렀으므로 후난성湖南省의 사투리까지 쓰는 마오쩌둥의 말을 완전하게 이해하지 못하고 있는 것은 당연했다. 김성숙과 장지락은 마오쩌둥이 안내하는 리다자오 교수 연구실로 따라갔다. 마오쩌둥은 조심스럽게 걷지 않았다. 교수 연구실 복도를 쿵쿵거리며 걸었다. 국민당 상하이지부의 조직부장이 된 자신의 존재를 조선의 유학생들에게 과시하는 면도 있었지만 원래가 공손한 성격은 아니었다. 그는 어린 시절부터 지나치게 예절을 강조하는 유교를 답답하고 낡은 것으로 여겼다. 소산韶山에서 논밭을 일구고 살았던 아버지를 닮고 싶지 않은 영향도 컸다.

리다자오는 강의를 들어가 자리를 비우고 없었다. 연구실을 지키고 있던 학생들이 나가자 책들이 빼꼭하게 들어찬 연구실에 세 사람만 남았다. 중국공산당 창립자 중 한 사람답게 리다자오 연구실의 삼면은 중국 역사, 공산주의와 무정부주의, 서양 철학의 책들로 가득 채워져 있었다. 마오쩌둥은 그 많은 책들을 대부분 읽었다는 표정인 듯 고개를 끄덕끄덕하면서 장지락에게 먼저 말을 걸었다.

"반년 동안 도서관에 처박혀 책만 보던 때가 있었소. 주로 서양 철학 서적들이었소. 특히, 나는 한때 톨스토이를 흠모했소. 누구나 젊었을 때 톨스토이 소설들은 꼭 읽어봐야 해요."

"톨스토이를 왜 좋아하십니까?"

장지락이 깜짝 놀라며 물었다. 그 바람에 장지락의 입속에 있던 침이 김성숙에게 튀었다.

"러시아의 톨스토이같이 철학적이고 윤리적인 작품을 쓴 위대한 작가가 중국에 한 명만 있다 해도 우리 국민의 낡은 사상을 씻어내기가 훨씬 더 쉬울 거라고 생각하오."

"아, 저도 톨스토이를 아주 존경합니다. 중학교 때부터 지금까지 톨스토이《인생독본》을 늘 호주머니에 넣고 다니며 읽고 있을 정도니까요."

김성숙이 두 사람의 대화에 끼어들었다.

"마오 동지는 문학이 낡은 세상을 바꿀 수 있다고 생각하십니까?"

"작가는 혁명가와 처지가 비슷하오. 꿈을 버리지 않는 야심가라는 점이 같소. 현실주의자들이 혁명가를 꿈만 꾸고 사는 어리석은 사람이라고 비난하지만 말이오. 그러나 패배하지 않는 꿈은 자기를 극복할 수 있는 강인한 자들만이 갖는 것이오."

마오쩌둥은 13세부터 시를 쓰기 시작하여 지금까지 수백 편도 넘게 습작하고 있다는 얘기도 했다. 제일사범학교 시절에는 정치적인 구호 같은 시상詩想들을 생각나는 대로 일기에 메모했다고 웃었다.

   하늘에 맞서 싸우는 것은 얼마나 큰 기쁨인가.
   대지에 맞서 싸우는 것은 얼마나 큰 기쁨인가.
   사람들에 맞서 싸우는 것 또한 얼마나 큰 기쁨인가.

어느새 마오쩌둥은 조선에서 온 두 사람의 유학생 말에 귀를 기울였다. 의자 등받이에 기댄 채 다소 거만하게 말하던 자세를 바꾸었다. 마오쩌둥이 자세를 곧추세우며 말했다.

"김 동지, 〈혁명〉은 무슨 잡지요?"

"사회주의 사상이나 이론을 소개하고 있습니다."

"잡지는 위대한 교사나 다름없소. 한 권의 잡지가 수많은 사람들에게 사상적으로 영향을 주기 때문이오. 나도 창사長沙에서 사범학교를 졸업한 뒤 〈상강평론湘江評論〉이라는 주간지를 만들었소. 창사의 농민, 도시노동자들을 모집해서 야학교사도 해봤지만 잡지의 효과보다는 못했소. 잡지의 힘이란 정말 대단했소."

마오쩌둥이 말한 학교란 호남제일사범학교였다. 그는 2학년 때부터 학생회 간부를 지내면서 1918년 6월까지 꼭 5년 반 만에 학교를 졸업했다. 졸업반 학생들에게 모범생으로 선정되기도 한 그는 그해 가을 어머니상을 치른 뒤 베이징으로 갔다가 제일사범학교 은사였던 양창지梁昌濟 교수의 추천으로 북경대학 도서관장이던 리다자오 교수를 찾아가 도서관 열람실 사서로 일하면서 강의와 강연을 들으며 정식으로 좌파 이론을 접했다. 다음해 4월 다시 창사로 돌아온 마오쩌둥은 제일사범학교에서 운영하는 소학교에 교사로 취직이 됐고, 이때 호남학생연합회의 기관지 〈상강평론〉을 창간했다.

〈상강평론〉의 성공은 마오쩌둥의 필력을 중국의 좌파 학생들에게 알리는 절호의 기회였다. 창간호 2천 부는 하루 만에 다 팔렸으며 2호부터는 5천 부를 인쇄했다. 자신에게 공산주의 이론을 설명해 주었던 북경대학 리다자오 교수는 자신이 간행하는 잡지 〈매주평론每週評論〉에 〈상강평론〉은 훌륭한 형제지라고 극찬했다. 실제로 〈상강평론〉은 후난의 군벌에 대항하는 학생, 농민, 노동자의 조직들이 하나로 묶이는 계기를 만들었다.

그런데 후난의 군벌은 〈상강평론〉을 그대로 놔두지 않았다. 무장 병력을 인쇄소로 보내 잡지를 회수하고 폐간시켜버렸다. 호남학생연합회도 해체시켰다. 이후 마오쩌둥은 창사의 의학도들이 만드는

〈신호남新湖南〉 잡지를 맡았으나 역시 얼마 되지 않아서 그만두어야 했다. 그래도 마오쩌둥은 그 사이에 학생들 사이에 유명한 좌파 논객이 되었고, 후난의 대표적인 신문 〈대공보大公報〉에 글을 기고하는 기회를 얻었다.

마오쩌둥은 그때가 떠오른 듯 두 눈을 지그시 감았다가 떴다. 김성숙은 순간적이나마 마오쩌둥이 자신과 같이 편집 일을 했던 사람이었으므로 더욱 친밀감을 느꼈다. 마오쩌둥이 다시 말했다.

"후난성의 모기는 독하다오. 그러나 나는 모기장 속으로 들어온 모기들의 공격에도 아랑곳하지 않고 밤새 잡지 원고를 썼소. 뿐만 아니라 나는 잡지가 나오면 그걸 들고 거리로 나가 행인들에게 직접 팔기도 했소. 돈 때문이 아니라 한 사람이라도 우리 학생동지들이 벌이는 운동에 노동자들의 지지를 받기 위해서 그랬소."

마오쩌둥의 얘기를 듣는 동안 김성숙은 놀랍게도 그에게서 여러 가지 면모를 발견했다. 장지락도 마찬가지였다. 마오쩌둥은 교육자와 혁명가, 그리고 시인, 지독한 독서광, 자신의 주장을 펼치는 논설가, 잡지 편집인 등등 아주 다양한 재능을 가지고 있었다.

장지락은 마오쩌둥이 하는 얘기를 하나도 빠뜨리지 않고 속기했다. 정리가 되면 〈혁명〉에 게재할 생각이었다. 이윽고 김성숙은 화제를 돌렸다. 자신이 한때 조선의 승려였다고 말했다.

"마오 동지, 저는 금강산에서 붉은 가사를 걸치고 수행하던 승려였습니다. 이곳 베이징의 조선인 유학생들이 저를 '금강산 붉은 승려'라고 합니다."

"그래요? 나도 어린 시절에는 불자였소. 어머니를 따라 절에 가곤 했소. 나와 어머니가 힘을 합쳐 아버지에게 불교를 믿게 하려고 노력했던 적도 있었소. 아버지에게 욕만 먹고 말았지만 말이오. 하하하."

김성숙도 따라 웃었지만 마오쩌둥의 웃음소리가 훨씬 더 컸다. 너털웃음을 터뜨리는 마오쩌둥의 모습은 마치 호랑이가 포효하는 것 같았다. 김성숙은 압도당하는 느낌이 들어 어깨를 움츠렸다.

"아버지께서는 불교를 싫어했습니까?"

"아니오. 나중에는 불교에 대해 존경심을 조금 나타냈소. 때때로 향을 피웠고 집안 거실에 불상을 들여놓아도 좋다고 허락했소. 그러나 그뿐이었소."

어린 마오쩌둥의 고향 사오산에 살던 사람 중 여자들은 대부분 불교신자들이었다. 불교신자들은 계곡 너머 봉황산에 있는 절로 올라가 불공을 드렸는데 마오쩌둥의 어머니도 마찬가지였다. 마오쩌둥은 아홉 살 전후로 어머니를 따라 절에 가곤 했다. 집 안 거실에는 흑단나무 탁자 위에 불상을 모셨는데 어머니가 아버지를 설득한 뒤의 일이었다.

"영험이 있었는지는 기억나지 않지만 아주 심하게 아팠을 때 어머니를 따라 봉황산 절로 가서 향을 피우고 재를 먹기도 했어요."

마오쩌둥은 자신의 불교 신앙에 대해서 상세하게 기억하고 있었다. 15세 때는 어머니가 앓아눕자 남악 관음대를 찾아가 기도하기도 했다. 이후에는 제일사범학교 2학년 여름방학 때 후난성의 다섯 현을 한 학우와 함께 6주 동안 무전여행으로 돌았는데, 그는 주로 사찰에서 숙식을 해결했다. 영양현에 있는 위산爲山 밀인사密印寺에서는 3일 동안이나 머무르면서 주지스님과 토론하며 자신의 신념을 굳히기도 했다. 특히 27세 때 '문학서사'라는 서점을 운영하며 리진시黎錦熙에게 보낸 편지에서 불학 도서를 구해서 보내달라고 요청하여 《금강경》, 《화엄경》, 《육조단경》을 접했던바, 그중에서도 《육조단경》은 전문가 수준으로 이해했다. 그는 육조 혜능을 선종의 진정한 창시자이자 중국 불교의 조사祖師라고 평했으며 《육조단경》의 가치를 억압받아왔던 중국인민 개개인의 자주성을 표출시킨 중국 철학사상 거대한 약진이라고 극찬했다. 그러면서 마오쩌둥은 혁명 동지들에게 최고의 불경은 바로 노동인민의 불경인 《육조단경》이며 노동인민은 바로 혜능이었다고 소개했다.

   혜능에 관한 얘기가 나오자 김성숙도 물을 만난 고기처럼 활기를 찾았다.

   "그렇습니다. 나무꾼인 혜능대사야말로 노동인민입니다. 저는 인민의 해방정신과 평등사상을 혜능대사의 말씀에서 찾았습니다."

   김성숙이 신분의 귀천을 떠나 인민 해방정신과 평등을 찾은 《육조단경》의 구절은 나무꾼 혜능이 홍인弘忍대사를 만나는 첫 장면이었다. 홍인대사가 "그대는 어디 사람이고 무엇을 구하는고?" 하고 묻자 혜능이 "저는 영남 신주 사람인데 멀리서 찾아와 스승께 절하는 것은 오로지 성불하는 길을 구함이요 다른 것을 구함이 아니옵니다" 하고 대답했다. 이에 홍인대사가 다시 "영남 사람이라면 오랑캐인데 어찌 성불을 할 수 있겠는가?" 하고 묻자, 혜능이 "비록 사람에게는 남북이 따로 있겠지만 불성에는 남북이 따로 없습니다. 오랑캐 몸인 제가 스님과 같지는 않지만 불성만은 어찌 차별이 있을 수 있겠습니까?" 하고 당돌하게 말했던 것이다.

"천자도, 노동인민도 다 불성이 있다고 했으니 인민해방이 아니고 무엇이겠소. 혜능대사야말로 진정한 중국 불교의 창시자지요. 농민, 노동자 가릴 것 없이 중국인민 개개인 모두에게 자신의 존귀함을 깨우쳐 준 고승이었소."

마오쩌둥은 자신의 턱에 박힌 점을 만지작거렸다. 오늘은 이쯤에서 얘기를 멈추자는 신호 같기도 했다. 실제로 조금 피곤해 보였다. 석양은 어느새 창 너머로 기울고 있었다. 속기하고 있는 장지락의 공책은 3분의 1 정도가 채워져 있었다. 질문지 없이 찾아왔는데 생각보다 많은 얘기를 마오쩌둥에게 들었다. 다만 잡지와 불교 얘기를 주고받느라고 공산주의에 대한 마오쩌둥의 얘기를 듣지 못한 것이 아쉬웠다. 그러나 마오쩌둥은 자신이 베이징에 있는 동안 또다시 만나주겠다고 약속했다. 언질을 받고 나서야 김성숙과 장지락은 의자에서 일어났다.

마오쩌둥은 순식간에 그들을 만나기 이전의 모습으로 돌아갔다. 말하지 않는 그의 얼굴은 난처해질 만큼 무표정하게 변했다. 그가 낡은 저고리와 헐렁한 바지를 입고 있지 않았더라면 겁이 났을지도 몰랐다. 지금까지 얘기하면서 보여주었던 따뜻한 친절이 입을 다무는 순간 어디로 사라져버렸는지 이상한 생각이 들 정도였다.

## 폭 탄 이  되 라

1924년 가을.

김성숙은 신채호申采浩가 쓴 '조선혁명선언'을 읽었다. 사실은 작년 1월에 신채호가 조선의열단 의백義伯 김원봉金元鳳에게 써준 글이었지만 1년 몇 개월이 지난 뒤에야 보고 있는 셈이었다. 누군가가 〈혁명〉 사무실로 은밀하게 우송했던 것이다. 1919년 11월에 만주 길림성 파호문외巴虎門外에서 결성한 조선의열단은 단원의 신분을 철저하게 감추고 있었으므로 그들의 본부가 현재는 베이징이란 것만 알려져 있을 뿐이었다.

김성숙은 사무실 문을 걸어 잠갔다. 일제 밀정이 들이닥칠 수도 있기 때문이었다. 김성숙은 발신인이 표시되지 않은 봉투 속의 '조선혁명선언'을 다시 천천히 읽어내려 갔다.

강도 일본이 우리의 국호를 없애며 우리의 정권을 빼앗으며, 우리 생존에 필요한 조건을 다 박탈하였다.

경제의 생명인 산림, 천택, 철도, 광산, 어장들에서부터 소공업 원료까지 다 빼앗아 일체의 생산 기능을 칼로 베며 도끼로 끊고, 토지세, 가옥세, 인구세, 가축세, 백일세, 지방세, 주초세, 비료세, 종자세, 영업세, 청결세, 소득세, 기타 각종 잡세가 날로 증가하여 혈액은 있는 대로 다 빨아가고, 어지간한 사업가들은 일본의 제조품을 조선인에게 파는 중간인이 되어 차차 자본집중의 원칙 하에서 멸망할 뿐이요, 대다수 인민, 곧 일반 농민들은 피땀을 흘려 토지를 갈아, 일 년 내 소득으로 자기 자신과 처자의 호구거리도 남기지 못하고, 우리를 잡아먹으려는 일본 강도에게 갖다 바쳐 그 살을 찌워주는 영원한 우마牛馬가 될 뿐이요, 끝내는 우마의 생활도 못하게 일본 이민의 수입이 해마다 높은 비율로 증가하여 '딸깍발이' 등쌀에 우리 민족은 발 디딜 땅이 없어 산으로, 물로, 서간도로, 북간도로, 시베리아의 황야로 몰려가 배고픈 귀신이 아니면 정처 없이 떠돌아다니는 귀신이 될 뿐이며,

강도 일본이 헌병정치, 경찰정치를 힘써 행하여 민족이 한 발자국의 행동도 마음대로 못하고, 언론·출판·결사·집회의 일체 자유가 없어 고통과 울분과 원한이 있어도 벙어리의 가슴이나 만질 뿐이요, 행복과 자유의 세계에는 눈 뜬 소경이 되고, 자녀가 나면 "일본어를 국어라, 일본글을 국문이라" 하는 노예 양성소—학교로 보내고, 조선 사람으로 혹 조선사를 읽게 된다 하면 단군을 속여 "소잔오존素盞嗚尊(일본의 개국신의 형제)"라 하며, "삼한시대 한강 이남을 일본의 땅"이라고 일본 놈들이 적은 대로 읽게 되며, 신문이나 잡지를 본다 하면 강도정치를 찬미하는 반일본화한 노예적 문자뿐이며,

똑똑한 자제가 난다 하면 환경의 압박에서 세상을 비관하고 절망하

는 타락자가 되거나, 그렇지 않으면 '음모사건'이라는 이름으로 감옥에 갇혀 주리 틀기, 목에 칼을 씌우고 발에 쇠사슬 채우기, 단근질, 채찍질, 전기질, 바늘로 손톱 밑과 발톱 밑을 쑤시는, 수족手足을 달아매는, 콧구멍에 물 붓는, 생식기에 심지를 박는 모든 악형, 곧 야만 전제국의 형률사전에도 없는 갖은 악형을 다 당하고 죽거나, 요행히 살아 옥문에서 나온대야 평생 불구자가 될 뿐이라.

그렇지 않을지라도 발명 창작의 본능은 생활의 곤란 때문에 단절되며, 진취 활발의 기상은 환경의 압박 때문에 소멸되어 '찍도 쩩도' 못하게 각 방면의 속박, 채찍질, 구박, 압제를 받아 바다로 둘러싸인 삼천리가 한 개의 큰 감옥이 되어, 우리 민족은 아주 인류로서의 자각을 잃을 뿐 아니라, 곧 자동적인 본능까지 잃어 노예로부터 기계가 되어 강도 손아귀 안의 사용품이 되고 말 뿐이며,

강도 일본이 우리의 생명을 초개같이 보아, 을사 이후 13도에 의병이 일어나던 각 지방에서 일본 군대가 행한 폭행은 이루 다 적을 수 없거니와, 최근에는 3.1운동 이후 수원·선천 등의 국내 각지부터 북간도, 서간도, 노령, 연해주 각 처까지 도처에서 주민을 죽인다, 촌락을 불 지른다, 재산을 약탈한다, 부녀자를 욕보인다, 목을 끊는다, 산 채로 묻는다, 불에 사른다, 혹 몸을 두 동가리 세 동가리로 내어 죽인다, 어린아이를 악형한다, 부녀자의 생식기를 파괴한다 하여 할 수 있는 데까지 참혹한 수단을 써서 공포와 전율로 우리 민족을 압박하여 인간의 '산송장'을 만들려 하는도다.

이상의 사실에 의거하여 우리는 일본 강도정치, 곧 이민족 정치가 우

리 조선 민족 생존의 적임을 선언하는 동시에, 우리는 혁명 수단으로 우리 생존의 적인 강도 일본을 없애는 일이 곧 우리의 정당한 수단임을 선언하노라.

김성숙은 '의열단선언'이라고도 불리는 글을 읽어 내려가는 동안 새삼 의분이 치솟았다. 자신도 모르게 눈물이 흘렀는지 안경알이 흐려졌다. 일본은 조선의 국호와 정권과 생존을 강탈해간 강도이므로 일본을 타도하기 위해서는 혁명이야말로 정당한 수단이었다. 김성숙은 안경을 벗어 손수건으로 안경알을 닦았다.

선언문은 다섯 개 항목으로 총 6천 4백여 자로 되어 있었다. 김성숙의 어깻죽지를 세차게 내리치는 죽비 같은 항목들이었다. 김성숙은 첫째 항목만 보았는데도 머리에 불벼락을 맞은 듯했다. 정신이 번쩍 들었다. 그동안〈혁명〉을 편집하면서 항일투쟁을 관념으로 해왔다는 자책감이 들었다. 유학한 자신을 합리화하는 허세였다는 생각도 들었다. 때마침 장지락이 사무실에 들어왔으므로 그에게 신채호의 거주지가 어딘지 알아보라고 시켰다.

다음 날.
장지락은 〈혁명〉의 기자답게 신채호의 이력을 자세히 메모하여 김성숙에게 건넸다. 1880년 충남 대덕에서 태어난 신채호는 아버지가 돌아가신 뒤 충북 청원에서 자랐다. 8세 때부터 서당 훈장이던 할아버지 밑에서 한학을 수학했고 1898년에는 성균관에 입학했으며 그해 10월 독립협회에 가입하여 이상재, 김규식 등과 활동하다가 12월에 체포되었다. 석방이 되자 고향으로 돌아가 계몽운동을 시작했는데 1904년 황무지 개간권이 일본으로 넘어가자 성균관으로 올라와 동맹휴학을 주도했다. 1905년에는 장지연의 권유로 〈황성신문〉에 입사했으나 신문이 일제의 압력으로 폐간되자 〈대한매일신보〉로 옮겼다. 이후 신채호는 대한제국이 멸망하자, 중국으로 건너와 1919년 상하이 임시정부에 참여했다가 미국의 윌슨 대통령에게 국제연맹의 위임통치를 청원한 이승만을 임시정부 국무총리로 추대하자 바로 사임하고 임시정부의 독립운동 노선을 격렬하게 비난하면서 베이징으로 와 무장혁명을 준비하고 있는 인물이었다.

장지락은 신채호가 김창숙의 도움을 받아 1921년에 발행한 한문 잡지 〈천고天鼓〉 창간호까지 빌려와 김성숙에게 내밀었다. 김성숙은 감개무량하여 상기된 얼굴로 〈천고〉에 실린 창간사를 읽었다.

천고여, 천고여, 구름이 되고 비가 되어 더러움과 비린내를 씻어다오. 혼이 되고 귀신이 되어 적의 운명이 다하도록 저주해다오.

천고여, 칼이 되고 총이 되어 왜적의 기운을 쓸어버려다오. 폭탄이 되고 비수가 되어 적을 동요시키고 뒤흔들어다오. 국내에선 민족의 기운이 고양돼 암살과 폭동의 장거가 끊이지 않고 있다. 밖으로는 세계 추세가 달라져 약소국가들의 자결 운동이 계속 일어나고 있다.

천고여, 천고여, 너의 북을 두드려라. 나는 춤을 추리라. 우리 동포들의 사기를 끌어 올려보자꾸나. 우리 산하를 돌려다오.

천고여, 분투하라. 노력하라. 너의 직분을 잊지 말지어다.

김성숙은 당장이라도 신채호에게 달려가 의지하고 싶은 존경심이 솟구쳤다. 신채호의 활화산 같은 열망이 자신에게 전이되는 듯했다.
"선생이 거처하고 계신 곳은 알아봤는가?"
"생활고 때문에 임신한 부인과 어린 아들을 재작년에 국내로 보내고 선생은 지금 관음사 보타암에 계신다고 합니다."
"출가하셨다는 말이군."
"승려가 됐다는 말도 있고 당장 계실 만한 거처가 마땅찮으니 암자에 기숙하고 있다는 말도 있습니다."
"관음사는 어디에 있는가?"
"북신교北新橋 부근이라고 하니 걸어갈 수 있을 것 같습니다."
김성숙은 곧장 장지락과 함께 사무실을 나섰다. 행인들에게 묻고 물어서 북신교까지는 걸어갔다. 그러나 손금처럼 이리 저리 뻗은 미로 같은 골목길 입구에서는 숨이 턱 막혔다. 사람들이 알려주는 대로 좁은 길을 오르다 보면 막다른 골목만 나왔다. 할 수 없이 두 사람은 산자락 마을 입구 도로로 다시 내려와 인력거꾼을 불렀다. 인력거를 타기 위해서가 아니라 길잡이로 흥정했다. 인력거꾼은 김성숙과 장지락의 신분을 묻더니 사례를 받지 않겠다고 말했다.
"나도 조선에서 왔다 아입니꺼. 평안도 사투리를 쓰는 걸 보니 조선 유학생이 확실한 거 같십니다. 안내해주겠십니더."

김성숙은 경상도 사투리를 쓰는 인력거꾼 뒤를 따랐다. 인력거꾼은 피부가 중국의 막노동꾼과 달리 깨끗했고 이목구비가 또렷한 미남이었다. 김성숙은 신채호 선생의 나이와 신분을 헤아려보았다. 자신보다 18세가 많은 어른이었다. 물론 지금의 신채호 선생은 '조선혁명선언'을 작성한 의열단의 정신적인 지주나 다름없지만 일찍이 성균관에서 공부했다고 하니 학자도 되고, 신문사에서 일했다고 하니 언론인이라고 할 수도 있었다.

 인력거꾼을 따라 가다 보니 관음사는 의외로 지척에 있었다. 크고 작은 옛 가옥들에 둘러싸여 절인지 민가인지 구분하기 어려울 뿐이었다. 장지락이 알아본 소문은 정확했다. 승복을 입은 신채호는 관음사 뒤쪽 산자락에 자리한 보타암에 기거하고 있었다. 방이라고 할 것도 없었다. 햇빛이 들지 않는 굴속 같은 곳에 침대 하나가 놓여 있었다. 책상 대용으로 사용하는 듯 판자 위에는 불경과 고서들이 수십 권 쌓여 있었다.

 신채호가 어둑한 방에서 김성숙과 장지락을 맞았다. 그의 눈매는 캄캄한 어둠 속에서도 빛을 내는 그믐달처럼 선명했다.

 "여기는 찾기가 힘든 곳이오. 갈 때도 좀 전의 그 사람이 안내해 줄 것이오."

 "선생님, 저희를 안내한 그 인력거꾼 말입니까?"

 "인력거꾼이 아니라 나를 따르는 동지라오. 하하하."

 신채호의 깡마른 얼굴은 무엇에도 굴하지 않을 것 같은 인상을 주었다. 그리고 결기 가득한 얼굴에 비해 큰 귀와 사람 인ㅅ자 모양의 수염은 대인의 넉넉한 풍모를 느끼게 했다.

"선생님, '조선혁명선언'을 보는 순간 피가 끓는 듯했습니다."

"미국에 위임통치를 청원한 이승만은 이완용이나 송병준보다 더 큰 역적이오. 이완용이는 있는 나라를 팔아먹었지만 이승만은 아직 나라를 찾기도 전에 팔아먹으려 했소. 그래서 나는 임시정부와 결별했소. 강도짓을 한 일제에 대해서는 폭력과 폭동 모든 수단을 동원한 투쟁이라도 정당한 것이오. 나는 '조선혁명선언'에서 그것을 말하고자 했던 것이오."

신채호는 이승만을 욕하면서 더불어 안창호도 비판했다. 안창호가 의열단원들에게 개인적으로 모험 행동을 하는 것과 폭탄을 함부로 사용하지 말고 임시정부 군사당국에 훈련을 받은 뒤 때가 되면 크게 거사하라고 지시했기 때문이었다. 신채호는 의열단 행동을 모험 행동이라고 하는 것에 반발했다. 다만, 김구만이 신채호의 비난을 면했다. 김구는 의열단의 무장투쟁을 높이 평가하는 임시정부 요인 중 한 사람이었던 것이다.

장지락은 어린 시절부터 존경했던 이동휘 선생을 꺼냈다.

"이동휘 선생님도 아나키스트들의 테러를 혁명투쟁의 힘을 약화시키는 모험주의라고 말씀하셨습니다만 선생님의 생각은 어떠신지요?"

"난 임시정부에서 일했던 어떤 동지보다도 이동휘 동지를 존경하고 사랑하오. 나는 나의 노선이 옳다 그르다 말하지 않겠소. 허나 '조선혁명선언'을 보고 나서 의열단원이 되겠다고 지원하는 젊은 이들이 늘고 있소. 오늘은 이 사실만 얘기하겠소."

신채호의 주장은 사실이었다. 일제 고관과 매국노를 암살하고 침략의 앞잡이 기관을 파괴함을 최고 이념으로 삼아 김원봉, 윤세주尹世胄 등 13명으로 시작했던 조선의열단은 처음에는 원래의 목표대로 큰 성과를 내다가, 1922년 국내로 잠입한 몇 명이 일경에 검거됨으로 해서 힘이 약화되는 듯했지만, '조선혁명선언'이 발표된 이후 1924년에는 무장투쟁을 갈망하는 단원이 70여 명으로 늘어났던 것이다. 신채호가 갑자기 손뼉을 세 번 치자 좀 전에 길 안내를 했던 젊은이가 들어왔다.

"서로들 인사를 나누시오."

인력거꾼으로 위장하고 있던 젊은이가 먼저 말했다.

"밀양에서 온 김원봉입니더."

"금강산에서 온 김성숙입니다."

"김성숙 형 일을 돕고 있는 장지락입니다."

해질 무렵에 또 한 명이 신채호 방으로 들어왔다. 신채호와 자주 어울리는 동지 중 한 사람으로 수원고등농림학교를 수학한 충북 음성 출신의 유자명柳子明이었다. 유자명의 첫인상은 차분하고 조용한 학자풍이었다. 그도 역시 용암처럼 뜨거운 사람이었다. 의열단의 모든 암살과 파괴는 그가 기획했다. 말투는 답답할 만큼 느렸지만 배포는 담대했다.

그날, 신채호와 유자명은 김성숙에게 의열단에 가입할 것을 권유했다. 그러나 김성숙과 장지락이 의열단에 가입하기로 결심한 때는 또다시 김원봉을 만나고 난 뒤였다. 〈혁명〉 사무실에 온 김원봉은 자신이 하고 있는 무장투쟁에 자부심이 컸다. 그런 까닭인지 얘기를 정열적으로 했다. 테러리즘이나 무정부주의에 대한 어떤 이론이 정립되어 있지는 않지만 정열 하나만으로 사람을 감화시키는 재주를 가지고 있었다. 김성숙은 며칠 뒤 또다시 만난 김원봉을 통해 단원이 될 것을 서약했는데, 동갑지기이자 의백인 김원봉이 김성숙에게 맡긴 임무는 의열단이 쟁취한 성과를 비밀스럽게 퍼뜨리는 선전부장이었다.

## 조선의열단

김원봉은 자신보다 나이 어린 단원들에게 먼저 말을 거는 법이 없었다. 무뚝뚝하게 보일 정도로 과묵했다. 웃는 일도 없었다. 새로 가입한 단원들은 그에게 농담을 걸지 못했다. 서울 중앙학교에서 유학한 학력이 전부인 그는 그들 앞에서 무심하게 책을 읽고 있을 뿐이었다. 그들에게 하는 얘기란 늘 한결같았다.

"우리 단이 노리는 곳은 동경과 서울이다. 서울에 조선 총독이 부임해 올 때마다 대여섯 명 죽이게 되면 조선 총독으로 오려는 자가 없어질 것이다. 또 동경 시민을 매년 두 차례 정도 놀라게 하면 폭탄을 터뜨리며 죽는 우리의 결의를 알게 되어 그들 사이에 조선 통치를 포기하자는 여론이 생길 것이다. 이는 명약관화하다."

그런데 김원봉은 의열단 선전부장 김성숙에게는 얘기를 많이 했다. 의열단 활동의 성공과 실패를 열정적으로 얘기했다. 의열단의 모든 정보를 한 점 숨김없이 다 말했다. 김성숙이 의열단을 홍보하는 선전부장이기 때문이었다.

1925년 봄이 되자, 김원봉은 김성숙에게 정양문正陽門 부근에 있는 의열단의 비밀 거처까지 알려주었다. 김성숙은 가끔 누구도 접근하기 힘든 비밀 거처로 가서 김원봉과 얘기를 나눴다. 비밀 거처 담벼락 밑에는 노란 수선화 여남은 송이가 피어 향기를 날리고 있었다. 활짝 핀 수선화 덕분에 담벼락 밑은 햇살이 내린 것처럼 환했다.

"선전부장 동지, 어서 오이소."

"의백 동지, 어제도 왔지만 만나지 못하고 갔소."

"왜놈들이 현상금 걸고 날 잡으려고 혈안이 됐다 아입니꺼. 그래서 어느 장소라도 두 시간 이상은 머물지 않십니더."

"잠도 두 시간 이상 못 잔다는 것이오?"

"요즘 내 신세가 고약합니더."

"하긴 언제 우리가 다리 쭉 펴고 편하게 한 번 자봤습니까?"

비밀 거처는 정양문 양쪽으로 형성된 민가들 속에 있었다. 비밀 거처 역시 중국인의 민가였다. 입구는 하나이나 담을 넘으면 골목길이 여러 개나 되어 도피가 용이한 집이었다. 민가의 주인인 노파는 비밀 거처를 드나드는 조선인들에 대해서 무관심했다. 중국말에 능통한 단원도 있었으므로 오래 전에 중국으로 이주한 조선인이거나 그의 친구쯤으로 알고 있을 뿐이었다.

김원봉이 단원 중에서 가장 기대했던 사람은 서울 출신의 김익상金益相이었다. 그는 기계를 다루는 재주가 있었으므로 비행기 조종사가 되기 위해 광둥廣東으로 갔다가 여의치 못해 베이징으로 와 김원봉을 만난 뒤 의열단원이 된 사람이었다. 나이는 김원봉보다 세 살 많았고 서울에는 결혼한 아내 송씨가 있었다.

김익상이 베이징의 비밀 거처를 떠난 때는 1921년 9월 10일이었다. 밀양경찰서에 폭탄을 던진 의열단 단원 최수봉을 인명피해가 없는데도 사형을 집행한 지 두 달만이었다. 사형을 집행함으로써 의열단의 사기를 저하시키려고 했지만 오히려 불을 지른 셈이었다. 더구나 김익상은 조선 침략의 심장부인 총독부를 폭파하라는 임무를 띠고 '일주일 만에 돌아오겠다'며 폭탄 2개를 가지고 떠났다. 김익상은 열차로 베이징에서 봉천까지 갔다가, 다시 봉천에서 압록강을 건너 서울로 들어갈 생각이었다. 서울로 가는 열차를 탔을 때 옆자리에는 일본 여인이 앉아 있었다. 일어를 잘하는 그는 자신을 학생 미다카미三田神라고 속였다. 일경이 검문을 할 때마다 김익상은 여인의 아이를 안고서 일어로 얘기했다. 그때마다 일경은 일본인 부부로 여기고 지나치곤 했다.

남대문역(현 서울역)에서 내린 김익상은 이태원에 사는 동생 김준상金俊相 집으로 곧장 가 소식을 듣고 달려온 아내 송씨와 하룻밤을 보냈다. 김익상은 아내와 마지막이라는 생각은 조금도 하지 않았다. 아내와 유쾌하게 떠들고 잠자리에 들었다. 다음 날도 그는 경직되지 않고 휘파람을 불면서 명랑한 기분으로 전기회사 공원을 가장하여 남산 총독부를 찾아갔다. 남산 총독부는 사람들이 왜성대倭城臺라고 부르는 곳이었다.

총독부 정문의 위병은 능청맞은 그를 보고는 제지하지 않았다. 김익상은 정문 위병소 옆에 있는 구내식당으로 가 맥주 한 병을 시켜 마셨다. 차가운 맥주가 식도를 타고 내려가는 짜릿함을 만끽한 그는 총독부 건물 안으로 들어갔다. 그제야 위병이 "누구냐?"고 물었다. 이에 김익상은 "전기를 고치러 왔다"고 대답했다. 그의 말투가 너무나 태연했으므로 위병은 조금도 의심하지 않고 그를 통과시켜주었다.

김익상은 바로 비서관실로 들어가 인사계실에 폭탄 한 개를 던졌다. 총독 집무실로 들어가려면 비서관실을 거쳐야 했기 때문이었다. 그러나 던진 폭탄은 일인 비서 스즈키鈴木의 뺨을 스친 뒤 책상 위에 떨어져 불발탄이 되어버렸다. 할 수 없이 김익상은 옆의 회계과장실에 남은 폭탄을 던졌다. 폭탄이 폭발하자 비서관실은 아수라장으로 변했다. 유리창이 깨지고 책상 위의 서류들은 이리 저리 흩어졌으며 마룻바닥은 큰 구멍이 났다. 즉시 김익상은 비서관실을 유유히 빠져나왔다. 그때 김익상은 아래층에서 뛰어 올라오는 헌병과 경찰에게 일본말로 "위험하니 올라가면 안 된다!"고 소리쳤다.

총독부를 무사히 빠져나온 김익상은 황금정(현 을지로)으로 내려가 전기공사의 공구들을 버리고 일본인 가게에서 일본인 옷을 사서 바꿔 입고는 평양행 야간열차를 타고 탈출하는 데 성공했다. 그는 의열단 단원들에게 공언한 대로 일주일 만에 북경으로 돌아와 김원봉을 놀라게 했다.

김익상은 총독부 안으로 들어가 폭탄을 터뜨리긴 했지만 아무도 죽이지 못한 것을 두고 자책했다. 그는 김원봉을 만날 때마다 또 다른 일을 달라고 요청했다. 비밀 거처에서 하는 일 없이 소일하는 것도 지겨웠던 것이다. 그렇게 지낸 지 6개월 만에 또 기회가 왔다.

일본 육군대장 다나카 기이치田中義一가 싱가포르, 홍콩을 거쳐 상하이에 온다는 정보를 입수했다. 1922년 3월 초 김원봉과 의열단 단원들은 상하이로 갔다. 비밀장소인 프랑스인 거주지 주가교朱家橋 부근의 중국인 이발소 2층에서 모이기로 했다. 약속한 시간이 되자 단원들이 하나 둘 이발소 2층으로 올라왔다. 김원봉, 이종암李鍾岩, 오성륜, 김익상, 서상락徐相洛, 강세우姜世宇 등이었다. 작전회의 끝에 다나카를 이종암, 오성륜, 김익상이 저격하기로 의견을 모았다.

그런데 서로가 1선에서 저격하겠다고 자청하여 제비뽑기를 했다. 이윽고 오성륜이 1선에서 권총으로 저격하고, 실패하면 2선에서 김익상이 권총과 폭탄으로, 이마저 실패하면 다나카가 자동차에 오르기 전에 이종암이 한 번 더 폭탄을 투척하기로 작전을 짰다.

1922년 3월 29일 단원들이 입수한 정보대로 다나카가 상하이 황포탄 부두에 도착했다. 오성륜은 적장 다나카를 기다렸다. 다나카는 마중 나온 인사들과 일일이 악수를 나누며 걸었다. 오성륜은 바로 그때 권총을 발사했다. 그러나 다나카 앞에 있던 영국 여인 스나이더가 총탄에 쓰러졌다. 적중했다고 "독립 만세!"까지 외쳤던 오성륜의 공격은 실패로 끝났다. 이번에는 2선 공격의 김익상이 도망치는 다나카에게 권총을 발사했지만 모자만 뚫고 말았다. 이어서 폭탄을 던졌는데도 불발탄이 됐다. 마지막 3선에 있던 이종암이 또다시 폭탄을 던졌지만 미국인 해병이 발로 차 바다에 빠뜨렸다.

저격에 실패한 김익상과 오성륜은 일본 헌병들에게 쫓겼고, 이종암은 입고 있던 외투를 벗은 뒤 우왕좌왕하는 군중 속으로 뛰어들어 몸을 숨겼다. 김익상과 오성륜은 달려오는 일인 헌병들을 향해 권총을 쏘면서 사천로까지 도주했지만 막다른 골목에 다다라 체포되고 말았다. 두 사람은 상하이 일본영사관으로 연행되어 가혹한 고문을 받았다. 조사를 받으면서 조선총독부에 폭탄을 투척한 인물이 바로 김익상임이 밝혀져 일인 형사와 헌병들은 믿기지 않는다는 듯 크게 도리질을 했다. 그런데 그들을 또다시 경악케 한 의열단원은 오성륜이었다. 그해 5월 2일 오성륜이 상하이 일본영사관 감옥문을 부수고 탈출하여 그의 행방이 묘연해졌기 때문이었다.

"의백 동지, 김익상 동지 소식은 들었습니까?"

"나가사키 감옥에서 고생하고 있다는 얘기를 들었십니더. 사형을 받았다가 무기로 감형됐다고 하니 아마도 죽지 못해 살아 있을 낍니더."

상하이에서 의열단에 합류한 오성륜은 지금까지 오리무중이었다. 공산주의자가 됐다는 소문만 무성했다. 만주로 갔다가 독일을 거쳐 소련으로 가 동방노력자대학에 입학했다는 믿을 만한 정보가 간간이 들려올 뿐이었다.

"내 솔직한 심정을 고백해도 되겠십니꺼?"

김원봉은 김익상이 아직도 나가사키 감옥에 있다는 것이 괴로운 모양이었다. 다나카 육군대장 저격 작전을 자신이 주도했기 때문이었다. 진정한 의열단원은 죽음을 두려워하지 않기에 생사를 초월한 선승의 경지와 다름없었다. 테러리스트가 기쁘게 죽는 것은 선승이 도를 얻는 행위와 흡사했다. 의열단원으로서 적에게 사형을 당하든 스스로 자폭하든 확실하게 최후를 맞이한다면 비로소 자기를 극복한 성공한 단원이라고 할 수 있는데, 불행하게도 적에게 고문을 받는다거나 자유를 잃고 수감돼 있다는 것은 명예롭지 못한 일이었다. 김원봉은 바로 그 점 때문에 고민하고 갈등했다.

"차라리 부산경찰서에서 폭탄을 던져 하시모토橋本秀平 서장을 죽이고 체포돼 굶어죽은 박재혁 동지나 밀양경찰서에 폭탄을 던지고 사형당한 최수봉 동지의 삶은 거룩하다 아입니꺼."

"감옥에 있는 동지들 때문에 괴롭다는 것입니까?"

"그렇십니다. 김성숙 동지도 잘 알다시피 곽재기, 윤세주, 이성우, 황상규, 이낙준, 김기득, 김병환 동지들이 지금 왜놈들 감옥에서 고통받고 있십니더."

의열단 단원들이 중국에서 천신만고 끝에 들여온 폭탄 중에서 3개가 밀정의 고발로 밀양 김병환 집에서 발견되어 일경에 압수되고, 남은 13개의 폭탄으로 거사하기 위해 윤세주, 이성우, 황상규, 이낙준, 김기득, 김병환 등이 1920년 6월 16일 서울 인사동의 한 중국음식점에서 비밀회의를 하다가 체포되어 중형을 선고받고 지금까지 감옥에 갇혀 있는 것이었다.

김성숙은 갈등하는 김원봉에게 용기를 내서 자신의 속마음을 꺼내 얘기했다. 김성숙은 최근에 상하이를 다녀온 장지락과 의견을 나눈 바 있는, 단원들의 투쟁 방법을 바꿔야 한다는 얘기를 그대로 했다.

"의백 동지, 투쟁을 조직적으로 전환할 필요가 있소. 동지들의 희생이 소중하고 찬탄할 만한 일이기는 하지만 성과는 그들이 희생한 것에 비해 크지 않소. 개인이 폭탄 한두 개를 투척하는 것보다 단원들을 체계적으로 훈련시켜 인민대중과 함께 투쟁할 때 성과가 크게 나타나는 것이 아니겠소?"

"나도 동감입니다. 동지들의 투쟁이 실패할 때마다 심장이 찢어지는 것 같았십니다. 허나 하루아침에 방향을 바꾼다는 것이 쉬운 일입니꺼."

"먼저 광저우廣州으로 가는 것이 좋을 겁니다. 베이징은 우리 동지들이 활동하기에 점점 위험한 곳으로 변하고 있지 않습니까?"

실제로 1925년이 되자마자, 중국 동북지역과 베이징을 장악하고 있던 장쮜린長作霖 군벌정권이 조선 항일단체가 북벌을 준비 중인 광둥의 쑨원孫文 정권을 지지한다는 이유를 내세워 추방령을 내리려 한다는 소문이 파다하게 나돌았다. 뿐만 아니라 조만간 베이징의 군벌정권과 일제 사이에 정치적으로 협약을 체결할 거라는 첩보가 김성숙의 귀에도 들어왔다.

그날 이후, 결국 김원봉은 정세를 판단하여 조언하는 김성숙의 의견을 따랐다. 의열단의 본부를 신변이 안전한 광둥의 광저우로 옮기자고 단원들에게 선언했던 것이다. 예견한 대로 단원들 중에는 영혼이 자유로운 테러리스트로서 김원봉이 변절했다고 항의하며 의열단을 탈퇴한 뒤 머리를 깎고 승려가 된 사람도 있었다. 그러나 무정부주의자라기보다는 민족주의자인 대부분의 단원들은 의백 김원봉과 함께했다.

한 달 뒤, 6월 늦봄이었다. 첩보대로 베이징 장쭤린 군벌정권과 일제 사이에 미쓰야협약三矢協約이 체결됐고, 군벌정권은 일제에 협력하여 김성숙 등이 결성한 창일당 당원들에게 베이징을 즉시 떠나라는 추방령을 내렸다. 더불어 잡지 〈혁명〉도 폐간 명령이 떨어졌다. 마침내 김성숙도 뒤따라오겠다는 장지락을 남겨두고 베이징을 떠날 준비를 했다. 하필이면 김성숙이 동생처럼 정든 장지락과 헤어지는 날 아침부터 천둥 번개가 치더니 눈앞을 분간할 수 없을 만큼 장대비가 쏟아졌다.

조선에서 온 붉은 승려

5

# 혁 명 의 땅

1925년 4월.

김원봉은 폭탄 제조 기술을 배우기 위해 여러 번 갔던 상하이를 거쳐 광둥성 성도 광저우로 내려왔다. 광저우에는 상주하는 조선인들이 많았으므로 숙소를 정하는 데 어렵지 않게 도움을 받았다. 그런데 쑨원의 국민정부가 혁명을 이루려고 국공합작을 했던 광저우는 아직도 뒤숭숭했다. 한 달 전 10여 만 베이징 시민의 뜨거운 환영을 받으며 장쭤린을 찾아갔던 광저우의 혁명가 쑨원이 간암으로 갑자기 서거했기 때문이었다.

쑨원 정권을 지지하며 항일투쟁을 해왔던 광저우의 조선인들도 당혹스럽기는 마찬가지였다. 광저우에는 상하이임시정부 노선을 따르는 우파 민족주의자와 모든 조직과 권력을 거부하는 무정부주의자, 반제국 반봉건의 구호를 좇아 공산주의자가 된 항일투사들이 혼재돼 있었다. 여기에다 머잖아 상하이와 우한武漢, 베이징에 있는 의열단 단원들까지 광저우로 온다면 조국해방이라는 목적은 같겠지만 또 하나의 분파가 더 생기는 셈이었다.

김원봉은 혁명의 기운을 피부로 느끼게 하는 광저우가 마음에 들었다. 다만 광저우의 아열대 기후는 온대 지방에서 자란 그를 한동안 어리둥절하게 했다. 수시로 바뀌는 아열대 기후의 변덕에 적응하느라 애를 먹었다. 장마철이 아닌데도 베이징의 날씨와 달리 비 내리는 날이 계속 이어졌다. 우산을 갖고 외출하지 않으면 비를 맞기 일쑤였다. 빨래는 눅눅한 습도 탓에 며칠 만에 말랐다. 몇 년 된 양복과 중국옷이 각각 한 벌밖에 없는 그는 축축하게 젖은 옷을 입고 돌아다니기도 했다.

국민정부의 지도자 랴오중카이廖仲愷을 만나러 광둥성 청사로 가는 날도 새벽부터 보슬비가 내렸다. 양복 차림의 김원봉은 비가 개기를 초조하게 기다렸다. 우산을 써도 양복의 바짓가랑이는 젖기 마련이었다. 좌파 지도자 랴오중카이는 국민당과 공산당의 합작을 주도했던 공이 컸고, 쑨원이 서거한 뒤에는 국민당 최고 지도자로 각광받고 있는 사람이었다. 조선의열단 단원들이 광저우에서 항일 투쟁을 하려면 랴오중카이의 협조가 무엇보다 필요했다.

다행히 정오가 지나서는 보슬비가 멈추고 해가 났다. 비를 맞으며 번들거리던 망고나무와 보리수 잎들이 햇살에 반짝였다. 멀쑥하게 솟은 종려나무숲도 햇살이 스며들어 밝아졌다. 자귀나무꽃들이 듬성듬성 떨어진 보도는 마치 붉은 반점들이 발진한 병든 짐승의 살갗 같았다. 비 갠 거리는 사람들이 금세 쏟아져 나와 북적거렸다. 김원봉은 길잡이를 한 사람 데리고 광둥청사로 곧장 찾아갔다. 청사는 상록 고목들로 둘러싸여 한낮이었지만 칙칙하고 어둑했다.

미리 약속하고 갔기 때문에 광둥성 성장省長 랴오중카이와의 면담은 바로 이루어졌다. 양복을 입은 랴오중카이는 40대 후반이었지만 머리카락과 수염은 이미 하얗게 변해 나이보다 더 늙어 보였다. 랴오중카이는 비서로부터 김원봉의 이력을 다 살핀 뒤였으므로 의심 없이 맞았다.

"어서 들어오시오. 나는 동지가 우리 국민정부와 같이 항일투쟁을 하는데 무엇이든 도와줄 용의가 있소."

"감사합니다."

김원봉은 랴오중카이의 한마디에 감격했다. 중국으로 건너와 중국의 좌파 지도자 중에서 최고의 요직에 있는 인물을 만나기는 처음이었다. 랴오중카이는 집단지도체제로 바뀐 국민정부의 지도자 중 한 사람이었다. 국민정부의 총리 쑨원은 서거했지만 랴오중카이는 민족, 민주, 민생을 이념으로 하는 쑨원의 삼민주의三民主義를 이어나갈 지도자로 광둥성의 중국인들에게 인기가 있었다.

"김 동지, 테러로 항일투쟁을 하는 것도 옳아요. 그러나 내 생각은 달라요. 쑨원 동지의 삼대정책을 아시겠지만 러시아와 연합하고 공산당과 연합하고 농민, 노동자의 힘을 모아 혁명하는 것이 더 효과적일 것이오."

"저희들은 중국이 혁명을 성공하면 그 여세를 조선까지 몰아치게 하여 왜놈들을 몰아낼 낍니다. 그래서 저희들은 중국이 혁명하는 데 힘을 보태려 하고 있십니다."

이는 김원봉의 생각만 그런 것이 아니었다. 광저우에 온 대부분의 조선인 항일투사들의 생각이었다. 중국이 통일되면 국민정부의 지원 아래 항일투쟁을 지속함으로써 조선이 해방될 수 있다고 믿었다.

"맞아요. 지금은 중한 동지들이 힘을 합치어 투쟁할 때지요."

랴오중카이는 김원봉을 극진히 대접했다. 비서에게 차 이외에도 광동지방에서 나는 두더지처럼 생긴 과일을 가져오도록 시켰다. 김원봉은 그동안 광저우의 습한 날씨 탓에 우울하기조차 했는데 랴오중카이의 친절함으로 답답했던 마음이 말끔하게 씻기는 기분이 들었다.

"별세한 쑨원 동지는 군벌들에게 실망을 많이 했어요. 중국 도처에서 난무하는 군벌들이 문제라는 거지요. 그자들은 눈앞의 자기 이익밖에 몰라요. 이익만 되면 제국주의, 봉건주의 세력과도 손을 잡아요. 동북삼성의 장쭤린 군벌이 중국을 침략하려는 일본과 결탁한 것도 그 한 예라오."

"군벌들과 싸워 이기기 위해 국공합작을 한 거 맞십니꺼?"

"그렇소. 국민당은 다시 실패하지 않기 위해 국공합작을 한 것이오. 국공합작을 한 뒤 쾌거가 있소. 쑨원 동지가 친히 민족해방투쟁의 기량을 연마하고자 군관학교와 광동대학을 설립했소. 군관학교에서는 고급한 군사인재를 양성하여 국민당 군대에 배속할 것이고, 광동대학에서는 혁명사상을 전파하는 당원 간부를 양성할 것이오."

군벌정권들과 전쟁을 한다는 것은 쉽지 않은 일이었다. 현재 중국 땅의 3분의 1을 지배하고 있는 막강한 장쭤린 군벌만 해도 수만 명의 정예 보병과 포병으로 조직된 육군뿐만 아니라 수십 대의 전투기를 보유한 공군, 수십 척의 군함을 거느린 해군이 있었다. 더구나 장쥐린 군벌정권은 대포와 기관총, 소총을 생산하는 대규모 병기창까지 있었다.

김원봉은 비로소 광저우에 온 보람이 느껴졌다. 랴오중카이가 항일투사들을 지원하겠다고 약속한데다, 조선의 항일투사들도 군관학교와 광동대학에 입학하여 기량을 닦는다면 투쟁의 역량은 배가 될 것이 틀림없었다. 랴오중카이가 말하는 군관학교란 중국국민당 육군학교가 정식 명칭이었다. 학교가 주지앙강珠江 하류의 황포구 장주도에 있었으므로 일반인들은 황포군관학교라고 불렀다. 교장은 국민당의 실력자로 부상한 장제스張介石, 정치주임은 프랑스에서 유학하고 돌아온 공산주의자 저우언라이周恩來였다.

광동대학은 원래 광동고등사범학당을 1924년 11월 11일 쑨원이 대학으로 승격시켰는데, 대학의 강당은 랴오중카이로서는 결코 잊지 못할 건물이었다. 1924년 1월 20일부터 30일까지 국민당 제1차 전국대표대회가 열렸는데, 쑨원은 국민당 총리 신분으로 대회를 주관하여 국공합작을 이루어냈던바, 국민당의 랴오중카이, 탄핑산譚平山, 장제스는 물론이고 공산당원인 리다자오, 마오쩌둥, 린보취林伯渠, 취추바이瞿秋白 등도 대회에 참여해 반제국주의와 반봉건주의를 선포하면서 통일전선을 구축했던 것이다.

랴오중카이가 광동대학의 설립 배경을 이야기하고 있을 때 공산당원이면서 국민당에 입당하여 중앙조직부장을 맡았던 탄핑산譚平山이 성장실省長室로 들어왔다. 탄핑산은 랴오중카이보다 세련돼 보이지는 않았지만 강골의 인상을 풍겼다. 의자에 앉자 냉기가 훅 끼치는 듯했다. 김원봉은 분명한 화법을 구사하는 탄핑산이 곧 좋아졌다. 김원봉이 랴오중카이에게 조선인 항일투사들에게 황포군관학교와 광동대학에 입학할 수 있도록 배려해달라고 부탁하자, 탄핑산이 대신 답변했다.

"걱정하지 말아요. 저우언라이 동지를 찾아가시오. 추천서를 써주겠소. 허나 올해는 입학이 어려울 것이오. 이미 3월에 입학생을 선발했소."

"혜택을 얼마나 받을 수 있십니꺼?"

"군관학교 생도나 대학생들이 훈련과 공부만 전념할 수 있도록 최대한 지원할 테니 걱정 마시오."

성장실을 나온 김원봉은 광저우로 내려온 것을 행운이라고 여겼다. 조선인 항일투사들이 무료로 훈련도 받고 공부도 할 수 있으니 최고의 조건을 허락받은 셈이었다. 국민정부가 운영하는 군관기관이나 대학에 조선 청년들이 입학하여 장학금을 받으며 아무런 걱정 없이 투쟁할 수 있다니 꿈만 같은 일이었다.

그런데 김원봉의 꿈은 랴오중카이를 만난 지 네 달 만에 물거품이 되어버렸다. 8월에 랴오중카이가 국민정부 내부의 권력투쟁으로 우파에게 피살되었고, 그 바람에 랴오중카이에게 받은 지원 약속은 흐지부지돼버렸다. 베이징에서 활동하던 의열단 선전부장 김성숙이 6월에 광저우로 왔고, 나머지 단원 19명이 8월에 왔지만 황포군관학교나 광동대학, 그 밖의 국립학원에 입학하려던 단원들의 각자 계획은 미뤄질 수밖에 없었다. 김원봉과 김성숙 등은 크게 실망했다. 장지락은 그런 사실도 모르고 가을에 광저우로 내려왔다.

물론 자기 힘으로 황포군관학교에 입학한 조선인 젊은이들도 있었다. 함북의 이빈李彬, 차정신車廷信, 장성철張盛哲, 서울의 유철선劉鐵仙, 이일태李逸泰 등 4명은 3기 생도로서 봄부터 훈련받고 있는 청년들이었다. 이들은 아무런 특혜나 지원 없이 중국인들과 당당하게 겨루어 실력으로 합격한 생도들이었는데, 특히 차정신, 장성철, 유철선은 일찍이 광저우로 와 쑨원의 지시로 설립한 항공학교에서 항공기술을 배운 학도들이었다.

뿐만 아니라, 3기에는 조선인 출신의 교관이나 부관, 조교 등도 있었다. 러시아 군사학교 출신의 강섭무姜燮武는 포병 교관 겸 러시아 고문의 통역을 맡았고, 상하이 임시정부에서 온 김철남金鐵男은 제3교도단 부단장이었고, 손두환孫斗煥은 교장 장제스의 부관이었고, 이검운李劍云은 훈련 조교였다.

"김 동지 기쁜 소식이오."

"광저우에 온 지 몇 달 만인가요?"

광저우에서 동가식서가숙하던 김원봉과 김성숙에게 또다시 기회가 찾아왔다. 김원봉과 김성숙은 환호성을 질렀다. 투쟁의 성과가 미미했던 한 해가 지나고 1926년 1월의 일이었다. 상하이에 머물고 있던 여운형呂運亨이 국민정부 주석 왕징웨이汪精衛 초청으로 광저우에 와서 황포군관학교 교장 장제스를 만나 담판을 지었던 것이다. 장제스 교장의 부관으로 있던 손두환이 두 사람의 회동을 주선

했다. 여운형이 장제스를 만나고자 했던 이유는 상하이 임시정부 자금을 지원받기 위해서였다. 그러나 장제스는 임시정부 자금 지원에는 난색을 표했다. 대신 국민정부의 지시를 받는 국립대학에 조선인 청년들이 입학하고자 한다면 언제라도 허가하고, 황포군관학교 생도들은 숙소, 식비, 옷을 제공하고 심지어는 봉급을 지급할 것을 약속했다. 대신 군관학교 생도들은 졸업 후 국민혁명군에 2년 동안 의무 복무할 것을 문서로 합의했다.

1926년 봄이 되어 조선의열단 단원들은 각자 소신대로 황포군관학교에 지원했다. 봉급까지 주는데도 생각보다 적은 인원이 입학했다. 김원봉을 비롯하여 뒷날 김성숙과 친분이 두터워지는 박건웅朴建雄 등 몇 명뿐이었고, 4기로 입학한 생도 24명 중 대부분은 광저우나 우한, 상하이 등지에서 활동해온 항일투사들이었다.

김성숙과 장지락은 중산대학에 입학했다. 중산대학의 전신은 광동대학이었다. 위기 속의 중국을 구하고자 나섰던 쑨원의 혁명정신을 기리고자 그의 호를 빌려 광동대학을 중산대학으로 개명했다.

## 황 포 군 관 학 교

황포군관학교가 위치한 장주도는 광저우 시가지에서 동남쪽으로 한 나절 거리에 있었다. 김원봉과 김성숙은 주지앙강 강변길을 잰걸음으로 걸었다. 다행히 나루터에는 화물선을 개조한 철선이 정박해 있었다. 승선하는 사람들이 차야만 장주도를 오가는 배였다. 장제스의 부관 손두환을 장주도 쪽 나루터에서 오전 10시에 만나기로 했으므로 아직 시간은 여유가 있었다. 강가에는 막 움이 트기 시작한 버드나무 가지들이 여인의 풀어헤친 머리채처럼 치렁치렁 흔들거렸다. 강폭이 1km쯤 되는 주지앙강은 바다의 한 자락처럼 넓고 도도했다.

두 사람은 철선 옆구리에 설치한 나무의자에 앉아 배가 움직이기를 기다렸다. 김원봉은 황포군관학교 4기로 이미 입학하기로 되어 있었다. 며칠 후면 아예 군관학교 기숙사에서 생활할 것이기 때문에 아직은 외박이 자유로웠다. 김성숙은 자신보다 세 살 위인 손두환을 만나보고 싶어 김원봉을 따라 나선 길이었다. 황해도 은율 출신의 손두환은 초립둥이 어린 시절에 김구의 제자였고, 일본 메이

지대학 법과를 다니다가 상하이로 망명하여 소독단消毒團이란 암살 단체를 조직하여 단장으로 활동한 사람이었다.

소독단은 일제의 밀정이나 변절한 자를 처단하는 단체였는데 처음에는 20여 명으로 출발했으나 1921년에는 50여 명으로 늘어났다. 그러나 소독단의 활동은 손두환이 임시정부에서 군법부장, 경무국장 등 신분을 노출하여 활동함으로써 차츰 침체했다. 그러다가 손두환이 임시정부의 온건한 노선을 비판하고 1925년에 황포군관학교로 적을 옮긴 뒤부터 소독단의 활약은 유야무야되어버렸다.

"김 동지, 손 동지가 부관이니까 장제스 교장을 만날 수 있을 낍니더."

"장제스는 우리 조선인 청년을 어떻게 보고 있습니까?"

"아직까지는 호의적입니더."

"내가 알기로는 장제스는 우파라던데."

"중국의 좌파나 우파 모두 주적은 왜놈들이니까 우리한테 호의적입니더."

김성숙이 장제스를 의심하자 김원봉이 일본을 들먹이며 그럴 필요가 없다고 말했다. 조선의 적이 일본이듯 중국의 좌파나 우파의 적도 일본이라는 것이었다. 그것이 바로 중국의 국민당과 공산당이 합작한 배경이었고, 조선의 항일투사들이 중국의 좌파나 우파에 협조할 수밖에 없는 이유였다.

철선은 금세 주지앙강을 건너 장주도 나루터에 꽁무니를 댔다. 중국인들이 우르르 쏟아져 나간 뒤 김원봉과 김성숙은 천천히 배에서 내렸다. 손두환과 김원봉은 구면인 듯 서로 손을 흔들었다. 배에서 내리자마자 김원봉이 손두환에게 김성숙을 소개시켰다.

"중산대에서 정치경제학을 공부하고 있는 김성숙 동집니다. 이쪽은 아까도 말했지만 장제스 교장 부관인 손두환 동집니다."

"반갑습니다. 손 동지께서 여운형 동지를 장제스 교장에게 소개하여 우리 조선 청년들이 혜택을 많이 받고 있다는 얘기를 들었습니다."

"당연히 해야 할 일이지요. 나야 뭐 존경하는 여운형 동지께서 부탁하기에 다리를 놓아드린 것뿐이지요."

황포군관학교는 나루터에서 꽤 떨어진 거리에 있었다. 장주도는 작은 섬이 아니었다. 장주도 마을사람들은 농사도 짓고 주지앙강으로 나가 고기도 잡는 모양이었다. 논밭 가운데 있는 민가 울타리에는 손질해놓은 어망들이 보였다. 황포군관학교가 광저우 시가지에서 먼 장주도에 자리 잡은 이유는 사람들 눈에 띄지 않게 군사훈련을 시키는 학교이기 때문이었다.

손두환은 건강한 무인 체질은 아닌 것 같았다. 백면서생과 같이 학처럼 가는 목에다 피부가 깨끗했다. 체격도 삼대처럼 호리호리했다. 한마디로 약골 체질의 그가 적의 밀정을 청소하겠다고 결성한 소독단의 단장을 결성하고 이끌었다는 사실이 믿어지지 않았다. 이승만의 노선이나 안창호가 때를 기다리자고 주장하자 그것을 비판하고 황포군관학교로 왔다는 게 놀라웠다. 더구나 훗날 김구의 권유로 다시 임시정부에 들어가 한인애국단의 단원으로 활동한 사실만 보아도 그의 항일의지만큼은 약골의 체질과 상관없었다. 김구의 지시를 받았던 임시정부의 한인애국단 역시 조선의열단처럼 일제의 수뇌부 암살을 목적으로 했던바, 이봉창, 윤봉길尹奉吉 등이 일본인의 간담을 서늘케 했던 것이다.

손두환.

초립둥이인 그의 상투머리를 잘라준 사람은 김구였다. 손두환은 장진읍 봉양학교를 다니고 있었는데, 읍으로 이사 온 김구가 봉양학교에서 근무하게 된 인연 때문이었다. 김구는 학교에서 날마다 아이들의 머리를 얼레빗이나 참빗으로 몇 시간씩 빗겨주곤 했다. 상투나 긴 댕기머리를 하고 다니는 아이들 가운데는 머리에 이와 서캐가 많았다. 농사일이 바쁜 부모들이 아이들의 머리를 자주 빗겨주지 않았으므로 그랬다.

할 수 없이 김구는 부모들을 설득하여 아이들 머리를 하나둘 잘라주기 시작했다. 그러나 아이들의 단발은 결코 쉬운 일이 아니었다. 상투를 튼 어른들 중에도 몇몇은 개화기 분위기를 타고 스스로 단발한 사람들이 있었으나 읍민들은 단발한 그들을 정신이상자로 취급했다. 그래도 김구는 초립둥이 아이들의 머리를 자르는 것이 위생적이라고 보았다. 봉양학교에서는 총명한 손두환을 먼저 불러 그의 의사를 물었다. 그러자 손두환은 상투를 틀고 거추장스런 초립을 쓰는 일이 괴로우니 단발하는 것이 소원이라고 말했다.

김구는 수업이 끝나고 나서 손두환의 머리를 가위로 잘랐다. 그런 뒤 집으로 돌아가는 그를 따라갔다. 중추원 의관을 지낸 손두환의 아버지 손창렴孫昌濂이 어떤 반응을 보일지 자못 궁금해서였다. 더구나 손창렴은 늦은 나이에 얻은 아들이었으므로 손두환을 애지중지 키웠다. 손창렴의 반응은 김구가 예상한 대로였다. 아들의 단발한 모습을 보자마자 기가 막힌 듯 말도 못하고 눈물을 주르르 흘렸다. 손창렴은 집으로 뒤따라 들어온 김구를 보고 하소연했다.

"아이고, 선생님. 웬 날벼락입니까? 두환이를 망치려고 작정하셨습니까?"

어린 손두환은 아버지의 항의에 김구가 아무런 대꾸를 못하자 김구의 품으로 달려들었다. 그러고는 아버지를 원망하듯 쳐다보았다. 그제야 아들이 선생님을 좋아하는구나 하고 느낀 손창렴은 태도를 누그러뜨렸다.

"두환이의 머리를 깎아주시고 싶다면 제가 죽은 뒤에도 할 수 있지 않습니까?"

"두환이를 사랑하는 영감님의 마음을 이해합니다. 하지만 저도 두환이를 사랑합니다. 두환이는 목이 가늘고 길어 상투 위에 초립을 쓰는 일이 여간 불편한 일이 아닙니다. 또한 아이들 머리에 이와 서캐가 번져 위생적으로도 좋지 않습니다. 그래서 머리를 깎아준 것입니다. 나중에는 영감님이 저한테 고맙다고 인사할지도 모릅니다."

결국 손창렴은 김구에게 설득당하고 말았다. 김구의 인품에 반한 나머지 김구가 안악으로 근무지를 옮기자 손두환도 그곳의 학교로 보냈고 자신도 따라서 안악에서 생활하며 뒷바라지했다.

이후 손두환은 김구의 평생 제자로서 늘 그의 그림자처럼 뒤를 따랐다. 메이지대학 법과 재학 중에 상하이로 망명하여 임시정부에서 김구를 보좌하게 된 것도 스승 김구에 대한 존경심의 발로였는데, 때로는 의견 충돌로 김구의 곁을 떠났던 때도 있었지만 김구는 늘 그를 제자로서 받아주었다.

앞서 걷고 있는 손두환에게 김원봉이 물었다.

"손 동지, 오늘 장제스 교장을 만날 수 있십니꺼?"

"외출했소. 오늘밤에나 돌아올 것 같은데 만나야 할 이유가 있소?"

"김성숙 동지가 면담하고 싶다고 해서 그렇십니더."

"그렇다면 내가 다른 분을 추천하여 만나게 해주겠소."

"누굽니꺼?"

"저우언라이 정치주임이오."

김원봉이 김성숙보다 더 놀랐다.

"만나기 힘든 동지 아닙니꺼?"

프랑스에서 귀국한 올해 28세의 저우언라이는 황포군관학교의 군사훈련과는 무관한 인물이었다. 그는 생도들과 만나는 일이 극히 드물었다. 중국공산당에서 파견한 그는 황포군관학교 안에서 자신의 사무실을 개방하지 않고 비밀스럽게 활동하는 공산당 간부였다. 그러나 그의 직무가 한가한 것은 아니었다. 그는 아침 일찍 황포군관학교로 왔다가 저녁이 되면 광저우 시내로 돌아가 공산당 간부들에게 강의하거나 광둥공산당위원회에 나가 밤 11시, 12시까지 마오쩌둥의 지도 아래 회의를 했다.

이처럼 공산당 간부 중에서도 저우언라이는 몹시 바쁜 사람 중에 하나였다. 작년 8월 초에 톈진 지역 부녀부장으로 활동하고 있던 그의 애인 덩잉차오鄧穎超가 중국공산당의 명으로 광저우에 왔을 때 그는 그녀를 마중 나갈 틈이 없어서 대신 비서에게 덩잉차오의 사진 한 장을 쥐어주며 천자天字부두로 내보냈던 일도 있었다. 그런데 그 비서는 많은 사람들이 붐비는 부두에서 그녀를 찾지 못했고, 저우언라이를 기다리던 그녀는 실망만 하고 있을 수는 없었다. 그녀 스스로 저우언라이가 보냈던 서신의 주소를 들고 물어 물어서 저우언라이의 숙소로 찾아왔다.

"저우언라이 동지는 조선의 젊은 동지들을 아주 좋아하지요. 나도 장제스 교장실에서 한두 번 보았는데 아주 지성적으로 생긴데다 품성이 온화한 것 같았소."

산길로 들어선 지 20여 분이 지났을 때 손두환이 걸음을 멈추었다. 마침내 황포군관학교 정문과 흰 담이 나타났다. 정문에는 '육군군관학교陸軍軍官學校'라는 검은 글씨의 현판이 걸려 있었다. 산속에 지은 건물치고는 규모가 컸다. 이층 건물이 네 줄로 나란히 배열되어 있었고, 각 건물들은 중간쯤에 회랑으로 이어져 있었다. 회랑 양쪽이 연병장인 셈이었다.

손두환은 첫 번째 건물 복도를 지나면서 중국공산당에서 파견한 간부들을 두 사람에게 일일이 설명했다.

"이쪽은 전부 공산당에서 파견한 간부들 방들이오. 이 방은 교부수 주임 녜룽전聶榮臻, 이 방은 교수부 부주임 예젠잉葉劍英, 이 방은 정치교관인 덩옌다鄧演達, 윈타이잉惲代英이 쓰고 있소. 팻말이 없는 이 사무실이 바로 정치주임 저우언라이 동지의 방이오."

손두환은 곧 저우언라이가 사무실로 사용하고 있다는 방문을 두드렸다. 그러나 방 안에서 아무런 응답이 없었다. 김원봉은 아쉬워하며 복도에서 기다리자고 말했다.

"이왕 왔으니 더 기다립시다."

"아침에 사무실로 들어가는 것을 보았소만."

그들은 더 낙담하지 않아도 되었다. 저우언라이가 복도 끝에서 조용하게 걸어오고 있었다. 아마도 산책을 하고 돌아오는지 원추리 한 송이를 들고 있었다. 손두환을 보더니 눈보다 눈썹이 먼저 꿈틀거렸다. 마치 그의 짙은 눈썹이 웃는 것 같았다.

"손 동지 무슨 일로 왔소?"

"아, 이 분은 이번에 우리 군관학교에 입학한 생도고요, 이 분은 중산대학에서 정치경제학을 공부하고 있는 학생입니다."

"조선에서 온 동지들 환영합니다."

저우언라이는 조선 청년들에게 아주 우호적이었다. 그는 자신의 사무실로 손님을 들이는 법이 거의 없었는데 김원봉과 김성숙에게는 예외였다. 두 사람을 조금도 의심하지 않았다. 자신의 사무실 의자에 앉자마자 반가움을 표시했다.

"조선에서 온 동지들 반갑습니다. 우리 중국이 수나라, 당나라, 원나라 때 침략하기도 했지만 조선과는 형제의 선린관계를 유지한 역사가 대부분이었소. 그러니 지금 우리 중국과 조선이 힘을 합쳐 일제와 싸우는 것은 역사적인 배경으로 봐서도 대단히 합당한 일이라고 생각하오. 그대들 생각은 어떻소?"

"중국의 혁명이 성공하기만을 기다리고 있습니다."

만면에 미소를 띠고 있는 저우언라이의 입에서 조선의 고구려 역사가 나오다니 김성숙은 내심 놀랐다. 조선의 현실뿐만 아니라 조선의 역사까지 이해하고 있었다. 더구나 저우언라이는 조선의 역사를 가지고 농담반 진담반의 얘기를 했다.

"동지들, 수나라는 요동을 장악하고 있던 고구려를 공격하다가 망했소. 조선을 건드려 크게 손해를 본 나라가 수나랍니다. 그러니 중국은 조선과는 늘 형제의 나라로써 화평하게 지내야 하는 것입니다. 하하하."

비록 지금의 요동과 만주는 중국 땅이 되어 있지만 중국의 공산당 간부 입에서 한때 고구려 땅이었음을 인정해주는 것은 기분 좋은 일이었다. 더구나 저우언라이는 때를 보아 자신이 살고 있는 집으로 김원봉과 김성숙을 초대하겠다고 약속했다.

그러나 우롱차를 몇 잔 마시고 난 뒤 저우언라이 사무실을 나온 손두환은 당분간 그가 사는 집으로 가기는 힘들 것이라고 말했다. 작년에 혼인신고도, 결혼식도 하지 않은 채 부부가 친한 동지들 앞에서 팔호八互(서로가 지켜야 할 여덟 가지)를 선언하고 난 뒤부터 현재까지 살고 있는 곳은 겨우 세 평짜리 허름한 방이라는 것이었다.

저우언라이와 덩잉차오가 혁명동지로서 서로 약속한 팔호가 무엇인지를 안 김성숙은 자신도 다시 결혼하게 된다면 그렇게 살고 싶었다. 팔호란 서로 사랑하기[互愛], 서로 존경하기[互敬], 서로 돕기

〔互助〕, 서로 격려하기〔互勉〕, 서로 의논하기〔互商〕, 서로 용서하기〔互諒〕, 서로 신뢰하기〔互信〕, 서로 이해하기〔互識〕로 부부가 실천해야 할 조건들이었다.

## 중 산 대 학

중산대학은 조선인 청년들에게 학비 전액 면제와 기숙사를 제공했다. 파격적인 혜택이었다. 1926년도 조선인 입학생은 50여 명이나 되었다. 김성숙, 장지락도 베이징에서 공부했던 자신의 전공과목을 계속 공부할 수 있었다. 광저우로 온 조선의열단원들 중에는 황포군관학교로 간 사람도 있었고, 중산대학에 입학한 사람도 있었다. 의열단의 간부급이었던 강세우, 정유린鄭有麟, 30대 중반의 나이로 이과에 입학한 평북 벽동 출신의 이영준李英駿, 최원崔圓, 서의준徐義駿 등이었다. 베이징에서 밀양 출신인 윤세주의 권유로 의열단원이 된 이활李活(이육사)은 가을학기 때 의과에 입학했다. 의열단원은 아니지만 항일의 뜻을 두고 활동해 온 마준馬駿, 김동주金東洲, 김원식金元植 등의 입학생들도 있었다.

중산대학의 조선인 기숙사는 토요일 밤마다 삼삼오오 모여 토론하는 장소로 변했다. 주제는 대부분 항일투쟁의 방법론이었다. 강세우는 토론하기 전에 늘 항일투쟁의 소식을 전했다. 그날도 기숙사를 처음 방문한 조선인이 서너 명 있었으므로 작년에 결성된 피압박민족연합회 소식부터 전했다.

"작년 7월 9일에 저와 조선 항일투사 동지들이 중국, 월남, 인도 등의 혁명투사들과 만나 피압박민족연합회를 창립한 바 있습니다. 여러분도 아시다시피 중국 인민들이 살상당한 상하이참변이 일어난 뒤라서 일제와 영국제국주의에 대한 중국 인민들의 분노가 극도로 들끓었던 때였지요. 올해 1월 16일에는 국민당 제 2차 전국대표회의가 열렸습니다. 이때 여운형 동지께서는 조선 대표로서 '중국 국민혁명의 전 세계적 사명'이라는 주제로 연설하셨습니다. 제국주의가 타도될 때 약소민족이 모두 해방될 것인바 약소민족은 전력을 다하여 중국의 혁명을 도와야 하고 중국 혁명이 성공하면 약소민족도 모두 해방된다고 말씀하셨습니다."

모인 사람들이 여운형의 연설 소식을 듣고는 박수를 쳤다. 강세우는 얘기를 잠시 멈추었다가 두 달 전 여월한인회 소식까지 마저 했다.

"지난 3월 1일 혜주회관에서 가졌던 감격스러웠던 소식도 전해 드리겠습니다. 여월한인회 36명 전원이 혜주회관에 모여서 독립 선언을 낭독했습니다. 특히 랴오중카이 지도자의 미망인과 중산대학의 동자군童子軍, 월남동지회 회원 13명 등 1백여 명이 참석하여 조선 혁명과 중국 혁명 그리고 세계 혁명의 성공을 기원했습니다."

혜주회관은 쑨원의 국민정부가 중앙사무국으로 사용했던 건물이었다. 또한 쑨원이 서거한 뒤 좌파 지도자 랴오중카이와 군권을 장악한 우파 장제스가 권력투쟁을 벌였는데 랴오중카이가 국민당 중앙집행회의에 참석하려고 승용차에서 내리자마자 5,6명의 우파 저격수들에게 피살당했던 곳이기도 했다.

보름달이 뜨는 날은 주지앙강 강변이나 황화강열사능원으로 나가 토론회를 갖기도 했다. 김성숙은 그런 날에는 꼭 차응준과 윤적묵을 불렀다. 두 사람은 금강산 유점사에서 베이징으로 김성숙과 함께 온 승려였는데, 다시 김성숙을 따라서 광저우까지 온 동지들이었다. 승복을 입은 승려이기 때문인지 황포군관학교나 중산대학에 입학하지 않고 독자적으로 활동하면서 차응준은 육조 혜능대사가 삭발 수계한 광효사에, 김규하는 소동파가 거쳐 갔다는 육용사에 머물고 있었다. 두 절 모두 광저우 시내 한복판에 있었으므로 의열단원과 연락을 주고받기에 용이했다. 다만 윤적묵만 광저우에서 조금 떨어진 사오관紹關의 대감사에 바랑을 풀어놓고 있었다.

6월 하순 무렵이었다. 보름달빛이 쏟아지는 주지앙강은 한 폭의 수묵화를 연상케 했다. 고기잡이 밤배가 서너 척 떠 있고 강물은 금빛으로 넘실거렸다. 강변에는 어느 새 20여 명도 넘게 중산대학과 황포군관학교에 적을 둔 조선인 청년들이 모여들고 있었다. 장제스 교장의 부관 손두환과 황포군관학교 4기생인 김원봉, 박건웅은 일찌감치 자리를 잡고 앉아 있었다. 박건웅 옆에는 애인 정봉은鄭鳳恩도 한 자리 차지하고 있었다.

전남 광주 출신의 정봉은은 수피아여고에서 음악교사를 하다가 중국으로 건너와 항일운동 하는 오빠들을 뒷바라지하고 있었다. 큰오빠 정효룡鄭孝龍은 상하이로 망명하여 임시정부 기관지 〈독립신문〉

직원이 되었다가 1920년 12월 국내로 잠입하여 독립운동 선전원으로 암약하던 중에 체포되어 1년간의 형기를 마치고 출소한 뒤 고문 후유증을 크게 앓고 있는 중이었고, 둘째오빠 정충룡鄭忠龍은 운남강무학교를 졸업하고 국민혁명군 제 24군 중좌로 복무하고 있었다. 형제들이 모두 독립운동을 하고 있는 셈이었는데 몇 년 뒤 동생 정의은鄭義恩과 정율성鄭律成도 중국으로 건너와 항일운동을 했고, 정효룡은 고문 후유증으로 끝내 1934년 40세의 젊은 나이로 숨을 거두고 말았으며, 특히 정율성은 중국의 국가 행사에 공식적으로 연주되는 〈중국인민해방군가〉를 작곡하여 전 중국 인민의 사랑을 받는 혁명음악가가 되었다.

  차응준은 순서에 없었지만 자연스럽게 대금을 꺼내 아리랑을 연주하며 참석한 사람들의 마음을 어루만져주었다. 그날 밤 모임은 김성숙과 김원봉, 장지락이 주도했다. 김성숙이 강변 둑 위로 올라가 먼저 보고 형식으로 얘기했다.

  "용감하고 애국심이 어느 민족보다 투철한 우리 조선 항일투사들이 황포군관학교와 중산대학에서, 혹은 승려 신분으로, 혹은 각자의 노선대로 광저우에서 활동하고 있습니다. 유럽에서, 러시아에서, 만주에서, 일본에서, 조선에서 일제의 침략에 항거하기 위해 광저우로 와서 투쟁하고 있습니다. 이제는 투쟁의 성과를 극대화할 때입니다. 모든 조선인들이 하나로 뭉치어 일제를 무너뜨려야 합니다. 이는 제 열망이기도 하고 광저우의 모든 동지들 뜻이기도 합니다. 서서히 그 결과가 나타나고 있습니다. 황포군관학교 생도가 중심이 되어

120명의 조선혁명군인회가 조직되었습니다. 조직이 더 커지면 조선군단이라는 전투부대를 만들어 일제와 투쟁할 것입니다."

바람이 강물의 온기를 훈훈하게 전했다. 하루 종일 햇볕을 받은 강물은 아직 온기가 남아 있었다. 변화무쌍한 기후 때문에 구름이 하늘을 덮고 있는 날이 많은데 넉넉한 보름달이 그들을 내려다보고 있었다. 달빛에 드러난 조선인들의 표정은 한껏 여유로웠다. 전장에 나가는 사람처럼 비장한 얼굴을 한 사람은 아무도 없었다. 주지앙강에 뱃놀이를 나온 연인처럼 행복하고 편안한 얼굴들이었다. 이제 그들에게 항일투쟁은 일상이 되어버린 것이나 다름없었다. 언제 영원히 헤어질지 모르므로 그들은 만날 때마다 마지막이듯 반갑고 유쾌하게 시간을 보냈다. 장난을 치거나 농담하며 매순간을 즐겼다. 김성숙의 얘기에도 전혀 선동적인 구석이 없었다. 조선독립이라는 달콤한 꿈에 젖어 얘기를 이어갔다.

"이제 우리에게 분파는 없어졌습니다. 우리의 목적은 조국해방일 뿐입니다. 김원봉 동지와 장지락 동지, 그리고 저 세 명은 손두환 동지를 회장으로 유월한인동지회를 먼저 창립한 뒤 광저우에서 활동하는 각 노선의 대표 분들을 만나 동의를 얻어냈습니다. 마침내 우리는 광저우의 모든 항일단체를 하나로 묶는 조선혁명청년연맹을 결성하게 됐습니다."

김성숙이 타고난 정치력을 발휘하고 의열단 의백 김원봉과 장지락이 여러 분파들의 대표를 만나 협조를 구해서 얻어낸 성과였다. 광저우에 거주하는 조선인들의 숫자가 8백여 명 되는데, 연맹을 창립하기 전인데도 3백 명의 회원을 확보했다.

　조선혁명청년연맹에서 김성숙과 김원봉은 중앙위원으로 선출되었다. 김성숙이 지금 보고 형식으로 말하고 있는 것도 중앙위원으로서 첫 발언인 셈이었다. 그런데 김성숙의 특장은 언변 말고도 탁월한 사회주의 이론과 논문이었다. 김성숙은 자신의 특장을 발휘하기 위해 조선혁명청년연맹의 기관지 〈혁명운동〉을 창간하고 자신은 주필을, 장지락은 부주필을 맡았다.

　중산대학 학생들 중에서 김성숙과 장지락의 인기는 대단했다. 〈혁명운동〉을 발간할 때마다 잡지를 구하려고 학생들이 연줄을 댔다. 뿐만 아니라 김성숙은 일어에 능통했으므로 특히 중국 여학생들이 그에게 일어 강습 모임을 만들자고 제의해왔다. 김성숙은 여러 단체에서 밤낮으로 불려 다녔기 때문에 시간을 내기가 어려웠지만 보름마다 한 번씩 중국 여학생들을 상대로 일어를 강의하기로 했다.

　김성숙과 같은 학년의 중국인 여대생들은 모두 7명이었다. 그중에서 가장 미모가 뛰어난 여대생은 광둥 포산佛山 출신의 멋쟁이 천티에췬陳鐵軍이었다. 그리고 빼어난 미모는 아니었지만 눈이 크고 해맑은 현모양처형의 두쥔후이杜君慧도 남학생들에게 관심의 대상이었다. 천티에췬은 조선에서 온 김성숙에게 별로 마음을 주지 않았지만 두쥔후이는 달랐다. 두쥔후이는 김성숙의 일어 실력과 상대를 설득하는 언변에 반했다. 두쥔후이는 혹시나 아리따운 천티에췬이 김성숙을 사모하게 된다면 어쩌나 하고 가슴을 졸였지만 곧 그럴 필요가 없다는 것을 깨달았다. 천티에췬이 공산당원이자 광둥카이핑開平 출신인 저우원융周文雍을 짝사랑하고 있다는 사실을 알았기 때문이었다.

김성숙은 여대생들에게 일어만 가르치지 않았다. 잡지 〈혁명운동〉을 나누어주며 사회주의 사상과 피압박민족의 해방운동에 대해서도 설명해주었다. 특히 조선이 일제에 의해 침략받고 있다는 사실과 자신도 3.1 독립운동 후 서대문형무소에서 옥고를 치렀다는 얘기를 해주었다. 두췬후이는 동정심이 많았으므로 몰래 눈물을 글썽였다. 마음속으로 조선에서 온 청년들을 도와주어야겠다고 생각했다.

어느 날 두췬후이는 일어 강습이 끝났는데 집으로 돌아가지 않고 김성숙을 중산대학 강의실 문밖에서 기다렸다. 김성숙도 눈치를 챘다. 문밖에 그림자가 어른거렸고 일어 강습 때 두췬후이가 자꾸 야릇한 눈길을 보내왔던 것이다.

김성숙은 모르는 체하고 지나쳤다. 그러자 두췬후이가 측백나무 숲 뒤에서 달려오더니 모기만한 소리로 말했다.

"성숙 씨."

"무슨 일로 기다리고 있었소."

"일어가 어려워요. 모르는 게 많아서요."

"강습 시간에 물어도 되지 않습니까?"

"친구들에게 창피해서요."

"일어가 서툴기는 다 마찬가지인데."

"성숙 씨, 일어를 잘하는 비결 좀 가르쳐줘요."

두쿼후이가 유난히 큰 눈을 반짝이며 말했다. 가르쳐주지 않으면 눈물이 쏟아질 것 같은 느낌이 들어 김성숙은 난감했다.

"비결이 어디 있습니까? 문장과 단어를 많이 외워야지요."

"누가 그걸 모르나요."

김성숙은 두쿼후이를 다독거렸다.

"두쿼후이 씨가 현재 가장 잘하는 편이지요. 너무 성급하게 할 필요는 없어요. 어학은 지름길이 없어요. 그냥 꾸준히 쉬지 않고 복습하는 것이 비결이라면 비결이지요."

두쿼후이가 요구하는 것은 정작 다른 데 있었다. 일어 공부를 핑계로 김성숙과 함께 있는 시간을 더 자주 갖고 싶어 했다.

"제 마음을 몰라주는군요."

두쿼후이가 갑자기 교문 쪽으로 뛰어가버렸다. 김성숙은 어리둥절한 채 한동안 그 자리에 서 있었다. 김성숙은 두쿼후이가 시야에서 완전히 사라졌을 때에야 미소를 지었다. 실제로는 김성숙 자신도 두쿼후이에게 마음이 끌리고 있었지만 수업 분위기를 고려해서 숨기고 있었다.

김성숙은 자신이 두쿼후이보다 용감하지 못하다고 생각했다. 그렇지만 다른 여대생들 몰래 두쿼후이를 만나는 것도 난감한 일이었다. 두쿼후이와 사귀려면 일어 강습을 중지하거나 약속한 강습 기간이 끝날 때까지 미룰 수밖에 없는 일이었다. 적어도 한 학기 동안 한 달에 두 번씩 일어 강습을 하기로 약속했던 것이다.

그러나 두 달이 지난 뒤 김성숙은 걱정하지 않아도 되었다. 천티에춴이 먼저 일어 강습에 나오지 않았고 다른 여대생들도 하나 둘 빠져나갔기 때문이었다. 마침내 마지막까지 남은 여대생은 두쥔후이 한 사람뿐이었다. 김성숙은 마지막 강습 시간까지 남은 두쥔후이에게 비로소 일어를 잘하는 방법을 알려주었다.

"이 소설을 백 번만 읽으세요. 그러면 일어를 정복할 수 있으니까."

김성숙이 두쥔후이에게 선물한 소설은 일어판 투르게네프의 장편소설 《전야前夜》였다. 김성숙은 어학이란 복습과 암기만이 지름길이라고 믿었지만 더불어 또 다른 생각도 가지고 있었다. 김성숙은 두쥔후이가 《전야》에 등장하는 아름다운 여주인공 엘레나의 삶에 공감하기를 바라고 있었다. 귀족의 딸 엘레나는 불가리아에서 조국해방 운동을 하던 남편 인사로프가 러시아로 귀국하던 중에 병으로 죽자 남편의 해방운동을 계승하려고 불가리아에 남았다.

"약속할게요. 백 번을 읽고 말겠어요."

김성숙은 두쥔후이의 호수같이 큰 눈과 마주치자마자 그녀가 머잖아 자신의 마음속으로 들어오리라는 예감이 들었다. 두쥔후이가 인사로프의 마음속으로 들어간 사랑스러운 엘레나처럼 보였다. 그 순간이었다. 두쥔후이의 운명이 이상주의자 베르세네프와 조각가 슈빈의 구애를 뿌리치고 인사로프의 해방운동을 계승하려는 엘레나의 운명과 흡사할 것 같다는 생각이 뇌리를 스쳤다.

## 생 무

가을이 왔지만 광저우의 한낮은 여전히 더웠다. 섭씨 30도를 넘어서는 날이 많았다. 걷다가도 땀이 나면 그늘에서 쉬어야 했다. 다만 비 오는 날이 봄여름보다는 줄어들어 습도는 낮았다. 석양 무렵에야 사람들은 거리로 쏟아져 나왔다. 김성숙과 두쥔후이도 수업이 끝나면 중산대학을 빠져나와 바로 약속 장소로 가곤 했다. 두 사람이 만나는 곳은 정해져 있었다. 그들이 자주 가는 곳은 황화강열사능원이었다.

두쥔후이는 김성숙을 만나는 날에는 늘 중국 여성의 전통 옷차림을 했다. 김성숙은 두쥔후이의 전통 옷차림을 좋아했다. 그녀의 가슴과 엉덩이가 드러나게 달라붙은 전통 옷차림은 김성숙의 심장을 뛰게 했다. 비단 천에 새겨진 만개한 모란꽃들은 여인으로 성숙한 두쥔후이를 상징한 듯했다.

그날도 김성숙과 두쥔후이는 황화강열사능원 초입의 가로수길을 걸었다. 백운산 맞은편의 먼 산자락으로 석양이 기울고 있었다. 석양빛에 반사된 두쥔후이의 콧날이 더욱 오뚝해 보였다. 두쥔후이는 김성숙과 함께 걷고 있다는 것이 더없이 행복했다. 두 사람은 능원 앞의 식당에 들어 잡채와 만두를 시켰다. 김성숙은 특히 잡채를 잘 먹었다. 팔보채는 비싸기도 하거니와 별로 좋아하지 않았다. 해산물 요리는 개펄 냄새가 나고 느끼하여 잘 시키지 않았다. 김성숙은 언제나 허둥지둥 먹고는 두쥔후이가 남긴 음식까지 해결했다.

"나는 잡채가 조선 요리인 줄 알았는데 여기 와보니 광둥요리군요."

물론 나물이나 당근이 들어가는 조선의 잡채와는 달랐다. 광저우의 잡채는 독특한 향신료와 해산물이 들어가 있으며 단맛이 더했다. 그렇다 하더라도 광저우에서 잡채를 먹는다는 것은, 그것도 자신보다 여섯 살 아래의 귀여운 두쥔후이와 함께 식사한다는 사실은 김성숙만이 갖는 행운이었다.

"지난번에 《전야》를 스무 번 읽었다고 했소?"

"그 뒤로는 시험 때문에 못 읽었어요."

"이제 일어 독해는 그런대로 되지요?"

"사전에서 단어만 찾으면 할 수 있어요."

"일본 공산주의 창시자지요. 가타야마 센片山潛이 쓴《나의 사회주의我社會主義》를 구해서 읽어봐요. 독해 실력도 늘고 공산주의에 대해서도 깊이 이해할 수 있을 거요."

"일본이 중국보다 공산주의 사상이 앞선 나라인가요?"

"제국주의 일본이지만 소수의 양심 세력은 공산주의자들이라오. 내가 좋아하는 승려 세노기로妹尾義郎도 있어요. 그는 농촌에서 소작쟁의를 중재하는 동안 토호들의 착취와 횡포를 알게 된 뒤부터는 공산주의자가 될 수밖에 없었어요. 일련종 종단에서 쫓겨났지만 그는 산중에서 깨닫는 '나만의 깨달음'은 아무 가치가 없다고 주장했어요. 나와 남, 정신과 물질이 하나라는 부처님의 연기법 입장에서 남이 불행하고 물질이 불공평하게 주어지는 환경에서의 '나만의 깨달음'은 성립할 수 없다고 본 것이지요."

"제국주의 야만성이 무엇인지 눈으로 확인하고, 공산주의를 공부하려면 일본으로 유학 가는 것도 한 방법이겠군요."

"아무튼 세노는 부처님의 사상이나 마르크스의 주장에는 공통점이 있다고 보았지요. 계급을 부정하고 민중을 고통으로부터 해방시켜주는 것 등이 공통점이라고 보았어요."

"금강산 붉은 승려답군요."

"이해가 빠른 엘레나 씨는 명석하다니까."

"제가 엘레나라구요?"

"《전야》의 엘레나, 그 이상으로 이타적인 여성이 될 거라는 예감이 들었소."

그날따라 두쥔후이는 열사능원 안의 72열사에 대해서 자세하게 이야기했다. 1911년 4월 27일 쑨원을 따르는 동맹회는 황싱黃興의 지시로 광저우에서 민중봉기를 일으켰다. 1백여 명이 모두가 팔에 흰 천을 두르고 청정부淸政府 양광총독서兩廣總督署로 들이닥쳤다. 그런데 합세할 줄 알았던 시민들의 반응은 냉담했다. 할 수 없이 봉기한 사람들은 총독서 건물에 불을 지르고 빠져나왔지만 곧바로 청정부 군인들에게 색출되어 살해당하기 시작했다. 시신은 거리에 내던

져졌다. 5월 3일이 되어서야 동맹회 회원 판다웨이潘達微가 신문기자로 위장하여 사람들을 동원한 뒤 시신을 수습하여 현재의 능원에 가매장했다. 열사들의 죽음은 헛되지 않았다. 중국 도처에서 들불처럼 일어난 민중봉기의 계기가 되었다. 마침내 신해혁명은 성공했고, 그것을 계기로 열사능원이 조성되기 시작하여 1919년에 완공되었던 것이다.

"엘레나 씨, 신해혁명이 좌초된 원인이 무엇인지 아시오?"

"쑨원 선생에게 혁명군사가 없었기 때문이지요. 힘이 없었기에 부패한 청정부에서 군권을 쥐고 있던 위안스카이袁世凱에게 권력을 넘겨주고 말았던 거예요."

청정부가 어떻게 무너지고 말았는지를 두췬후이는 소상하게 알고 있었다. 위안스카이는 신해혁명의 성과를 가로챈 뒤 청 황제를 퇴위시키고 나서는 자신이 황위에 올라 봉건제도를 다시 회복하고, 일본과 조약을 체결하는 등 자기 세력을 확보하려다가 각 지역 군벌들의 퇴진투쟁이 일어나자 1916년 황제의 지위에서 스스로 물러난 뒤 3개월 만에 울화병으로 죽었다.

쑨원이 황포군관학교를 설립한 동기는 군사 없이 민중혁명을 성공시키려 했던 지난 과오를 되풀이하지 않기 위해서였다. 쑨원은 자신의 각오를 만방에 알리기 위해 국민당 정부의 총리가 아니라 스스로를 국민당 혁명군의 대원수라고 칭하기까지 했다.

"언제 저희 집으로 가요. 식구들이 성숙 씨를 한 번 보고 싶어 해요."

"어려운 일은 아니오. 나도 빨리 인사를 드리고 싶소."

김성숙은 두쥐후이 가족들의 허락을 받고 그녀를 떳떳하게 만나고 싶었다. 중산대나 황포군관학교의 동지들에게도 알려 공개적으로 연애를 하고 싶었다. 서로가 사랑하면서도 몰래 만날 이유가 조금도 없었다. 김성숙과 두쥐후이는 이미 서로의 마음속에 깊이 들어와 있었다.

두 사람은 황화강열사능원을 나와 차응준이 머물고 있는 광효사로 갔다. 다른 날 같으면 밀린 과제 때문에 바로 헤어졌는데 두 사람은 한 마음이 되어 광효사로 향했다. 두 사람이 차를 타고 가려 하는 광효사는 당나라 때 육조 혜능대사가 삭발하고 구족계를 받은 곳으로 유명한 절이었다.

광효사 경내는 붉은 깃발이 유난히 많았다. 바람에 펄럭이는 깃발에는 자풍선서慈風扇瑞, 불광보조佛光普照, 수희공덕隨喜功德 등등 네 글자의 법어나 혜능대사의 게송이 적혀 있었다. 예전에는 풍번風幡이라고 불렸던 장식물이었다.

차응준이 요사에서 나와 친절하게 맞이했다. 차응준의 이야기에 의하면 그 옛날 혜능대사가 광효사에 처음 들어섰을 때도 풍번이 바람에 나부끼고 있었다고 한다. 광효사는 이른바 바람도 아니고 깃발도 아니라는 비풍비번非風非幡의 화두가 탄생한 현장이라고 설명했다.

혜능이 홍인의 법을 이어받았다는 소문은 이미 남쪽 광저우 땅에도 널리 퍼져 있었다. 당시 법성사(현 광효사) 주지였던 인종印宗법사도 혜능의 수법受法 사실을 알고 있었다. 그러나 그때 인종은 법성사를 찾아온 봉두난발의 사내가 혜능인 줄 알아보지 못했다. 마침 인종은 《열반경》을 강의하고 있다가 문득 바람에 펄럭이는 풍번을 보고는 학인들에게 질문을 던졌다.
"바람이 움직이는가, 깃발이 움직이는가?"
어떤 학인은 바람이 움직인다 하고, 어떤 학인은 깃발이 움직인다고 하며 서로 다투었다. 그때 혜능이 인종에게 다가와서 말했다.
"바람이 움직이는 것도 아니요, 깃발이 움직이는 것도 아닙니다."
인종이 혜능에게 물었다.
"그렇다면 무엇이 움직이는 것이냐?"
"스님들 마음이 움직이는 것입니다."
인종은 소문으로만 듣던 혜능이 아닐까 의심했다.
"오래 전부터 홍인대사의 가사와 법을 전수한 분이 남쪽으로 내려왔다는 소식을 들었는데 혹시 당신이 아닙니까?"
"과분한 말씀입니다."
인종은 합장하며 기뻐했다.
"제가 경을 강의하는 것은 마치 깨어진 기왓장과 같고 당신의 말씀은 순금과 같습니다."
비로소 혜능은 삭발과 수계의식을 가졌다. 676년 정월 15일에 머리를 깎고, 2월 8일에 지광智光율사에게 구족계를 받아 비구가 되었다.
두 사람은 대웅전으로 들어가 부처님 앞에서 향을 사르고 난 뒤 무릎을 꿇었다. 한마디도 말하지 않았지만 혜능이 머리를 깎고 승려로서 계를 지키고자 맹세했던 것처럼 두 사람은 연인으로서 서로를 이해하고 사랑할 것을 이심전심으로 다짐했다. 차웅준의 방으로 들어가서는 아리랑 대금 연주를 들었다. 두쥔후이는 아리랑이 무슨 뜻인지도 모르고 대금의 슬픈 곡조에 눈물을 글썽였다.

며칠 후.

김성숙은 저녁식사를 초대받아 두쥔후이 집으로 갔다. 네모진 식탁이 놓인 방에서 그녀 가족이 김성숙을 맞이했다. 그녀의 부모가 김성숙이 어떤 사람인지를 선보는 자리인 셈이었다. 두쥔후이의 아버지와 어머니가 가운데, 그리고 그 옆에는 동생 두쥔슈杜君恕가 앉았다. 김성숙은 맞은편에서 두쥔후이와 나란히 자리 잡고는 그녀 부모의 표정을 살폈다. 식탁에는 생선과 채소를 기름에 튀긴 광둥 요리가 푸짐하게 차려져 있었다. 김성숙이 좋아하는 잡채나 민물고기 요리에다 소동파가 항저우杭州에서 벼슬할 때 만들어 먹었다는 돼지고기를 찐 동파육東坡肉과 쌀로 빚은 소흥주紹興酒까지 놓여 있었다. 그런데 김성숙은 식당 바닥에 놓인 먹음직스러운 생무를 하나 들더니 물에 씻어 우적우적 씹어 먹었다. 순간 보험회사를 다니는 그녀의 아버지 표정이 어두워졌다. 그녀의 동생 두쥔슈도 난데없는 김성숙의 돌출 행동에 황당해했다. 광둥 사람들은 생식을 하지 않기 때문이었다. 그러나 그녀의 어머니는 아무렇지도 않은 듯 큰 소리로 말했다.

"이것저것 가리지 않고 잘 먹어야 일도 잘하고 복도 많은 사람이 되는 거예요."

"엄마 정말이에요?"

"생무를 먹는 것을 보니 성격이 호방한 사람임에 틀림없구나."

두쥔슈는 고개를 갸우뚱거렸고 그녀의 아버지는 겨우 한마디 내뱉었다.

"조선 사람들은 아직도 생식을 하는가?"

"예, 먹을거리에 따라서 생식도 하고 익혀서도 먹습니다."

결국 저녁식사가 끝나고 김성숙이 집을 떠났을 때 그녀의 아버지는 불만을 터뜨렸다.

"나는 생무를 먹는 조선 사람이 내키지 않소."

"여보, 딸이 좋아하면 그만이지 조선 사람이 어떻다고 그래요."

"당신은 미개인처럼 생무를 먹는 사람이 우리 식구가 되도 좋다는 것이오?"

"그건 문화의 차이에요. 우리 눈치 보지 않고 하고 싶은 대로 행동하는 것을 보니 호남아가 분명해요. 게다가 우리 딸하고 잘 어울리는 미남이잖아요."

두쥔후이의 어머니는 김성숙을 적극적으로 옹호했다. 그녀의 어머니는 성격이 활달하였고 딸을 위해서라면 무엇이든 앞장섰다. 당시에는 여자를 대학에 보내는 풍토가 아니었는데도 그녀의 어머니는 남편을 설득해서 중산대학에 입학시키기도 했다.

"당신이 책임져야 해요."

"둘은 행복할 거예요. 둘이 좋아서 어쩔 줄 모르잖아요."

김성숙은 그녀의 가족을 만난 뒤부터는 더욱 드러내놓고 두쥔후이와 사귀었다. 그녀의 집을 스스럼없이 출입했고 장주도를 건너가 민가에서 외박을 하고 오기도 했는데, 그럴 수 있었던 이유는 그녀의 어머니에게 결혼을 허락받은 것이나 다름없었기 때문이었다.

"우리 엄마 마음을 사로잡은 것은 그날 먹은 생무 때문이에요."

두쿤후이는 가끔 농담 삼아 김성숙이 먹은 그날의 생무를 들먹이곤 했다. 그런데 김성숙은 그날 그 자리에 놓여 있던 생무를 왜 먹고 싶었는지 사실은 자신의 행동에 대해서 잘 알지 못했다. 그녀 부모 앞에서 호기를 부려보자는 행동도, 고향의 다랑이 밭에서 뽑아 먹던 향수가 도졌던 것도, 더더구나 배가 고픈 상황도 아니었다.

## 혁 명 과  사 랑

늦가을이 되면서 김성숙과 장지락 사이에 냉랭한 기류가 흘렀다. 김성숙이 토요일 밤마다 조선인 기숙사에서 벌어지는 토론회에 자주 참석하지 않기 때문이었다. 장지락은 김성숙이 조선혁명청년연맹을 주도적으로 만들어놓고 그 책임을 다하지 않는다고 불평했다. 기관지인 〈혁명운동〉도 김성숙이 방관함으로써 내용이 부실해졌다고 장지락은 투덜거렸다.

장지락은 김성숙과 두쥔후이의 사랑을 이해하면서도 한편으로는 못마땅했다. 장지락이 생각하기로는 사랑이란 혁명운동을 하는 데 장애물일 뿐이라고 여겼다. 어느 날 장지락은 김성숙을 주지앙강으로 불러냈다. 그는 하고 싶은 얘기를 할 때는 돌려서 하는 법이 없었다. 직설적인 화법을 좋아했다.

"성숙 형, 요즘 투쟁의지가 약화된 것 같습니다."

"그리 보이나?"

"두쥔후이 양에게 빠진 거 아니오? 토론회에서 형 얼굴을 보기 힘들어요."

"예전처럼 돌아갈 테니 너무 걱정하지 않았으면 좋겠는데."

"베이징에서도 제가 말했어요. 제 생각은 분명합니다. 사랑과 혁명은 양립할 수 없어요. 그러니 형은 하나를 선택해야 합니다."

"반드시 그럴까? 오히려 사랑의 에너지가 투쟁의지를 불태울 수도 있다고 보는데."

장지락은 이미 베이징 시절부터 여자와 연애하거나 결혼하지 않겠다고 스스로 다짐하고 사는 사람이었다. 연애나 결혼은 평화의 시대에는 중요한 일이지만 투쟁의 시대에는 장애물이 된다고 보았던 것이다. 결혼하면 아무래도 남자가 경제적으로 책임을 져야 하기 때문에 자유롭지 못하게 되고, 연애하게 되면 사랑과 육체적 욕망에 빠져 여자에게 묶여버린다고 보았다.

"혁명을 하려면 강해야 해요. 자기의 육체적 본능을 다스릴 수 있어야만 강한 자라고 할 수 있어요. 저는 제 의지로 본능을 다스릴 수 있다고 봐요. 그러니 본능대로 움직이는 동물과 다른 거지요."

"내가 베이징에서도 말했지만 자네는 중보다도 지독해. 자네는 지독한 금욕주의자야."

"성숙 형도 들어보았지요, 남자는 역사적이지만 여자는 그렇지 못해요! 저는 혁명을 위해 투쟁하면서 살 겁니다. 여자나 돌보면서 살 수는 없어요."

이는 장지락이 오래 전부터 입에 달고 다니는 말이었다. 조선의 열단원은 절대로 결혼을 해서는 안 된다고 항상 단호하게 주장했다. 장지락은 의열단 동지들이 육체적 욕망을 해소하고자 홍등가로 가는 것도 '영혼을 파는 짓, 의지가 약한 짓'이라고 비난했다.

"성숙 형, 다시 한 번 더 말할게요. 사랑이란 행동과 희생이 필요한 혁명의 시기에는 아무 쓸모가 없는 거예요."

주지앙강의 찬바람이 어깨를 움츠리게 했다. 늦가을의 밤과 낮은 일교차가 심했다. 한두 시간 강변에 앉아 있었을 뿐인데도 얼굴에 소름이 돋았다. 강물이 출렁이는 소리마저 차가웠다. 밤배가 그들이 앉아 있는 강변 가까운 곳까지 왔다가 정탐하듯 스쳐지나갔다. 밤배의 불빛이 반딧불처럼 작아지더니 이내 사라졌다. 김성숙은 장지락의 순수성을 인정하면서도 자신의 주장을 굽히지 않았다.

"이 세상에는 남자와 여자가 현실적으로 반반 존재하고 있지. 그러니 남자와 여자가 같이 살아야 하고 혁명동지가 되어 함께 투쟁하지 않으면 안 되네. 자네가 정말로 순수한 금욕주의자가 되기를 원한다면 금강산 꼭대기로나 올라가게!"

김성숙은 장지락에게 대못을 박듯이 말하고는 돌아서버렸다. 주지앙강에서 기숙사로 걸어오는데 문득 이상한 생각도 뇌리를 스쳤다. 두쥔후이를 만나면서 스스럼없이 장지락을 불러 함께 식사할 때가 여러 번 있었는데, 장지락이 두쥔후이를 짝사랑하고 있지 않나 하는 의혹이었다. 두쥔후이에게는 모성애랄까, 장지락을 안개처럼 따뜻하게 감싸주는 살뜰함이 있었다.

그러나 장지락이 두쥔후이를 짝사랑한다는 것은 불가능한 일이었다. 장지락은 누구보다도 김성숙을 혁명동지로서 아끼고 존경하기 때문에 주지앙강으로 불러냈을 것이었다. 또한 김성숙은 여전히 장지락을 혁명동지이자 의형제라고 믿었다. 연애나 결혼을 혁명의 장애물로 보는 장지락이 두쥔후이를 짝사랑한다는 것은 있을 수 없는 일이었다.

그날 이후 장지락은 사랑에 빠진 김성숙에게 더 이상 자신의 신념을 강요하지 않았다. 시간이 지나면 자신의 소임을 자각하겠지 하고 물러섰다. 또 하나의 이유가 더 있다면 김성숙보다 용감하고 헌신적인 의열단원이 나타났기 때문이었다. 때마침 러시아에서 돌아온 의열단원인 오성륜이 김성숙의 빈자리를 채워주었다. 장지락은 오성륜과 자주 어울렸다. 오성륜은 광저우에 도착하자마자 황포군관학교 러시아어 통역 및 교관으로 자리를 잡았다. 오성륜 역시 유일하게 장지락에게만 자신의 지난 얘기를 했다. 조용한 장소를 좋아하는 그는 성격상 비밀을 좋아했고 사람을 잘 믿지 않는 편이었다.

오성륜은 장지락에게 테러리스트로 살아온 자신의 경험담을 다 얘기해주었다. 장지락은 김성숙의 이론보다 오성륜의 행동을 더 좋아했다. 오성륜은 말보다 오직 행동만을 믿는 사람이었다. 오성륜이 상하이 황포탄 부두에서 다나카 대장을 저격했다가 실패한 뒤 붙잡혀 일본영사관 감옥에 수감됐다가 탈출한 이야기는 무용담과 흡사했다.

일본영사관 3층은 감옥이었다. 감옥의 구조는 출입문과 쇠창살이 부착된 창이 하나 있었다. 감옥에는 일인 5명이 수감돼 있었는데 모두가 사형당할 처지에 있는 오성륜의 탈출을 도와주거나 방조

했다. 일인 소녀는 쇠칼을 구해주었고, 목수 출신 일인은 쇠칼로 자물쇠 둘레에 구멍을 내도록 가르쳐주었다. 마침내 오성륜은 구멍을 뚫은 뒤 자물쇠를 들어내고 나서는 일인 무정부주의자 한 명과 함께 붉은 죄수복을 입은 채 영사관 담을 뛰어넘었다. 남은 일인 수감자들은 형기가 짧아 도망치려 하지 않았다. 오성륜의 탈출은 상하이 일본영사관과 일본 경찰을 경악케 했다. 즉시 체포령이 떨어졌고 현상금을 5만 달러나 내걸었다.

오성륜은 광둥으로 탈출하여 여권을 위조해 독일로 도망쳤다. 독일에서 독일 아가씨를 만나 그녀의 가족과 1년을 함께 살았다. 그러다가 1925년에 러시아영사 도움으로 모스크바로 갔다. 모스크바는 테러리스트 오성륜을 공산주의자로 만들었다. 그는 동방노력자대학에서 마르크스 이론과 대중투쟁의 전술을 교육받고 자신의 사상을 바꾸었던 것이다.

1926년이 되자, 오성륜은 공부보다는 혁명운동을 하고 싶어 블라디보스토크로 갔다. 배를 타고 상하이로 내려오기 위해서였다. 마침내 오성륜은 상하이로 왔지만 일본 경찰이 자신을 체포하기 위해 비상경계에 들어갔다는 사실을 전해 듣고는 방에 짐을 놓아둔 채 급히 광둥으로 탈출하지 않을 수 없었다. 짐은 모스크바에서부터 들고 온 것이었다.

오성륜은 장지락보다 키가 작았지만 거인처럼 사람을 압도하는 기운이 있었다. 힘이 느껴지는 몸집을 보면 운동선수 같았다. 그런데 미남이라고 할 수는 없었다. 광대뼈가 많이 튀어나왔고 이마가 넓었으며 머리카락은 숱이 많았고 검었다. 그는 상하이에 짐을 놔두고 온 것을 두고두고 아쉬워했다.

"왜놈한테 빼앗긴 짐만 생각하면 기분이 나빠."

"무엇이 들어 있었소?"

"독일 애인 사진."

"오 동지도 여자를 좋아하오?"

"혁명가에게 결혼은 불편한 거지만 여자까지 싫어할 건 없잖소."

"독일 여자에게 신세를 졌으니 그러는 거겠지요."

"장 동지도 여자가 무엇인지 배워야 해요. 한 1년 동거해봐요. 그러면 여자를 저절로 알게 될 테니까. 여자에게도 혁명의 힘이 남자 못지않게 있소."

"짐 속에 독일 애인 사진 한 장뿐이었소?"

"난 조선을 떠날 때 고향에서 학교 선생 노릇을 좀 한 적이 있소. 그때 문학과 미술을 좋아했소. 그때의 향수를 달래주는 것들이 짐 속에 있었소."

"혹시 톨스토이 전집이 들어 있었소?"

"톨스토이는 내가 무정부주의자일 때 좋아했소. 그게 아니라 소설보다 더 실감나는 레닌 전집 한 질과 아름다운 현대명화 복사본 한 권이 들어 있었소. 모스크바에서 어렵게 구한 책들인데 왜놈들한테 압수당한 것을 생각하면 분하오."

1927년이 되어서야 김성숙은 조선인 기숙사의 토요일밤 토론회에 다시 나타났다. 기숙사에 어떤 신선한 바람이 불었기 때문이었다. 새바람을 끌고 온 사람은 광저우에서 가장 뛰어난 조선인 혁명가라고 할 수 있는 박진朴鎭이었다. 박진은 광저우에서 박영朴英으로 불렸다. 토요일 밤마다 기숙사에는 김성숙, 두쥔후이, 장지락, 오성륜 등이 모였다. 황포군관학교 교도대에 복무하게 된 박진은 아내를 데리고 장주도에서 오기 때문에 늘 맨 나중에 문을 열고 들어왔다. 박진은 함경북도 출신으로 러시아인의 피가 섞인 듯 풍채가 좋았다. 어깨가 떡 벌어졌고 무술인처럼 체구가 단단했다. 그가 문을 여는 순간 동토에서 불어오는 시베리아 바람처럼 차갑고 강력한 기운이 기숙사 방 안에 뿌려졌다. 어떤 날은 박진 부부는 물론이고 황포군관학교 생도인 그의 두 동생까지 함께 들어왔다. 박진은 나이도 김성숙보다 아홉 살 위였으며 항일투쟁 경력도 대단하였기 때문에 늦게 들어와도 항상 모인 사람들 중심에 앉았다. 한번은 장지락이 토론의 주제와 상관없이 경외하는 마음으로 물었다.

"박 선생님 가족 네 분은 너무 행복해 보입니다. 지금까지 계속 투쟁해 오셨는데 이제는 좀 편안하게 살고 싶지 않습니까?"

"조선 혁명이 완성되기 전까지는 그런 편안함도 내게는 고통이 될 수밖에 없소. 내 삶은 투쟁일 뿐이오. 투쟁하지 않는다면 나는 죽은 목숨이나 마찬가지지요. 그래서 나는 투쟁을 좋아하는 것이오."

박진의 "내 삶은 투쟁일 뿐이오"라는 말에 모두가 감동했다. 두쥔후이는 가슴이 마구 두근거렸다. 그녀는 조그만 반도의 조선이 왜 대국인 중국의 속국이 되지 않고 독립된 나라로 자존심을 지키며 역사를 이어왔는지 박진의 패기를 보고 조금이나마 이해했다.
"광둥성 산두汕頭의 혁명군포대 대장인 이영李瑛이 내 친구라오. 그 친구가 편지로 광둥에서 불고 있는 혁명운동에 함께 하자고 권유해서 이곳에 온 것이오."

이영의 본명은 이용李鏞이었다. 고종 황제가 보낸 헤이그 밀사 중 한 사람이었던 이준李儁의 장남으로 일찍이 청산리전투에 참가했고, 이후 소련으로 건너가 군사교육을 받고 산두에서 포병대장을 맡고 있다가 현재는 황포군관학교의 소련군사 고문 자격으로 광저우에 와 있었다.

자신의 삶은 투쟁이었다고 술회한 박진의 말은 하나도 과장이 아니었다. 함경북도 경흥군 아오지에서 1887년에 출생한 그의 본명은 박근성朴根星이었다. 그는 19살 때부터 항일무장투쟁을 시작했다. 1906년에 고향에서 일제에 대항하는 사포대私炮隊가 조직되자 가담하였으며 1908년에는 경흥군의 일본수비대 두 거점을 공격하여 타격을 가했다. 체포령이 내려지자 1910년에 중국 지린성 화룡으로 가족 모두가 이사했고, 잠시 일본 도쿄로 갔다가 다시 화룡으로 돌아와 학교를 세우고 계몽운동을 했다. 1919년에는 최명록崔明彔을 도와 반일무장단체인 독군부督軍府를 창설하여 참모장을 맡았다. 1920년 박진은 독군부 대원을 거느리고 두만강을 건너 조선 내 온성, 무산 등을 비롯한 각지의 일본경찰서를 습격하였다. 그해 6월에는 홍범도 장군이 이끄는 독립군과 함께 봉오동전투에서 큰 승리를 하는 데 일조하였고, 이어서 청산리전투에 참전한 뒤 러시아로 철수하였다. 러시아에서는 소련 홍군부대에 가담하여 블라디보스토크를 공략하는 일곱 차례 전투에 참전하여 공을 세웠고 부상을 당했다. 이후, 그러니까 1926년에 그는 아내와 두 동생을 데리고 광저우로 와 황포군관학교의 전투부대인 교도대로 편입했다.

김성숙과 관계가 다시 원만해진 장지락은 두쥔후이를 몰래 만났다. 그래도 전혀 이상한 일은 아니었다. 두쥔후이는 장지락을 통해서 자신의 여동생 두쥔슈를 오성륜에게 소개시켜주기도 했던 것이다. 그러나 그 소개는 연인을 맺어주는 차원은 아니었다. 오성륜이 장주도에서 광저우로 나왔을 때 길잡이로서의 도움을 주라는 것뿐이었다.

"두쥔후이 씨. 제가 만나자고 한 것은 두 분의 사랑을 방해하기 위해서가 아닙니다. 성숙 형이 혁명운동의 소임을 다하지 못하고 있기 때문에 냉각기를 가져보라는 것입니다."

"무슨 방법이 있을까요?"

두쥔후이는 의외로 장지락의 마음을 이해하고 그의 부탁을 받아들였다.

"잠시 일본으로 유학 가 있을까요? 성숙 씨가 일본에 가면 공부할 것이 많다고 한 적이 있어요."

장지락은 두쥔후이의 시원시원한 답변에 놀랐다. 더구나 두쥔후이는 혁명동지인 김성숙과 장지락의 관계까지를 염두에 두고 말했다.

"걱정하지 마세요. 일본제국주의가 무엇인지 눈으로 똑똑히 보고 싶었는데 잘됐지 뭐예요. 성숙 씨에게는 저 혼자 결정한 것으로 얘기하겠어요."

장지락을 만난 지 며칠도 지나지 않아서였다. 일본으로 유학을 가겠다고 어머니를 설득한 두쥔후이는 1927년 우기가 시작되기 전 김성숙을 마지막으로 만나고는 기어코 일본으로 떠났다. 그녀가 일본으로 간 지 한두 달은 아무 일 없이 광저우는 조용했다.

그러나 4월 들어 장제스가 상하이에서 공산당을 척결하는 반공쿠데타를 일으키자 광저우는 요동쳤다. 장제스를 추종하는 우파와 중국공산당 간에 내전이 일어나자, 황포군관학교의 조선인 교수나 생도들은 장제스에게 실망한 채 군관학교를 떠났다. 김성숙과 두쥔후이 사이에도 편지를 주고받을 수 없는 상황이 생겼다. 김성숙이 의열단 차원에서 내전을 치르고 있는 우한의 동향을 살피기 위해 광저우를 잠시 떠나 있었기 때문이었다. 편지를 보내도 답장이 없자 두쥔후이는 초조했다. 김성숙의 신상에 무슨 변화가 생긴 것 같아 견딜 수 없었다.

결국 두쥔후이는 일본으로 떠난 지 석 달 만에 광저우로 돌아오고 말았다. 그때까지도 김성숙은 광저우에 없었다. 할 수 없이 두쥔후이는 장지락을 찾아가 그의 소재를 물었다.

"지락 씨, 성숙 형은 지금 어디에 있습니까?"

"성숙 형은 지금 우한에 가 있습니다. 곧 돌아올 것이니 비밀을 지켜주어야 합니다."

김성숙의 소재를 알려주어서는 안 되지만 장지락은 울음을 터뜨릴 것 같은 두쥔후이의 큰 눈을 보는 순간 숨길 수 없었던 것이다.

장지락은 난생 처음으로 두쥔후이를 통해서 사랑이 무엇인지를 느꼈다. 사랑의 힘이란 이런 것인가 하고 도리질을 했다. 장지락은 김성숙을 향한 두쥔후이의 사랑을 인정하지 않을 수 없었다. 혁명가는 투쟁을 위해서 자신을 버리지만 여자는 사랑을 위해서 자신의 모든 것을 버린다는 사실을 깨달았다.

# 6

## 이육사 첫 시

보슬비가 오락가락 내렸다. 김성숙은 광저우에서 3년째의 봄을 보내고 있었다. 광저우의 봄은 조선의 봄과 달랐다. 비가 내리면 주지앙강은 금세 흙탕물로 변했다. 비가 내리지 않아도 광저우의 강이나 시냇물은 맑지 못했다. 이를 빗대어 장지락은 가끔씩 농담 삼아서 조선 사람들은 비참하긴 하지만 맑고 푸른 강에서 투신자살하는 것을 다행으로 여길 줄 알아야 한다고 말하기도 했다.

중산대학 교수로 루쉰魯迅이 왔다는 것은 학생뿐만 아니라 광저우 시민들에게 대단한 화젯거리였다. 김성숙은 사무실 창을 타고 흐르는 빗물을 보면서 〈혁명운동〉에 루쉰 특집을 다루자고 장지락에게 말했다.

"루쉰 작가가 북경대학을 떠나 우리 대학으로 왔대. 특집을 다뤄보는 것이 어때."

"형, 저는 이미 강의를 들었어요."

"장 동지가 루쉰 작가의 강의를 들어봤다고?"

"학생들로 강의실이 넘쳐서 강의실 창밖에서 겨우 들었어요."

"대단한 열긴데."

"성숙 형도 루쉰 교수의 중국소설사략中國小說史略 강의를 들어봐요."

소설 습작을 할 정도로 문학을 좋아하는 장지락이 루쉰 강의를 청강했다는 것은 이해할 만한 일이었다. 루쉰은 살아 있는 중국 작가 중에서 최고 인기 작가였다.

"의학도였던 루쉰 교수가 왜 작가가 되었는지도 우리 조선 처지와 비슷해서 공감이 되더라구요."

장지락은 루쉰에 대해서 이미 자세하게 알고 있었다. 루쉰은 관비유학생으로 일본으로 건너가 고분학원弘文學院에서 일본어 및 물리와 과학을 공부한 뒤 센다이仙臺의학전문학원에 입학했다는 사실은 김성숙에게도 흥미로웠다. 그런데 루쉰은 의전 2학년 때 환등기로 스크린에 비친 사진들을 보며 진행하는 세균학 수업이 끝난 뒤 시사적인 화상을 본 적이 있는데, 바로 그것이 그가 의학도에서 문학가로 전향하게 된 계기가 됐다고 한다. 시사 필름의 내용은 러일전쟁의 뒷얘기였다. 시사필름은 러시아를 도운 중국인이 일본군에게 잡혀 처형당하는 사실적인 장면을 보여주었다. 그런데 현장에 모인 수많은 중국인들은 아무도 일본 침략에 분노하지 않고 구경만 하고 있었다. 순간 루쉰은 중국인의 정신을 개조하는 일이 무엇보다 중요하며, 그 수단은 루쉰 자신에게 있어서는 문학이 가장 효과적이라고 생각했다. 그리하여 루쉰은 의학도의 길을 단념하고 민중을 각성시키는 글을 잡지 등에 기고했다. 또 한편으로는 반봉건, 반식민지 정신을 소설화한 유럽의 단편소설들을 번역했다. 중국에서도 혁명의 전사들이 출현해야 한다는 갈망 때문이었다. 루쉰은 의전 때부터 반봉건운동을 하는 단체에도 이미 가담해 활동했다. 반청反淸 활동을 하는 광복회 회원이었던 것이다.

1909년 중국으로 돌아온 루쉰은 고향인 저장성浙江省 샤오싱紹興에서 교원이 되어 중국 고전을 연구하고 유럽의 문학작품들을 번역했다. 쑨원이 주도한 신해혁명이 성공한 듯 보이자 국민정부의 교육부원 자격으로 베이징으로 거처를 옮겼다. 봉건시대의 도덕을 통렬하게 부정하고 인간해방을 주장하는 소설《광인일기》를 발간했고, 이어서 북경대학 재직 중에 중국사회와 민중의 현실을 그린 소설《아큐정전》을 발표하여 또다시 중국 문학계를 놀라게 했다.

그러나 루쉰은 1926년 장쭤린 군벌이 데모하는 학생들과 시민을 무자비하게 살상하는 현장을 목격하고는 베이징을 떠나기로 결심했다. 루쉰은 베이징을 떠나기 전 개혁하려다 100일 만에 좌초한 청 마지막 황제인 광서제光緖帝의 무덤인 숭릉을 찾아가 하직하면서 흐르는 눈물을 주체하지 못했다.

피에 젖었던 중원은 억센 풀이 무성하고
얼어붙었던 대지에는 봄경치가 아름답네.
영웅에게는 변고가 많아 모략꾼에 병들고
숭릉에 눈물 뿌리니 저녁 까마귀 시끄럽네.
血沃中原肥勁草 寒凝大地發春華
英雄多故謀夫病 淚灑崇陵躁暮鴉

"우리 조선 민중도 역시 3.1 독립운동 때만 그랬지 지금은 왜놈들과 투쟁하기보다는 물러서서 방관하고 있는 사람들이 많아요."

"방관이 아닐 거네. 강물이 조용하게 흐른다고 죽은 강물이라고 할 수 없거든. 때가 되면 강둑도 무너뜨리며 흐르지 않던가. 민중은 강물 같은 것이네. 평소엔 순하지만 격랑으로 돌변하기도 하거든."

"성숙 형, 루쉰 교수 강의를 청강하는 조선 학생이 또 있어요."

"누구인가?"

"사실 저는 작년에 김원봉 동지를 만나던 날 통성명했어요. 이활이란 사람입니다."

"아, 나도 작년에 윤세주 동지에게 소개받고는 통음한 적이 있네. 생각보다 호주가더군. 이활 동지가 의열단 단원으로서 광저우에만 있지 않고 압록강을 자주 넘나들기 때문에 우리 광저우 동지들에게 잘 알려지지 않은 것 같네."

이활은 가명이었다. 본명은 이원록李源綠, 훗날 이육사로 더 잘 알려진 의열단 단원이었다. 내성적인 성격 탓으로 그는 모임에 얼굴을 거의 내밀지 않았다. 다만 1927년 들어서는 루쉰 교수의 강의를 청강하는 등 은밀하게 활동하던 태도를 바꾸었다. 작년에 창립했던 유월동지회에도 신임 집행위원으로 가담했다.

그런데 이활은 여름이 지난 뒤부터는 또다시 모습을 감추었다. 국내로 들어가 대구 조선은행 폭발물 배달 사건에 무고하게 엮이어 3년 가까이 징역을 사느라 다시는 중산대학을 오지 못했던 것이다. 폭발물을 우편으로 보낸 장진홍 열사가 2년 뒤 일본 오사카에서 체포됨으로써 혐의 자체가 조작되었음이 드러나 무혐의로 풀려났다. 이때 이활이 입었던 옷의 수인번호가 264였는데, 이후부터는 필명이 되어버렸다.

이활은 감옥을 나온 뒤 〈조선일보〉에 〈말〉이라는 첫 시를 발표하게 되는데, 시는 중산대학의 인연 있는 동지들에게 전해졌다.

흐트러진 갈기
후줄근한 눈
밤송이 같은 털
오! 먼 길에 지친 말
채찍에 지친 말이여!
수긋한 목통
축처-진 꼬리
서리에 번적이는 네 굽
오! 구름을 헤치려는 말
새해에 소리칠 흰 말이여!

두말할 것도 없이 흰 말(白馬)은 일제에게 고통받고 있는 이활 자신이거나 항일투사였다. 지금은 비록 지쳐 꼬리 내리고 있지만 네 굽을 번쩍이며 구름을 헤치고 새로운 세상에서 소리칠 것이라는 조국해방의 비원을 담은 시였다.

"장 동지, 육용사로 김규하스님을 지금 찾아가볼까?"

"좋습니다. 저도 스님이 어떻게 사시나 궁금했습니다."
"차응준스님보다 공산주의 사상에 밝은 분이지. 단체에 묶이는 것을 아주 싫어해서 독립군처럼 투쟁하는 스님이지."
두 사람은 〈혁명운동〉 사무실을 나왔다. 내리는 둥 마는 둥 하던 보슬비가 이제는 굵은 빗줄기로 바뀌어 내렸다. 사무실에서 우산을 가지고 나와 폈지만 금세 바짓가랑이가 젖었다. 육용사六榕寺는 광효사와 지척의 거리에 있었다. 경북 의성 출신인 김규하도 김성숙을 따라서 용문사를 떠나 북경을 거쳐 차응준과 함께 광저우로 온 스님이었다.
육용사에 도착한 김성숙은 장지락을 밖에 세워두고 혼자서 육조당六祖堂을 들어가 참배했다. 장지락은 기독교 신자이기 때문에 절을 할 줄 몰랐다. 육조당에는 혜능대사의 좌상이 봉안돼 있었다.
용수榕樹란 보리수인데 여섯 그루의 용수를 보고 소동파가 육용六榕이란 휘호를 쓴 뒤부터 육용사가 됐다는 안내문이 보였다. 김성숙이 중국인 승려를 붙잡고 김규하를 물었지만 그도 객승이므로 모른다고 고개를 가로저었다. 할 수 없이 주지를 찾아 묻자 출타했으니 객당에서 기다리라고 말했다.
김성숙은 객당 의자에 앉아서 누군가가 그린 조잡한 소동파의 초상화를 보고는 피식 웃었다. 두쥔후이 집으로 초대받아 갔을 때 보았던 식탁에 놓인 동파육이 떠올라서였다. 문득 자신이 생무를 왜 먹었는지 근사한 해답이 생각났다. 기름 범벅의 느끼한 광둥요리를 보고 조선의 담백한 음식이 그리워 생무를 본능적으로 씹어 먹은 것이 아니었을까 하는 생각이 들었다.

객당 벽면의 홍보판에는 소동파의 초상화뿐만 아니라 그가 불자가 된 인연담까지 소개돼 있었다. 빗줄기는 더 거세졌는지 추녀 끝에서 떨어지는 빗소리가 객당을 가득 채웠다. 장지락은 무료한 듯 앉아 있지 못하고 객당 안에서 서성거렸다. 장지락뿐만 아니라 의열단 단원들은 대부분 익숙한 장소를 떠나면 불안해했다. 절 분위기를 좋아하는 김성숙은 편하게 앉아서 객당 홍보판에 소개한 소동파의 불교 인연담을 찬찬히 읽어내려갔다.

소동파가 형주에 있을 때였다. 그곳 옥천사玉泉寺에 고명한 승호承皓 선사가 주석하고 있다는 말을 듣고는 소동파가 한가한 날을 잡아 관리들을 대동하고 찾아갔다. 옥천사 산문에 이르렀을 때 소동파를 맞이하는 승호선사가 먼저 정중하게 물었다.

"대관의 존함은 어떻게 되십니까?"

"나는 칭秤가요."

"칭가라니요?"

소동파는 승호선사의 반문에 진담 반 농담 반으로 대답했다. 승호선사가 의아해하자 다시 오만불손하게 말했다.

"나는 천하의 선지식을 저울질하는 칭가란 말이오."

칭이란 저울이란 뜻이므로 자기가 선지식의 법력을 달아본다는 거만하기 짝이 없는 말이었다. 잠시 후, 승호선사가 천둥소리 같은 할을 했다.

"할!"

그러고는 놀란 소동파에게 바로 물었다.

"그렇다면 이것이 몇 근이나 되는 거요."

소동파는 '할'이 몇 근이나 되는지 알 도리가 없었다. 소동파는 여지없이 승호선사의 법력에 자존심이 꺾이고 말았다.

김성숙은 의자에 앉지 않고 객당 안을 왔다 갔다 하는 장지락에게 물었다.

"장 동지, 저 육용이란 탁본 글씨는 소동파가 쓴 모양인데 무슨 마음으로 썼을까?"

"소동파도 불자였으니 당연히 불심에서 썼겠지요."

"아마도 여섯 분의 부처님을 참배하는 마음으로 쓰지 않았을까 싶네. 인도에서는 지금도 보리수를 부처님 대하듯 한다고 그러거든."

김규하는 두 사람이 기다리다가 막 돌아가려는 순간 나타났다. 누더기 승복 자락이 비에 젖어 초라하기 짝이 없었다. 마치 물에 빠졌다가 나온 사람의 복장 같았다. 김규하는 자신의 젖은 복장에는 개의치 않고 두 사람을 보더니 활짝 웃으며 합장했다.

### 조선인 전사들

마침내 광저우봉기가 1927년 12월 11일 동쪽 하늘이 기지개를 켜는 새벽 3시 30분에 터졌다. 혁명 병사, 그리고 노동자와 농민들이 목에 붉은 댕기를 두르고 나섰다. 봉기를 알리는 신호는 컴컴한 새벽하늘에 쏘아 올리는 세 번의 대포소리였다. 봉기군의 전술은 일시에 일본과 영국, 프랑스 등 제국주의와 손잡은 장제스의 국민당 우파 세력들을 섬멸하여 광저우를 장악하는 것이었다.

봉건군벌 장파구이張發奎가 묵고 있는 사령부 숙소 기습작전에는 공산당의 혁명부대와 함께 조선인 박진, 오성륜, 박건웅 등이 각각 소규모의 봉기군을 거느리고 공격하였다. 전투는 게릴라전에 능한 박진 분대가 선발대로 나섰다. 오성륜은 우파 지휘관인 장파구이나 천콩보陳公博, 황치시앙黃其翔 등을 발견하여 생포하거나 사살하는 임무를 맡아 소총 대신 권총을 들었다. 박건웅 분대는 뒤에서 지원사격을 했다.

사령부 숙소 기습작전은 전광석화처럼 끝났다. 봉기군의 총소리와 함성소리에 놀란 장파구이 등이 잠옷 차림으로 담을 넘어 줄행

랑을 놓았기 때문이었다. 박진이 사령부 숙소를 수색하고 있을 때는 장파구이는 벌써 주지앙강을 건너 도주한 뒤였다. 오성륜은 권총으로 자신의 머리를 쿡쿡 찌르면서 허탈해했다. 박건웅도 우파 지휘관들을 놓친 사실에 분통을 터뜨렸다.

장파구이의 주력부대는 백운산 근처의 사하진沙河鎭, 포병부대는 연당燕塘에 주둔하고 있었으므로 봉기군의 노동자적위대와 조선인 임시부대는 그곳을 공격했다. 황포군관학교 전술 지휘관 출신인 예팅葉梃은 총지휘관이 되어 포전술 전문가인 조선인 양달부杨达夫를 참모로 삼아 지휘했다. 예팅과 양달부의 의사소통은 중국어에 능한 장지락이 맡았다. 김성숙은 조선인으로만 조직한 임시부대에 소속되어 전투에 참가했다.

장파구이의 사하진과 연당의 부대원은 2천여 명이나 되었지만 새벽에 들이닥친 봉기군의 돌격작전에 방어 한 번 제대로 못하고 무너졌다. 봉기군이 장파구이의 병영을 향해 일제히 사격하자 연병장으로 뛰어나온 30여 명이 순식간에 피를 흘리며 쓰러졌다. 단 한 번의 공격으로 전과를 크게 올린 전투였다. 이윽고 사하진 부대의 우파 지휘관이 백기를 들고 나타났다. 전투 신호가 떨어진 지 불과 10여 분 만이었다.

먼동이 트고 있었다. 사람의 얼굴을 분간할 수 있을 만큼 새벽의 푸른빛이 물감처럼 짙게 풀어지고 있었다. 양달부가 소리쳤다.

"사격 중지!"

장지락이 "사격 중지!"를 중국말로 복창했다. 명령을 듣지 못한 봉기군 쪽에서 단말마 같은 한두 번의 소총소리가 나더니 이내 잠잠해졌다. 백기를 든 지휘관은 양달부가 잘 아는 인물이었다. 양달부는 그를 생포한 뒤 그의 병사 6백여 명을 무장해제 시켰다. 잘 훈련받은 병사를 6백여 명이나 포로로 잡았으니 광저우봉기의 승리는 시간 문제였다. 사하진의 상황이 종료되자 예팅은 뒤처리를 참모로 중용한 양달부에게 맡기고 자신은 봉기군의 임시지휘부로 갔다.

날이 밝자 포로의 숫자는 더 늘었다. 숨어 있던 병영의 우파 병사들이 2천여 명에 육박했다. 중국말을 구사하는 김성숙은 투항해온 포로들을 선별하여 봉기군에 편입했다. 포로들을 면담한 뒤 그들의 태도를 보고 봉기군의 편입 여부를 가렸다.

"성숙 형, 광저우혁명은 성공입니다."

"날이 밝으면 확실한 상황이 드러나겠지. 광저우의 노동자와 학생, 농민이 우리를 적극적으로 지지해주어야만 해."

"목에 붉은 댕기를 두른 우리 봉기군은 이미 몇 천 명이나 되지 않습니까?"

"우리 조선 청년들도 2백여 명이나 봉기군에 가담하고 있지. 우리 꿈은 오직 조국해방이 아닌가?"

승려인 차응준, 김규하, 윤적묵도 조선인 임시부대에 소속되어 있었다. 양달부가 장지락을 큰 소리로 찾았다. 중국의 혁명병사들에게 명령을 하달하기 위해서였다. 양달부가 지켜보는 가운데 장파구이 포병부대의 대포를 분해해서 봉기군의 지휘부로 넘겼다. 탄약고의 탄약은 지휘부와 공안국 전투 현장으로 분배했다. 또한 포로들은 봉기군에 편입한 50명만 남겨놓고 모두 지휘부로 압송했다.

한편, 지휘관 예용葉鏞은 노동자적위대를 이끌고 공안국을 공격하였다. 공안국은 장파구이 부대 1천여 명의 병사들이 장갑차를 앞세워 겹겹이 방어하고 있었다. 공안국 감옥에는 좌파 혁명가들이 2천여 명이나 수감된 까닭에 1천여 명의 우파 병력이 공안국을 삼엄하게 경계하고 있었던 것이다. 예젠잉이 지휘하는 교도단도 공격에 합류했다. 공안국을 공격하는 동안 예용은 기관총을 잘 다루는 조선인 이용을 참모로 삼았다. 이용은 국민혁명군 산두 포병대장을 역임한 유능한 기관총 사수였다.

이용은 부사수와 탄약수를 거느리고 다니며 기관총으로 활약했다. 상관인 예용의 지시를 따랐다. 예용은 공안국의 장갑차가 봉기군을 향해 달려오자 이용에게 지원사격을 요청했다. 이용은 즉시 장갑차가 있는 곳으로 달려가 기관총 사격으로 장갑차의 진로를 저지했다. 장갑차에 불이 붙자 노동자적위대는 즉시 공안국으로 들이닥쳐 1천여 명을 포로로 잡은 뒤 감옥을 부수고 2천 명의 혁명가들을 구했다. 그중에는 조선인 혁명가 6명도 포함되어 있었다. 공안국 전투에서도 질풍노도와 같은 봉기군은 30분 만에 승리의 깃발을 올렸다. 이로써 광저우는 공산당이 장악한 형국이 되었다.

다음 날.

정오가 되자, 광저우 외각에서는 여전히 작은 공방이 간헐적으로 이어지고 있었지만 혁명의 성공을 자축하는 군중집회가 서과원西瓜

園에서 열렸다. 노동자와 농민, 학생, 혁명군 병사 대표들이 1만여 명이나 모였다. 조선인 투사들은 군중집회의 호위를 책임졌다. 김성숙과 장지락 등 7,8명은 조선 대표단으로 참가했다.

군중집회 중앙에는 붉은 천에 '광동공농병대표대회廣東工農兵代表大會'라는 검은 글씨의 대형현수막이 걸렸다. 광장은 각계의 대표들이 각종 깃발을 들고 있었다. 앞자리는 노동자들이, 그 다음은 무장한 수백 명의 농민들이, 그리고 여성들과 상인들, 학생들이 모여 있었다. 김성숙과 장지락은 조선해방이 곧 다가올 것처럼 맨 뒤쪽에서 감개무량한 표정으로 서성거렸다. 갑자기 비가 내렸지만 군중들은 흩어지지 않았다. 비를 그대로 맞으면서 서과원 광장을 지켰다.

이윽고 온몸에 탄띠를 두른 장타이뢔張太雷가 연단에 나섰다. 1만여 명의 대표자들이 그의 등장을 박수로 환호했다. 조선 대표들도 손바닥이 아플 정도도 크게 박수를 쳤다. 박수소리는 사회자가 혁명의 경과보고를 하는 동안에도 간간이 이어졌다. 장타이뢔가 대표대회 강령을 선언할 때는 박수소리가 더 커졌다.

"모든 정권은 노동자, 농민, 병사 대표대회에 귀속된다. 반동군벌을 타도하고 노동인민의 권리를 수호한다. 모든 토지를 국유로 한다. 모든 제국주의자들을 타도한다."

장타이뢔가 강령을 선언하고 난 뒤에는 각 대표들이 연단으로 올라와 구호 제창을 했다. 행사가 모두 끝나자 집회에 참석한 사람들은 질서정연하게 전투 현장으로 되돌아갔다. 광저우 시가지는 봉기군이 대부분 장악하여 조용했지만 변두리 쪽에서는 아직도 교전인

중인지 이따금 총소리가 났다.

　봉기군 지휘부로 돌아온 김성숙은 찬비를 맞은 탓인지 기침을 했다. 지휘부에서 노동자들에게 총을 나눠준 장지락도 몸이 물먹은 솜처럼 무겁다고 도리질했다. 그러나 비는 멈추지 않을 듯 세차게 내렸다.

　"성숙 형, 비가 혁명하는 우리를 도와주지 않는 것 같소."

　"기쁜 날에 갑자기 비가 내리다니 나도 마음이 심란해지네."

　"장타이뢔 동지가 놈들한테 저격당한데다 비까지 음산하게 내릴 게 뭡니까?"

　서과원 집회를 마치고 봉기군 지휘부로 돌아가던 장타이뢔가 저격을 당해 죽었는데, 그의 죽음은 봉기군의 사기를 저하시킬 것이었으므로 비밀에 붙여졌지만 양달부가 장지락에게 슬쩍 알려주었다.

　"도망친 장파구이에게 시간을 벌어주는 것은 아닌지 나도 불길한 생각이 드네."

　"하늘이 혁명하는 봉기군을 도와주어야 하는데 걱정입니다."

　"주지앙강 이남으로 도망친 장파구이에게 반격할 시간을 주지 말아야 하는데 나도 그게 찜찜하다니까."

　하늘은 봉기군을 도와주지 않았다. 비는 기습작전을 펴온 봉기군의 사기를 크게 떨어뜨렸고, 반면에 장파구이에게는 시간을 벌어주었기 때문이었다. 장파구이는 광주 인근의 3개 사단 병력을 끌어모았다. 리지선李濟深의 군벌 병사가 반격작전의 주력부대가 되었다. 결과적으로 김성숙과 장지락의 우려는 현실로 바뀌어버렸다.

적의 3개 사단은 광주를 포위했다. 일본, 프랑스, 영국 등 제국주의에서 파견한 고문단은 반격전술을 조언했다. 이윽고 관음산 산자락으로도 넘어온 장파구이 부대는 봉기군을 향해 진격했다. 화력이 막강한 장파구이 부대의 대반격이었다. 동부의 시가지를 거침없이 지나친 리지선 사단 규모의 병력은 12일 밤을 기해 봉기군 지휘부가 있는 백운산 기슭의 사하진을 공격해왔다. 밤새 피아간에 일진일퇴를 거듭했다.

13일 아침이 되자 봉기군의 탄약은 바닥이 났다. 봉기군에게는 최악의 상황이었다. 결국 봉기군은 사하진의 진지를 버리고 철수하라는 지휘부의 명령을 받았다. 육박전을 벌였지만 더 이상 방어하지 못했다. 봉기군 지휘부의 명령체계도 무너졌다. 조선인 임시부대원들은 시가지로 후퇴하여 적의 병사들과 맞서 싸웠지만 무모했다. 정오가 되기 전에 2백 명 중에서 150여 명이 전사했다. 봉기군 지휘부에서 하이루펑海陸豊으로 철수하라는 명령이 내렸지만 조선인 임시부대원들은 대부분 전달받지 못했다.

전투상황을 모른 채 아직도 공안국을 지키고 있는 몇몇 조선인 청년들도 있었다. 봉기군이 공안국을 먼저 접수했듯 장파구이 부대도 공안국을 장악하기 위해 이미 선발대를 보낸 상황이었다. 공안국에서 마지막까지 남아 지휘했던 네룽전은 공안국을 철수하지 않을 수 없었다. 장파구이의 선발대는 이미 공안국 앞의 공원 앞까지 다가와 있었다. 네룽전은 뒤로 물러서지도, 앞으로 갈 수도 없는 진퇴양난이 되어버렸다. 그때 조선인 청년이 기관총을 들고 왔다.

"지휘관 동지, 빨리 이곳을 빠져나가시오."

"그대는 누군가?"

"조선인이오. 엄호해주겠으니 어서 공원을 떠나시오."

"나를 엄호해주겠다니 그 이유가 뭔가?"

"조선을 잊지 마시오."

"그대 소원은 뭔가?"

"오직 조선이 해방되는 것뿐이오."

네룽전은 그가 장파구이 선발대를 향해 기관총으로 사격하는 사이에 공원을 빠져나갔다. 잠시 후 기관총 소리는 멈추고 말았다. 쓰러진 그의 손은 기관총을 끝까지 움켜잡고 있었다. 그의 손과 기관총은 목에 두른 댕기보다 더 붉게 물들어 있었다.

네룽전은 조선인 청년이 기관총으로 자신을 엄호해주었던 사실을 잊지 못했다. 훗날 중국인민군 원수가 되어 광저우에 올 때마다 그날을 떠올리며 고마워했다. 그 조선인 기관총 사수가 자신의 생명을 지켜준 은인이었던 것이다.

## 하 지 못 한 키 스

조선인으로 구성된 2백 명의 혁명군 임시부대는 사하진전투에서 와해되고 말았다. 150명이 전사하고 50명만 남았는데 분대 규모로 시가전에 돌입하거나 각자 뿔뿔이 흩어졌다. 대부분의 전사들은 후퇴하는 혁명군을 따라서 공산당원의 활동이 자유로운 하이루펑이나 홍콩으로 떠났다.

사하진전투에서 구사일생으로 살아남은 김성숙은 곧장 하이루펑으로 가지 않고 광저우 시가지로 들어가려고 했다. 중산대학 조선인 기숙사에서 헤어진 두쥔후이의 안부가 무엇보다 궁금했다. 어젯밤 치열한 전투 중에도 사랑하는 두쥔후이를 다시 만나야 한다는 일념이 자신을 강한 혁명전사로 살아남게 했다.

그런데 어젯밤부터 진지에서 한 조가 되어 방어전투를 치렀던 승려 중에 두 사람은 보이지 않았다. 경북 의성 출신의 승려 김규하와 은해사에서 온 차응준이었다. 사하진 후방진지에서 네 사람이 한 조가 되어 그 지점으로 다가오려는 리지선 군벌의 병사들과 밤새 백병전을 벌이다시피 했는데 새벽에 보니 김규하와 차응준이 보이지 않았다. 하이루펑으로 후퇴하는 혁명군 주력부대를 따라갔거나 아니면 전사했을지도 몰랐다.

금강산 신계사에서 온 승려 윤적묵은 어깨에 총을 맞아 움직일 수 없었으므로 여태까지 김성숙 옆에서 몸을 숨기고 있었다. 치료를 받으려면 의료 장비와 구급약이 비치된 공안국으로 가야 했다. 때마침 동이 틀 무렵에 장지락이 중국인 미모의 간호사를 데리고 찾아와 윤적묵을 응급조치했다. 간호사의 남편은 노동자 적위대 중급지휘관이었는데 어젯밤 전투 초기에 전사했다고 장지락이 알려주었다. 그녀의 태도에는 슬픔 같은 것이 전혀 묻어 있지 않았다. 의식이 희미해져가고 있는 윤적묵을 응급조치하는 데만 골똘했다.

"성숙 형, 아직 날이 밝지 않아서 다행이오."

"내가 공안국까지 앞장서서 가며 적의 동태를 살피겠네."

중국인 간호사가 말했다.

"공안국으로 가면 치료받을 수 있습니다. 스님 동지가 피를 너무 많이 흘려 위급하니 서둘러야 합니다."

그녀는 장지락에게 얘기를 들었는지 윤적묵이 승려임을 알고 있었다. 윤적묵은 간호사를 보고서 살 수 있다는 희망이 들었는지 통증 때문에 미간을 찌푸렸다가도 힘없이 미소를 지었다. 날이 밝기 전에 공안국에 도착하려면 잰걸음으로 움직여야 했다. 체구가 큰 장지락이 걸음을 멈추고서 자신의 등에 업힌 윤적묵의 생사를 확인하곤 했다.

"스님, 스님."

윤적묵은 장지락의 소리를 듣고는 짧은 신음소리로 응답했다. 고통을 참아 삼키는 비명이었다. 그때마다 간호사는 윤적묵의 맥을 짚어보곤 했다. 간호사가 고개를 끄덕이면 장지락은 안도하면서 앞서가는 김성숙의 위치를 확인했다. 다행히 장파구이나 리지선의 병사들을 단 한 명도 만나지 않았는데 운이 좋다고 할 수밖에 없었다. 적의 부대원들은 목에 붉은 댕기를 두른 봉기군과 조선인처럼 생겼으면 무조건 명령 없이 사살하고 있었다.

날이 밝자 거리 곳곳에 널린 수천 구의 시신들이 처참하게 보였다. 시신들 주변에는 붉은 피가 선명하게 얼룩져 있었다. 두려움을 치솟게 하는 참혹한 광경이었다. 장지락은 공안국이 보이는 지점에서 걸음을 멈추었다. 등에 업힌 윤적묵의 몸이 갑자기 늘어지고 있었다. 간호사도 윤적묵의 맥을 짚어보더니 도리질을 했다. 스무 걸음 정도 앞장서서 적의 동태를 살피던 김성숙이 되돌아왔다.

"스님은 어떤가?"

"어렵겠어요."

장지락이 먼동이 튼 하늘을 보며 중얼거렸다. 그래도 김성숙은 장지락의 말을 믿고 싶지 않았다. 김성숙이 간호사에게 애원하듯 말했다.

"무슨 방법이 없겠소?"

"맥박이 희미합니다. 기적이 일어나길 바랄 수밖에 없습니다."

김성숙이 무릎을 꿇고 윤적묵의 뺨을 어루만졌다. 그러자 놀랍게도 윤적묵이 눈을 떴다. 김성숙은 자신도 놀랄 만큼 큰 소리로 말했다.

"장 동지! 스님이 눈을 떴네."

윤적묵이 바싹 마른 입술을 달싹였다. 간호사가 윤적묵의 손을 끌어당기며 안도했다. 간호사의 이마에 땀방울이 맺혔다. 잠시 후에는 윤적묵이 작은 소리로 말했다.

"대금소리……"

"대금소리를 듣고 싶다는 것이오?"

장지락이 소리치자 윤적묵이 고개를 끄덕였다.

"차응준스님이……"

윤적묵은 차응준이 부는 대금소리를 듣고 싶다는 듯 살며시 눈을 감았다. 잠시 후 다시 눈을 뜨고 말했다.

"아리랑."

김성숙과 장지락은 '아리랑'이라는 말에 눈물이 났다. 김성숙이 눈물을 주르르 흘리면서 말했다.

"차응준스님의 대금소리를 듣고 싶다면 꼭 살아야 해요."

"아니오, 난 틀렸소."

"무슨 소리를 하는 거요?"

김성숙이 나무라듯 소리치자 윤적묵이 감았던 눈을 또다시 힘겹게 뜨며 말했다.

"내 나이 스물여덟이오. 아무 공도 세우지 못했소."

간호사가 통통한 두 손으로 윤적묵의 얼굴을 바르게 세워주자 고맙다는 듯 맥없이 웃었다. 그러더니 김성숙에게 눈길을 주며 말했다.

"죽는 것은 원통하지 않소."

"하고 싶은 것이 있소?"

"여자와 키스 한 번 하지 못하고 죽는 것이 아쉽소."

윤적묵의 동공은 금세 거짓말처럼 풀어졌다. 이제는 말할 기운도 아주 사라진 것 같았다. 김성숙은 죽어가는 윤적묵의 소원을 들어주고 싶어 간호사에게 부탁했다.

"동지, 스님에게 키스 한 번 해줄 수 없소?"

간호사는 이마의 땀을 훔치며 고갯짓으로 허락했다. 김성숙의 부탁을 들어주었다. 그러나 윤적묵의 얼굴은 간호사의 입이 닿기도 전에 옆으로 처져버렸다. 숨을 거두었다. 김성숙과 장지락은 누가 먼저랄 것도 없이 앉은 채 아리랑을 불렀다. 처음에는 목울대를 넘지 못하던 웅얼거리는 소리였으나 차츰 소울음 같은 큰 소리가 입 밖으로 튀어나왔다. 미모의 간호사가 말했다.

"동지들, 스님은 저한테 맡기고 어서 피신하셔야 합니다. 저는 이 부근에 친지가 있습니다. 스님은 제가 정성을 다하겠습니다."

어느새 해가 백운산 위에 멀겋게 떠 있었다. 적군들이 그들을 발견할지도 몰랐다. 이제 살아남기 위해서는 서로 헤어져야만 했다. 김성숙과 장지락은 총을 간호사에게 건넸다. 장지락이 말했다.

"성숙 형, 저는 하이루펑으로 가겠습니다."

"나는 중산대학으로 가서 혹시 남아 있을지도 모르는 후배들을 만나봐야겠네."

김성숙은 당장 광저우를 벗어나 피신할 생각은 애초부터 없었다.

중산대학 조선인 기숙사에 남아 있을 후배들을 도와야 했고, 무엇보다 두쥔후이와 상의한 뒤 자신의 거취를 결정하려고 했다. 김성숙의 판단은 정확했다. 중산대학 조선인 기숙사에는 조선 학생 5명이 어디로 피신해야 좋을지를 판단하지 못하고 낙심한 채 있었다.

"동지들, 밖으로 나가면 안 되오. 양복 차림의 조선인은 다 죽이고 있소. 내가 중국인 옷을 준비해 오겠으니 기다리시오."

기숙사의 조선 학생들은 돈도 먹을 것도 없는 빈털터리 상태였다. 기숙사에서 누군가의 도움을 막연하게 기다리고 있을 뿐이었다. 김성숙은 조선인 기숙사에서 날이 저물기를 기다렸다가 두쥔후이 집으로 향했다. 다행히도 적군들이 모든 거리를 경계하고 있지는 않았다. 김성숙은 중국인 복장 차림이었기 때문에 장파구이나 리지선의 부대원을 태운 차량과 서너 번 마주쳤지만 무사히 두쥔후이 집까지 걸어갈 수 있었다. 두쥔후이는 김성숙을 기다리고 있다가 그를 발견하고는 집 밖으로 뛰어나왔다. 두 사람은 한동안 아무 말도 못하고 끌어안고 있기만 했다. 김성숙의 얼굴은 먼지투성이였다. 진지에서 뒹굴었던 옷에서는 악취가 났고, 어제 저녁부터 네 끼를 굶었기 때문에 두 눈은 광대뼈 안으로 쑥 들어가 있었다.

김성숙이 두쥔후이에게 중산대학 조선인 기숙사에 있는 학생들을 얘기했다.

"피신시켜야 하는데 무슨 방법이 없겠소?"

"엄마에게 상의해볼게요."

김성숙이 몸을 씻으러 간 사이에 두쥔후이가 그녀의 어머니에게 도움을 청했다.

"기숙사에 있는 조선 청년들을 구해야 해요. 도와주세요, 엄마."

"아버지와 오빠 옷을 찾아봐야겠구나. 중국옷을 입어야 안전하지 않겠니? 평소에 양복을 좋아하는 조선 사람들은 중국옷을 입어야 의심받지 않고 무사히 광저우를 빠져나갈 수 있을 것이다."

두쥔후이 어머니는 중국 남자 옷이 부족했으므로 밤새워 중국옷을 한 벌 짓기까지 했다. 그녀의 도움은 그뿐만이 아니었다. 기숙사의 조선 학생들이 피신할 경비를 마련했다. 그런데 막상 중국옷과 돈을 보낼 방법이 마땅찮았다. 그렇다고 두쥔후이는 김성숙을 중산대학 조선인 기숙사로 보내고 싶지 않았다.

"중국옷과 돈은 누구 편에 보내죠?"

"내가 갔다 오마."

"그건 위험해요, 엄마. 차라리 제가 다녀오겠어요."

"넌 무거운 짐을 들 수 없을 거야. 조선 친구는 어떠니?"

"우리 집 오기 전에 네 끼를 굶었대요. 지쳐 있어요. 지금은 좀 쉬어야 해요."

"옳아, 내가 왜 그 생각을 못했지? 아쫑阿鍾 학생이 다녀오면 되겠구나."

아쫑은 두쥔후이 집에서 하숙을 하는 학생이었다. 솔직하고 믿을 만한 청년이었다. 그가 공안국을 찾아가 고발한다는 것은 상상도 할 수 없는 일이었다.

"힘이 센 아쫑 학생에게 부탁하면 좋겠어요. 무엇보다 믿을 수 있으니까."

그런데 아쭁은 짐을 등에 메고 거리를 나섰다가 곧 돌아오고 말았다. 거리에 쌓인 시신들을 보고는 기겁을 해서 돌아와버렸던 것이다. 할 수 없이 김성숙은 중국인 행상 차림으로 짐을 메고 나섰다. 두쥔후이도 김성숙을 뒤따랐다. 두 사람은 서관의 주민구를 벗어나 서과원 쪽으로 갔다. 거리에 듬성듬성 방치된 시신 무더기는 어제보다 더 많았다. 봉기에 실패한 혁명군에 가담한 노동자와 농민들을 마구잡이로 살상하고 있기 때문이었다.

점심때가 되어서야 김성숙과 두쥔후이는 중산대학 조선인 기숙사에 도착했다. 5명의 조선 학생들은 그때까지도 행선지를 결정하지 못한 채 두문불출하고 있었다. 김성숙은 그들에게 중국옷을 한 벌씩 나누어 주었다.

"자, 중국옷으로 바꿔 입으시오. 이 돈은 각자 분배하는 것보다 두 사람이 책임을 지고 나누어 지니는 것이 좋겠소. 이 옷과 돈은 두쥔후이 동지 어머니가 마련한 것이오."

김성숙과 두쥔후이는 그들과 기숙사에서 헤어지고 나서 집으로 다시 돌아왔다. 두 사람은 집에서 이틀을 더 지낸 뒤, 중국인 부부로 가장하여 홍콩으로 떠났다.

조선에서 온 붉은 승려

# 7

## 결 혼

비바람이 거칠수록 나무들은 스스로 뿌리를 깊이 뻗어 살아남는 법이었다. 김성숙과 두쥔후이의 사랑도 마찬가지였다. 생사를 넘나드는 광저우봉기 동안 그들의 사랑은 더욱더 깊어졌다. 홍콩으로 피신한 그들은 상하이로 거처를 옮기면서 동거를 시작했다.

그리고 동거한 지 1년 만에 조촐한 결혼식을 준비했다. 광저우를 떠날 때 두쥔후이가 가지고 온 돈은 진즉 바닥이 났고, 김성숙이 일어 번역을 하여 연명하고 있는 처지였으므로 결혼식이라기보다는 혁명동지들 앞에서 결혼 선언을 하는 것에 불과했다. 더는 미룰 수 없었다. 두쥔후이 몸속에서는 김성숙의 아기가 자라고 있었다. 김성숙 집으로 일찍 온 장지락이 한마디 했다.

"성숙 형, 살림까지 책임져야 하는 입장이 되고 보니 어때요? 제가 일찍이 여자는 혁명운동 하는 데 장애물이라고 했잖아요. 하하하."

"장 동지, 결혼식 하는 날이니 그런 악담은 말게."

"축하할 수밖에 없지만 성숙 형 입장이 안타까워서 하는 말이지요."

"뭐가 안타깝다는 것인가?"

"형은 1년 동안 우리 모임에 얼굴을 보이지 않았으니까요."

"그거야 내 혁명의지가 약화된 것이 아니라 먹고 살기 위해서 밀린 번역 일 해치우느라고 그랬었네."

김성숙은 호구지책으로 일어 번역을 했다. 눅눅한 방에서 월세와 생활비를 벌기 위해 닥치는 대로 일어 번역거리를 구해와 밤낮으로 일했다. 《일본경제사론》, 《통제경제론》, 《산업합리화》, 《중국학생운동》, 《변증법전정초程》 등등 일본 책을 중국어로 번역하기도 했고, 자신의 정치사상을 주장하는 책도 발간했다.

두쥔후이가 우룽차를 들고 와 장지락을 향해서 눈을 흘겼다. 장지락이 웃으면서 김성숙을 두둔했다.

"하긴, 성숙 형이 도와주지 않았으면 우리는 거지가 됐을 겁니다."

"내가 뭘 도와주었다고 그러지? 분배 정의를 실현한 거지. 하하하."

두쥔후이가 한마디 거들었다.

"장 동지, 그건 알아주어야 해요. 우리만 살자고 했다면 김 동지가 날마다 밤을 새우지 않았을 거예요."

김성숙 집에 뒤늦게 도착한 오성륜과 박건웅이 맞장구를 쳤다.

"김 동지 도움이 없었다면 우리는 인심이 각박한 상하이를 떠났을지도 모르지요."

"오 동지 말에 동감이오."

두쥔후이는 부엌에서 음식을 만드느라 바빴다. 조선 사람들이 좋아하는 요리를 하기 위해 조선인들이 밀집해 사는 데 있는 가게까지 다녀왔다. 특별히 만두와 국수 대신 쌀밥을 했고, 기름에 튀기는 요리보다는 끓는 물에 데쳐 담백하게 맛을 내는 반찬을 만들었다. 저우언라이의 부인인 덩잉차오도 일찍 와 두쥔후이를 거들어주었다. 두쥔후이가 덩잉차오와 가까워진 계기는 서로가 공산당에 가입한 여성당원이었고, 쑨원의 부인 쑹칭링宋慶齡 여사가 만든 상하이 부녀계구국회上海婦女界救國會의 간부로서 자주 만났기 때문이었다.

"저우언라이 동지는 오늘 하루 종일 회의가 있어 참석하지 못한답니다. 그래서 저 혼자 왔어요."

"덩잉차오 동지가 온 것만도 영광이에요. 얼마나 기쁜지 몰라요."

덩잉차오에게는 묘한 매력이 있었다. 시골 여인처럼 너무나 소박하여 미모를 내세울 만한 얼굴은 아니었지만 친근한 말투로 진심을 실어 얘기할 때면 상대를 편안하게 했다. 그녀는 누구에게서나 신망을 얻었다. 잘생긴 저우언라이가 다른 여인들에게 마음을 주지 않고 덩잉차오를 선택한 까닭은 바로 그런 그녀의 내면적인 아름다움을 일찍이 학창시절부터 감지했기 때문이었다.

맨 나중에 참석한 사람은 손두환이었다. 그는 황포군관학교에서 교장 부관으로 복무하던 중에 반공쿠데타를 일으킨 장제스 교장과 결별하고 모스크바로 유학 갔다가 중도에 돌아왔는데, 어린 시절에 만났던 스승 김구의 천거로 다시 상하이임시정부 요원이 되어 일하고 있었다.

더 이상 올 사람은 없었다. 두쥔후이는 김성숙의 앉은뱅이책상을 식탁 삼아 상을 차렸다. 덩잉차오는 조선 요리를 맛보고 묘한 표정을 지었지만 모인 사람들은 모두 입을 다물지 못했다. 박건웅이 두줸후이의 요리 솜씨를 보고 감탄했다.

"두줸후이 동지는 전생에 조선에서 살았던 것 같소. 김치를 담글 줄 알다니 놀랍소."

"전 김 동지가 하라는 대로 만들었을 뿐이에요."

"조선 사람도 아무나 이렇게 맛깔스런 요리를 잘하지는 못할 겁니다."

장지락도 입을 다물지 못했다.

"음식을 앞에 놓고 얘기를 길게 하는 것은 조선 사람의 예의가 아니오. 손두환 선배 동지도 계시고 하니 제가 짧게 한마디 하겠소."

모두가 박수로 동의하자 김성숙이 옆에 앉아 있는 두줸후이를 쳐다보며 마저 얘기했다.

"나 김성숙과 두줸후이는 혁명동지로서 평생을 함께 살기로 했소. 우리는 목숨이 붙어 있는 날까지 서로 사랑하고 믿으면서 혁명의 과업을 완수하는 데 신명을 다 바칠 것을 맹세했소. 이를 여러 동지들 앞에서 고하는 바요."

또다시 박수가 터졌다.

"축하하오."

장지락도 큰 소리로 말했다.

"우리는 두 동지를 믿습니다. 축하합니다."

오성륜이 축가를 제의했다.

"지금 축가를 불러야 마땅하오."

두줸후이가 덩잉차오에게 부탁하려 듯 눈치를 보냈지만 그녀는 고개를 흔들었다. 그러자 김성숙이 말했다.

"차응준스님이 이 자리에 있었다면 대금으로 아리랑을 연주했을 것이오."

누가 먼저랄 것도 없이 축가로 아리랑을 합창했다. 아리랑을 한 번 더 부르면서는 모두가 어깨동무를 하고 불렀다. 아리랑을 모르는 덩잉차오만 빼고 모두가 눈물을 흘렸다. 김성숙은 금강산에서부터 함께 동고동락해왔던 광저우봉기 때 죽은 승려 윤적묵과 행방불명된 김규하와 차응준이 생각나 가슴이 아팠다.

건배사는 장제스의 부관이었다는 전력이 탄로 나 모스크바에서 추방돼 상하이로 돌아온 손두환이 했다.

"동지들이 대륙으로 건너와 풍찬노숙하면서 투쟁하는 목적은 단 하나, 오직 조국해방! 조국해방을 위하여!"

술이 돌자 모두가 큰 소리로 떠들었다. 박건웅이 일어나 어깨춤을 추었다. 흥이 나면 끼를 발산하고 춤을 추는 것이 조선 사람의 특징이었다. 김성숙도 중국의 독주를 주는 대로 마셨다. 오랜만에 크게 취했다. 두쥔후이와 동거를 시작한 지 1년 만에 치르는 의식이었지만 혁명동지들에게 빚을 갚는 느낌이 들었다. 두쥔후이 역시 그랬다. 그녀는 엉성한 결혼식임에도 불구하고 행복했다. 더구나 그녀는 배가 거북이등처럼 불러오고 있었다. 동거 생활 중에 아기를 가졌던 것이다.

두 달 후.

산달이 가까워진 두쥔후이는 광저우 친정으로 가고 싶어 했다. 광저우로 오라는 어머니의 편지도 그녀에게 영향을 미쳤다. 그녀 아버지 역시 김성숙의 직장을 알아보고 있으니 빨리 오라고 재촉했다.

"엄마가 산후조리를 해주고 아기도 돌봐준대요. 아버지께서는 당신 직장을 찾아보고 있다고 해요."

김성숙은 두쥔후이의 의사를 따르기로 했다. 무엇보다 산후조리를 잘할 자신이 없었고, 광저우로 가서 출퇴근하는 직장이 생기면 생활고가 해결될 것 같아서였다. 그러나 두쥔후이는 광저우 친정으로 가지 못하고 상하이 월세 방에서 아들을 낳았다. 아들의 이름은 김성숙이 지었다.

"간甘이 어떻소?"

"무슨 뜻이죠?"

"우리에게 이미 달콤한 사랑을 준 아기지요. 또한 태어나서는 세상 사람들에게 즐거움을 주는 사람이 되라는 뜻이오."

"좋아요. 하지만 때가 되어 당신이 나를 중국에 두고 조선으로 돌아간다면 간甘자에 진金을 붙인 간鉀이라고 바꾸겠어요. 당신 자식이니까."

"그럼 성은?"

"당연히 내 성인 두杜를 써야죠."

"그런 일이 생기지는 않을 것이오. 하지만 당신 마음대로 하구려."

"당신과 내 성이 붙은 이름이니까 아이는 당신이 중국에 없더라도 잊지 못할 거예요."

"당신은 참으로 마음이 넓구려. 마치 대지 같아요."

"미래의 일은 아무도 몰라요. 모든 것을 바꿀 수 있는 강한 혁명가라도 운명을 뛰어넘지 못해요."

"사랑도 그런가?"

"전지전능한 사랑이 있다면 얼마나 좋겠어요? 운명 앞에서는 사랑도 무기력할 뿐이죠."

김성숙은 두쥔후이의 의지대로 광저우로 갔다. 때마침 김성숙은 〈민국일보〉에 취업이 되어 기자로 활동할 수 있었다. 그러나 김성숙은 곧 기자 생활에 흥미를 잃었다. 신문은 자기주장을 논문 같은 글을 통해 지속적으로 펼칠 수 있는 잡지와 달랐던 것이다. 김성숙은 곧 직장을 바꾸었다. 모교인 중산대학으로 가 일본어 번역계에서 일하다가 일어연구소 일본어 교수로 재직했다.

그런데 예전의 중산대학은 아니었다. 조선인 학생들이 토요일 밤마다 토론하던 혁명의 분위기는 사라지고 없었다. 대학교수나 중국인 학생들의 열정도 예전과 비교한다면 크게 식어 있었다. 루쉰 같은 인기 교수도 떠나고 없었다. 김성숙에게는 죽은 대학이나 마찬가지였다. 그러니 김성숙은 중산대학의 하루하루가 무의미했다. 처갓집에 얹혀사니까 생활비를 걱정하지 않고 안주할 수 있었지만 그래도 혁명의 열정이 뜨거운 사람들 속에서 사는 것이 더 체질에 맞았다. 결국 김성숙은 의열단 단원들이 그리워 상하이로 돌아오고 말았다.

## 젊은 손님

김성숙 부부가 사는 월세 방은 프랑스인 거주지역의 오래된 중국인집 이층에 있었다. 손님이 찾아 올라오면 나무계단이 삐걱거리는 소리부터 크게 들렸다. 굳이 이층의 창이 있는 방을 구했던 까닭은 의열단 단원으로써 바깥의 동정을 쉽게 살필 수 있기 때문이었다. 오후의 늦은 햇살이 창턱에 걸려 있었다. 김성숙이 창 쪽에 서서 두쥔후이에게 말했다.

"박건웅 부부 동지가 오늘은 젊은 사람을 데리고 오네."

"누군가요?"

"의심할 필요는 없을 것 같소. 박 동지 아내와 젊은 청년이 꽃다발을 들고 있는 것을 보니 무슨 좋은 일이 있었던 것 같소."

박건웅 부부 뒤에서 20대 초반으로 보이는 젊은 청년이 오른손으로는 바이올린을, 왼손으로는 꽃다발을 안은 채 걸어오고 있었다. 박건웅의 아내 정봉은은 장미꽃다발을 들고 있었고 젊은 청년은 백합꽃다발을 안고 있었다. 좁고 어둑한 골목길이 꽃다발 때문인지 환했다. 김성숙은 문을 열고 나가 손님들을 맞았다.

"박 동지, 어서 와요."
"김 선배님, 오랜만입니다. 형수님도 안녕하십니까?"
"이분이 김성숙 선배님이네. 인사드리게."
젊은 청년이 전라도 사투리로 쾌활하게 말했다.
"잘 부탁합니다잉. 선생님 명성은 매형에게 엄청 들었어라우. 꽃다발은 사모님께 드려부릴랍니다."
박건웅이 젊은 청년을 소개했다.
"김 선배님, 제 처남입니다. 작년에 이곳 상하이에서 왜경에게 붙잡혀 국내로 이송된 의열단원 정의은鄭義恩 동지의 친동생입니다."
"정의은 동지라면 의열단간부학교 2기생을 국내에서 모집해왔던 의열단원이 아니오?"
"맞습니다."
두쥔후이는 꽃다발을 받고서 소녀처럼 몹시 좋아했다. 그러나 김성숙은 박건웅의 아내 정봉은이 준 꽃다발을 들고서 의아해했다.
"무슨 경사라도 있었소?"
"방에 들어가서 말씀드리겠습니다."
나무계단이 삐걱거리는 소리를 내다가 멈추자 창고로 사용하고 있는 동굴 속 같은 현관이 그제야 드러났다. 부서진 등받이의자와 인력거, 우산 등이 현관 한쪽 구석에서 낯선 손님을 경계하듯 올려다보고 있었다. 때마침 외출했다가 들어온 주인 노파가 히죽 웃으며 뒤뚱뒤뚱 안방으로 들어갔다.
정율성이 바른 자세로 보고하듯 정색을 하고 김성숙 부부에게 인사했다.

"지 본명은 정부은鄭富恩인디 중국에 와서 정율성이라고 바꿨그만 이라우. 지금은 난징南京에 살고 있는디 성악을 공부하러 1주일에 한 번씩 상하이를 오그만요."

"우리 집에 자주 놀러 와요. 박건웅 동지 처남이라고 하니 더 친근하게 느껴지네요."

꽃다발을 받은 두쥔후이가 정율성에게 자애로운 말투로 말했다. 그러자 박건웅이 한마디 했다.

"처남, 꽃다발을 선물한 효과네."

"사실은 산 것이 아니그만요. 음악회에서 관객들에게 받은 꽃다발이지라우."

정율성으로서는 난생 처음 받아본 꽃다발이었다. 소련 레닌그라드 음악원 출신인 크리노와Krenowa 교수에게 성악의 기초를 몇 달 동안 배운 뒤 음악회에 나가 독창을 했는데 뜻밖에도 서너 명의 관객이 무대로 올라와 꽃다발을 주었다. 정율성의 나이를 알게 된 두쥔후이가 별명을 지었다.

"싸오쩡小鄭이라 부르겠어요."

"전 누님이라고 부르겠습니다잉."

싸오쩡이란 '젊은 정씨'라는 귀여운 말이었다. 의열단 단원들이 대부분 30대, 40대인데 성악을 배우고 있는 정율성은 20대 초반으로서 풋풋한 젊은이였던 것이다. 그런데 정율성은 음악 공부만 하러 중국에 온 젊은이는 아니었다. 난징에 있는 조선혁명군사정치간부학교, 즉 의열단간부학교 2기 졸업생으로 현재는 비밀리에 난징 고루鼓樓전화국에 침투하여 상하이와 난징에 사는 일인들의 전화통화를 도청하여 첩보를 입수하는 의열단 단원이었다. 의열단간부학교는 2기생부터 의열단에 가입해야만 입학을 허락했던 것이다.

모처럼 김성숙 방은 장미꽃과 백합꽃 향기가 진동했다. 두쥔후이가 꽃병 두 개를 가지고 와 꽃을 꽂았다. 그런 뒤 한 개는 살림방에, 또 한 개는 김성숙의 서재라고 할 수 있는 골방으로 가져갔다. 골방은 살림방 바로 옆에 창고처럼 붙어 있었다.

활발한 성격의 정율성과 달리 말수가 적은 정봉은이 말했다.

"율성아, 여그는 우리 친척들만 사는 전라도 능주가 아니랑께. 항상 조심해라잉."

"아따, 나는 중국 새 누님도 사귀고 그랑께 좋아불그만요."

"그라믄 나는 헌 누님이다냐? 작년에 니 형 의은이가 잡혀간 거 보았음시롱도 그러냐. 여그는 왜놈들이 우릴 잡아불라고 눈을 부라리고 다닌단 말이여."

정율성의 누나 정봉은의 말은 사실이었다. 이제는 정율성도 일경의 감시를 받는 요주의 인물이었다. 정율성이 1933년 봄에 셋째형 정의은을 따라서 큰형(정효룡)의 아들 정국훈鄭國勳과 함께 조선을 떠나 중국에 온 내력은 이러했다.

정의은이 의열단간부학교 생도를 모집하러 국내로 들어왔는데, 정의은은 전라도 지방의 모집책이었고, 중산대학을 중퇴한 의열단간부학교 1기생인 이활(이육사)은 경상도 지방의 모집책이었다. 정의은이 전라도에서 모집한 청년은 동생 정율성과 조카 정국훈, 그리고 담양의 김승곤 김일곤 사촌형제, 뒷날 해공 신익희 사위가 되는 김재호와 최명선 등 모두 6명이었다.

정율성이 셋째형 정의은과 함께 목포항에서 여객선 헤이안마루平安丸를 탔던 때는 1933년 5월 8일 아침이었다. 정율성은 중국에 가면 학교를 다닐 수 있다는 셋째형의 말에 별 고민 없이 따라나선 길이었다. 셋째형이 말하는 학교는 의열단간부학교를 뜻했다. 독립투사를 양성하는 군사학교였다. 그때 정율성은 낡은 바이올린을 지니고 있었다. 일찍이 독립운동에 눈떴던 둘째형 정충룡이 중국으로 떠나면서 물려준 바이올린이었다.

정율성이 음악과 친숙해지게 된 때는 유년시절을 보낸 능주 시절부터였다. 친지들이 집성촌을 이루고 사는 능주는 판소리 명창들이 많았다. 지석강변의 영벽정에서는 명절 때마다 능주의 명창들이 모여 소리판을 벌였다. 소리꾼들이 모여 연습하는 객사가 능주초등학교 옆에 있었으므로 정율성은 등하굣길에 늘 판소리나 민요를 접할 수 있었고, 광주로 전학한 뒤로는 큰외삼촌이자 목사인 최흥종 집에 있는 축음기로 서양 음악과 찬송가를 자주 들었다.

목포항을 떠난 헤이안마루는 부산항을 경유했다. 부산항에서도 경상도에서 모집된 의열단간부학교 후보 생도들이 몇 명 탔다. 배는 다시 일본 나가사키항으로 갔다가 상하이로 떠났다. 배는 5일 만인 1933년 5월 13일 아침에 상하이 푸동항에 도착했다. 푸동항은 일경의 감시가 몹시 심했다. 1년 전 일인들의 거주지 휴식처인

홍구虹口공원에서 윤봉길 의사의 폭탄투척사건이 일어났던 것이다. 여객선 헤이안마루에서 내린 조선 청년들은 서너 명씩 짜놓은 조대로 인력거를 타고 정의은을 뒤따랐다. 조선 청년들이 인력거에서 내린 곳은 일경의 감시가 미치지 못하는 프랑스인들의 거주지에 있는 여관이었다. 여관에서 잠시 휴식을 취한 조선 청년들은 자신의 이름부터 위장했다. 최악의 경우 국내에 있는 가족들에게 피해를 주지 않기 위해서였다. 정율성은 가명을 유대진劉大振이라고 지었다.

조선 청년들은 다시 정의은을 따라서 상하이역으로 가 난징으로 가는 3등열차를 탔다. 몇 시간 뒤 난징역에 내리자 의열단 간부들이 마중 나와서 그들을 맞았다. 그들 중에는 김승곤의 삼촌 김용제도 있었다. 김용제는 의열단간부학교 전술학 교관이었다. 또다시 조선 청년들은 마차 두 대로 나눠 타고 어느 여관으로 가 열흘쯤 대기했다. 그 사이에 정의은과 정국훈은 인사도 없이 사라졌다. 여관에서 흉흉한 단독주택으로 옮긴 조선 청년들은 두 달 동안 무료하게 생활하면서 간단한 중국어를 익혔다. 단독주택은 중국인들에게 흉가로 알려져 3년 동안 비어 있다가 의열단에서 사들인 아지트였다.

정율성은 또다시 쑨원 묘 부근에 있는 빈 절로 갔다. 그곳 빈 절은 의열단 후보생도 대기소인 셈이었다. 이처럼 바로 의열단간부학교로 가지 않고 여러 곳을 거치는 이유는 일경의 첩자를 걸러내기 위해서였다. 마침내 중국으로 건너온 지 4개월 만인 9월 초에 정율성을 비롯한 조선 청년들은 차를 타고 난징에서 70여 리 떨어진 장

쑤성江蘇省 강녕진江寧鎭 증조사曾祖寺로 이동했다. 증조사가 바로 의열단간부학교 생도들이 군사훈련을 받는 학교였다. 입학식에 북양대학 교수 김규식金奎植, 의열단 의백 김원봉, 의열단간부학교 고문 캉저康澤 등이 참석하여 입학생들을 격려했다. 특히 미국과 소련 등에서 활동하여 국제정세에 밝은 김규식이 〈세계정세와 민족혁명의 앞날〉이라는 주제로 중국과 조선의 협력, 조선독립의 필연성 등을 역설했다. 1기 교관이었던 박건웅도 참석하여 김규식의 강연을 들었다. 김규식이 정율성의 누나인 정봉은을 자신에게 소개하여 부부의 인연을 맺어준 일도 있었던 것이다.

의열단간부학교 수업 기간은 6개월이었다. 김구가 찾아와 조국광복을 위해 최후 1인까지 투쟁하자는 취지로 격려한 뒤 2기생 생도들 전원에게 태극기 문양이 그려진 만년필을 한 개씩 선물하고 돌아가기도 했다. 2기를 졸업한 생도 대부분은 국내로 잠입하여 활동하라는 명령이 떨어졌다. 그러나 일어에 능통한 정율성은 난징고루전화국에 직원으로 들어가 난징과 상하이에 거주하는 일인들의 전화통화를 도청하여 첩보를 입수하라는 명령을 받고 난징에 남았다.

음악을 좋아하는 정율성으로는 행운이었다. 난징 화로강花露岡 부근에 머물면서 장지락의 소개로 중국인 공산당 지도자 뤄칭羅靑을 만났고, 또 젊은 음악가 두스치아杜矢甲를 사귈 수 있었기 때문이었다. 두스치아는 정율성이 켜는 바이올린 연주를 듣고는 반하여 음악 공부를 정식으로 해보라고 크리노와 교수를 소개해주었다. 음악 공부를 하게 된 그는 얼마나 기뻤던지 가명인 유대진을 버리고 아예 정율성이라고 개명을 해버렸다. 기필코 '인민혁명을 위해 아름다운 선율을 이루고 말겠다'며 스스로에게 다짐했던 것이다.

정율성은 성격도 밝고 아름다운 목소리를 가지고 있어 사람들에게 금세 호감을 샀다. 김성숙은 정율성이 구수한 전라도 사투리로 말할 때마다 미소를 지었고, 두쥔후이도 역시 그가 켜는 바이올린 연주에 반했다. 박건웅이 모임이 있다며 자리를 먼저 뜨려 하자 정율성이 붙잡았다.

"매형, 바이올린으로 연주하는 육자배기 한번 들어보랑께요."

"처남, 너무 까불대지 말게. 내 머릿속에는 총과 탄약밖에 들어 있지 않으니까."

그러자 김성숙이 반박했다.

"박 동지에게는 쇠귀에 경 읽기이구만. 그러나 음악이 혁명하는 인민들에게 용기와 희망을 줄 수도 있다는 것을 잊어서는 안 되오."

김성숙의 칭찬에 정율성이 신이 난 듯 이번에는 바이올린으로 아리랑을 연주했다. 그러자 박건웅은 할 말이 없다는 듯 머리를 긁적였다. 두쥔후이가 연신 "싸오쩡 최고!"라며 박수를 쳤다. 정율성은 김성숙 부부와 첫 만남부터 가까워져 그날 이후부터 아무 때나 찾아와서 김성숙의 골방에서 이삼일씩 자고 갔다.

## 이 별

뤄칭은 난징 시내 중심가에 있는 현무호 호숫가의 한 어부 집에 은둔하면서 밤낮으로 낚시질하며 소일했다. 공산당원으로서 중책을 맡지 못한 뤄칭은 당의 부름을 기다리고 있었다. 때가 오기를 기다리는 뤄칭을 자주 찾아오는 사람은 중국인이 아니라 조선인 장지락이었다. 뤄칭은 북경에서부터 의열단 단원이자 유학생이었던 장지락과 친분이 깊었던 것이다.

도마뱀 새끼들이 활발해진 봄이었다. 그날도 장지락과 정율성이 뤄칭을 찾았다. 뤄칭은 묵고 있는 어부 집 부근의 호숫가 버드나무 아래서 낚시 삼매에 빠져 있었다. 도마뱀이 자신의 어깨를 타고 넘어가도 몰랐다. 버드나무 그늘은 촘촘한 어망 같이 땅바닥에 어른거렸다. 햇살이 간간히 비늘처럼 그늘 안으로 떨어졌다. 뤄칭은 대나무 의자에 앉아서 호수 수면을 들락거리는 찌를 바라보고 있었다.

"뤄 동지, 강태공이 따로 없습니다. 하하하."

"김산 동지, 어서 와요."

뤄칭은 장지락을 언제나 김산이라고 불렀다. 하긴 장지락은 난징의 모든 혁명동지들에게 김산으로 알려져 있었다. 장지락이라고 본명을 부르는 사람은 김성숙, 오성륜, 박건웅 등을 비롯한 의형제처럼 친한 몇 명뿐이었다. 정율성은 뤼칭과 구면이었다. 일전에 장지락이 뤼칭을 소개시켜주었던 것이다.

"김산 동지, 잘 왔어요. 그렇잖아도 만나고 싶었소."

"무슨 변화가 생겼습니까?"

"며칠 전에 중국청년들이 찾아와 5월문예사五月文藝社라는 단체의 고문을 맡아달라고 부탁해서 허락했소. 김산 동지도 참여하는 것이 어떻겠소?"

"저는 명령만 떨어지면 옌안延安으로 갈 텐데 이름만 걸어놓을 필요가 있겠습니까?"

"아, 그렇군요."

장지락은 광저우봉기 후 하이루펑에서 천신만고 끝에 만주로 가 또다시 일경에 체포됐다가 무혐의를 선고받고 풀려나, 베이징과 상하이를 거쳐 난징으로 와 이른바 옌안행을 꿈꾸며 대기 중이었다. 공산당 지도부의 성분심사가 두 달째 지체되고 있었으므로 몹시 따분하게 나날을 보내고 있는 처지였다. 자신을 의심하는 공산당 지도부의 처사에 화가 날 때도 있었다. 그럴 때마다 장지락은 뤼칭을 찾아와 울분을 삭이곤 했다. 누군가가 당에 자신을 일경의 회유를 받은 첩자라고 모함한 것이 현재까지 발목을 붙잡고 있었다.

"조금만 더 기다려봐요. 내가 보증을 섰으니까요."

"명령이 떨어지지 않는 걸 보니 저를 왜놈 밀정으로 보는 모양이죠?"

"당 지도부가 최종 서류심사를 하고 있다니까 조금만 기다려봅시다."

그래도 장지락은 옌안으로 달려가 뜨거운 혁명의 분위기 속에서 심신을 단련시키며 자신의 의지를 불태우고 싶어 했다. 지금이라도 당에서 승인이 나면 당장 옌안으로 떠날 마음의 준비가 되어 있었다. 그러니 뤄칭이 참여하라는 5월문예사 활동은 거절할 수밖에 없었다.

"정율성 동지는 5월문예사에 참여할 생각이 없소?"

"뤄칭 동지께서 추천해주신다면 고맙겠습니다."

"그럼, 평회원이 아닌 이사 자격으로 활동할 수 있도록 추천하겠소."

정율성은 중국의 해외유학파나 젊은 예술인들과 교류하고 싶었으므로 뤄칭의 권유를 흔쾌하게 받아들였다. 장지락도 정율성의 타고난 음악성을 발휘할 수 있는 기회라고 생각하며 적극 찬성했다.

"정율성 동지, 중국의 예술인들과 어깨를 당당히 겨뤄볼 기회라오."

호수에 물결이 일었다. 바람이 오수를 즐기는 듯한 수면을 깨우고 있었다. 소나기 비구름이 몰려오고 있었다. 뤄칭이 낚싯대를 거둬들였다. 그런 뒤, 고기망태 속에서 술병과 술잔을 꺼냈다. 세 사람은 버드나무 아래서 빗방울이 떨어질 때까지 술잔을 주고받았다. 버드나무는 잠깐이었지만 낭만적인 우산이 되어주었다.

1936년 5월 1일.

5월문예사를 창립하는 날이었다. 장제스의 국민당에 실망한 중국 청년들이 회관에 가득 모여들었다. 단상에는 5월문예사 고문 뤄칭과 발기인 저우취타오周聚濤, 그리고 작곡가 시안싱하이洗星海가 앉아 있었고, 단하에는 중국의 젊은 청년 예술가들과 조선의 청년들이 창립대회를 지켜보고 있었다. 뤄칭이 연설한 뒤 저우취타오가 자작시를 낭송하면서 분위기는 한껏 고조됐다.

5월의 석류꽃 붉게 타고
중화의 진한 피 낭자한데
백성의 한, 나라의 수치 누가 씻나
시대의 청년들이여, 앞장서 나아가세.

정율성은 즉석에서 〈5월의 노래〔五月之歌〕〉라는 제목으로 악상을 정리하여 노래를 불렀다. 우렁찬 테너의 노래가 끝나자마자 함성이 터졌다. 정율성은 단하로 내려오지 못하고 또 한 곡을 불러야 했다. 이번에는 중국 청년들에게 널리 애창되고 있는 〈의용군행진곡〉이었다.

그래도 정율성은 단상에서 내려오지 못했다. 또다시 노래 요청을 받고는 잠시 망설인 뒤에 중국말로 얘기했다.

"이번에는 중국 노래가 아닌 조선 노래를 한 번 부르겠습니다. 조선 사람들이 기쁠 때나 슬플 때나 모두 함께 부르는 아리랑이라는 노래입니다."

앞서 부른 〈5월의 노래〉와 〈의용군행진곡〉이 장내 분위기를 뜨겁게 달군 노래였다면 아리랑은 가슴속에서 무언가가 목젖까지 차오르게 하는 한恨의 노래였다. 장내는 금세 숙연한 분위기로 돌변했다. 조선 청년들이 눈물을 흘리자 중국인들이 여기저기서 격려의 박수를 치며 위로했다. 조선 청년들과 중국 청년들 사이에 연대의식이 비장하게 싹텄다. 공동의 적인 일본과 투쟁해야 한다는 분노가 장내의 모든 이들의 가슴속에서 솟구쳤다. 슬픔 같은 것이 느릿느릿 출렁이듯 시작한 아리랑의 곡조는 어느새 장내의 모든 이들에게 자발적인 투쟁의지를 고취시켰던 것이다.

 5월문예사 창립대회는 중국 음악가들에게 정율성을 노래 잘하는 조선 청년으로 각인시켜주었다. 실력을 인정받은 정율성은 노래 강습 강사로 불려 다녔다. 정율성은 노래뿐만 아니라 반봉건사상이나 반제국주의를 주제로 다룬 문학작품을 대본으로 만들어 연극을 하기도 했고, 직접 연사로 나서서 열변을 토하기도 했다.

 7월로 들어서자, 장지락은 아예 뤄칭의 집에 묵으면서 옌안행을 기다렸다. 뤄칭이 오갈 데 없는 장지락을 딱하게 여겨 자신이 세든 어부 집으로 불러들였는데, 장지락은 어부 집의 현관 한쪽에 낡은 대나무침상을 놓고 살았다. 밤이 되면 도마뱀들이 우글거리는 현관이었다. 장지락을 따르던 정율성은 뤄칭의 집으로 가끔 갔다. 난징의 시내도 세 사람이 함께 다녔다. 현무호의 누각은 물론이거니와 양나라 무제가 행궁 삼아 일정 기간씩 머물렀던 계명사鷄鳴寺, 쑨원묘 등등을 돌아다녔던 것이다. 장지락이 김성숙을 믿었던 것처럼 정율성도 장지락을 피를 나눈 형제처럼 의지했기 때문이었다.

마침내 세 사람 모두가 지루하게 기다린 날의 끝이 보였다. 장지락이 뤄칭의 집에서 한 달을 보내고 난 뒤였다. 공산당 지도부에서 옌안으로 가도 좋다는 명령이 떨어졌다. 장지락은 상하이로 달려가 김성숙 부부와 석별한 뒤 바로 난징으로 돌아왔다.

1936년 8월 1일.

장지락이 옌안으로 떠나는 날이었다. 뤄칭은 현무호를 벗어나자마자 식당에 들러 장지락과 정율성에게 간단한 식사를 대접했다. 난징의 전통음식인 오리선지국수였다. 오리선지는 부드러웠고 국수는 단숨에 식도를 타고 넘어갔다. 세 사람이 국수를 먹는 동안에 식당 주인은 마차를 불렀다. 기차를 타려면 난징 시가지 서북쪽에 있는 포구역으로 가야 했다.

"장 선배님, 저도 옌안으로 갈 겁니다. 그곳에서 동지들에게 제 음악을 들려주고 싶습니다. 때로는 노래도 무기가 되니까요."

"먼저 가 기다리겠네."

"그곳 소식을 편지로 주셔야 합니다."

"알았네."

마차가 시장의 옷가게 앞을 지나치자 뤄칭이 젊은 중국인 마부에게 소리쳤다.

"멈추시게."

장지락이 입고 있는 양복은 누더기와 흡사했다. 저고리 소매 끝이 나달나달 닳아 있었고, 엉덩이를 기운 바지는 검정색이 탈색하여 알록달록했다. 뤄칭이 장지락을 데리고 옷가게로 들어가더니 새

양복을 사서 선물했다. 장지락이 새 양복으로 갈아입자 좀 전의 인물과 달리 보였다. 중국인 여점원이 하던 일을 멈추고 넋이 나간 듯 장지락을 뚫어지게 쳐다보았다. 뤄칭이 웃으면서 한마디 했다.

"중국에 온 조선 사람들은 하나같이 미남들이오. 항일전사가 되려면 먼저 얼굴 심사라도 받는 것이오?"

"그럴 리가 있겠습니까?"

"우리 중국 처녀들이 조선 청년들만 보면 넋을 잃고 쳐다보니까 하는 소리라오. 하하하."

장지락은 옌안행을 자신에게 내려진 축복으로 생각했다. 뤄칭이 농담하며 웃길 때 자신도 따라서 기쁘게 웃을 수 있었다. 정율성도 그동안 정들었던 장지락과 헤어짐에도 불구하고 조금도 섭섭하지 않았다. 자신도 곧 뒤따르리라고 결심하고 있었기 때문에 먼저 옌안으로 가는 장지락이 부럽기까지 했다.

"장 선배님, 잘 부탁합니다."

"정율성 동지가 나를 뒤따른다니 대환영이네."

마차가 먼지 자욱한 포구역 광장에 멈추었다. 포구역은 쑨원이 신해혁명 후 중국의 경제발전을 염원하며 장강 옆에 건설한 역이었다. 뤄칭이 마부를 보내고 나서 역사로 들어서며 장지락에게 돈이 든 봉투를 내밀었다.

"이거 여비요. 나도 궁한 형편이라서 200원밖에 넣지 못했지만 내 마음이라 생각하고 받아주오."

정차해 있던 기차가 갑자기 기적소리를 내질렀다. 승객들에게 미적거리지 말라는 듯 연달아 기적소리를 냈다. 정율성은 기차가 떠나자마자 바로 등을 돌렸지만 뤄칭은 기차가 사라질 때까지 그 자리에 서서 발걸음을 뗄 줄 몰랐다.

"뤄칭 선배님, 장 동지는 축복의 땅으로 떠났습니다."

"장 동지의 옌안행은 우여곡절이 너무 많았소. 장 동지가 떠나긴 했지만 왠지 아직도 무언가 끝나지 않은 것 같은 불길한 예감이 드오. 내가 도와줄 수 있는 것은 다 해주었는데도 왜 마음 한 구석이 허전한지 모르겠소."

"행운이란 빛과 그림자처럼 불행과 친하기 때문이겠지요."

장지락을 물심양면으로 다 도와주었는데도 왜 허전한지 모르겠다는 뤄칭의 고백이었다. 뤄칭은 불길한 예감이 드는지 담배 연기를 연신 내뿜었다. 그러나 낙관적인 성격의 정율성은 장지락의 운명을 예감하는 뤄칭의 태도에 더 이상 관심을 갖지 않았다.

## 민 족 , 그 리 고 민 족

상하이에서 결성된 중국좌익작가동맹에 김성숙 부부도 참여했다. 루쉰, 마오둔茅盾, 딩링丁玲 등이 1930년에 창립한 단체였다. 김성숙은 연맹의 기관지 〈봉화烽火〉와 〈반일민중反日民衆〉의 편집을 맡았다. 상하이사변 직후 김성숙은 광서성사범대학에서 1년 동안 교수로 재직하다가 상하이로 다시 돌아왔다. 루쉰은 여전히 상하이에서 반봉건, 반일운동을 하고 있었는데, 중국좌익작가연맹과 상하이의 문화계 인사들을 규합하여 '상하이문화계구국운동선언' 등을 외국기자들을 불러놓고 발표하기도 했다. 물론 문화계구국운동선언에 김성숙 부부도 참여했다.

김성숙 부부는 루쉰과 만나고 온 날은 두세 시간씩 길게 얘기를 나누었다. 그만큼 김성숙 부부는 루쉰이 주장하는 열변에 공감했다.

"여보, 오늘 루쉰 동지가 한 말 중에 아직도 귓가에 맴도는 얘기가 있소."

"저도 있어요. 당신은 무슨 말이 좋았어요?"

"중국 대륙으로 건너와 고군분투하는 우리 동지들을 위로하는 말이었소. '우리 삶을 구원하는 것은 막연한 희망이 아니라 우리 스스로의 구체적인 행동이다.' 우리 좌파 동지들은 입이 아니라 온몸으로 싸우고 있으니 공감을 하는 것이오."

"저는 인민해방을 원치 않는 것 같은 국민당 우파들에게 경고하는 루쉰 동지의 말이 좋았어요. '자유는 돈으로 살 수 있는 것이 아니다. 그러나 돈 때문에 팔아버릴 수 있다.' 감옥에 있는 뤄칭 동지를 생각하면 더 그래요."

두쥔후이는 작년 10월의 사건을 떠올리고 있었다. 뤄칭은 작년 10월 일제의 침략에 대항하여 전국항일구국연합회를 결성할 때 5월문예사 대표로 상하이에 왔다가 장제스의 국민당 정부 경찰에 체포돼 현재까지도 수감 중이었다. 이후에도 국민당 경찰은 일본의 편을 들어 전국항일구국연합회 지도자 7명을 구속해버렸다. 중국인의 처지보다는 일본제국주의 입장을 두둔하는 해괴한 정치노선이었다. 그러니 중국인들은 일본 편을 드는 국민당보다는 농민과 노동자의 해방을 위해 분투하는 중국공산당을 지지할 수밖에 없었다.

"당신이 중국공산당원이 된 것을 나는 충분히 이해해요."

"그럼, 당신 나라 조선 동지들은 후회한단 말이에요?"

"사실 우리 동지들 중에는 후회하는 사람도 있소. 우리가 중국으로 올 때는 조국해방을 위해 왔지요. 그런데 중국에 와보니 일제와 싸우는 중국 사람들은 대부분 공산당원들이었소. 그래서 우리는 자연스럽게 중국공산당원들과 친분을 맺었던 것이오. 중국의 공산당원들이 항일투쟁을 함께 해주었기 때문에 우리들의 동지가 될 수밖에 없었다는 거지요."

"그런데 뭐가 문제라는 것이죠?"

"광저우봉기 때 우리 동지들이 120여 명이 전사했소. 우리는 중국의 인민해방이 조선의 인민해방으로 이어질 것으로 굳게 믿었기 때문에 목숨을 내놓고 투쟁했던 거지요. 허나 조선해방은 아직도 요원하오. 중국의 인민해방을 위해 치른 우리 동지들 목숨의 대가가 현재까지는 너무 미약하다는 거지요."

"당신도 그런 생각인가요?"

"솔직히 나도 그렇고 우리 동지들 중에 가장 강골인 김원봉 동지도 그래요."

두쥔후이가 믿어지지 않는 듯 고개를 갸웃거렸다. 뭔가 말을 하려다 멈추었다. 침대에 누인 아기가 깨어나서 엄마 젖을 찾았다. 둘째아들로 태어나 올해 세 살이 된 아기 이름은 젠健이었다. 두쥔후이는 아기에게 젖을 물려 잠을 재우고 나서야 말했다.

"당신은 진정한 공산주의자가 아니군요."

"머리로는 누구보다 공산주의자지요. 누구에게도 공산주의 사상과 철학에 대해서 뒤지지 않을 자신이 있소. 중국으로 건너왔을 때 왜놈들은 이미 조선과 중국공산당의 적이었소. 그래서 나는 중국의 공산당원들과 친구가 되었던 것이오."

"가슴으로 공산주의를 받아들인 것은 아니었군요."

"그럴지도 모르오. 우리 조선의 동지 대부분은 민족주의자이지요. 공산주의자라기보다는 항일이 지상 목표인 민족주의자라오."

두쥔후이는 자신의 생각과 다른 김성숙의 태도에 별로 실망하지 않았다. 오히려 김성숙의 처지를 이해하는 말을 했다.

"중국으로 온 이유는 오직 조선해방운동을 위한 것이었으니 이해는 해요. 저라도 그랬을 것 같아요. 하지만 당신은 민족주의자이지 진정한 공산주의자는 아니군요."

"그렇소."

"당신은 임시 공산주의자예요. 조선이 해방된다면 당신은 공산주의를 버릴 것 같아요. 당신 꿈을 이루었으니까."

"사실 난 아무리 옳다 하더라도 극단을 좋아하지 않아요. 승려 생활의 영향일 것이오."

"당신은 좌파나 우파에게 비난받을지도 몰라요. 좌우 어디에도 속하지 않는 기회주의자 혹은 분파주의자라고 말이에요."

"비난한다면 감수해야지요. 하지만 나는 항일투사이기 전에 승려로서 불법의 중도를 최고의 가치로 알고 살았던 사람이오. 좌와 우를 초월하되 좌와 우를 포용하는 것이 중도의 지혜라오. 지금 나의 중도가 있다면 그것은 조국해방이라오."

"알아요. 당신이 금강산에서 붉은 가사를 입고 승려 생활을 했다는 것을. 그래서 우리 동지들 중에는 당신을 '금강산 붉은 승려'라고 하죠. 더 말할 필요 없어요. 당신은 호주머니 속에 늘 승려증인 도첩을 넣고 다니는 사람이니까요."

오랜만에 허심탄회하게 이야기를 나눈 김성숙 부부는 일찍 잠자리에 들었다. 잠이 부족한 두쥔후이를 위해서였다. 둘째아이가 간밤에 잠을 자지 않고 칭얼댄 바람에 거의 뜬눈으로 밤을 지새웠기 때문이었다. 김성숙은 둘째아이가 꼬무락거릴 때마다 손으로 토닥토닥 두드려주었다. 오늘밤은 김성숙이 둘째아이를 돌보는 불침번이 되어 밤을 지새울 차례였다. 두쥔후이는 곧 작은 소리로 코를 골며 잤다.

두쥔후이에게 고백한 김성숙의 얘기는 모두 진심이었다. 실제로 김성숙은 공산주의자이면서도 민족해방을 최우선 가치로 삼았던 박건웅, 김재호金在浩, 신정완申貞婉 부부 등 20여 명의 동지들과 의기투합하여 이미 '조선민족해방동맹'을 결성해 활동 중이었다. 단체의 이름에 공산주의라는 말을 뺐다. 공산주의보다 조국해방이 더 중요하다고 보았기 때문이었다. 민족해방이 이루어지고 난 다음에야 사회주의나 공산주의를 선택할 수 있다는 독자노선이었다. 이는 프롤레타리아 국제주의와 모순을 낳을 수밖에 없는 '계급'보다는 '민족'을 우선하는 민족주의였다. 항일투쟁의 선봉에 선, 일경이 독립투사 중에서 가장 많은 현상금을 내건 김원봉조차도 민족주의를 앞세워 조국해방을 하자고 동지들을 설득했다.

중일전쟁이 발발했다. 만주를 점령한 일본군과 중국군이 마주보고 있던 베이징 교외의 노구교蘆溝橋에서 벌어진 해프닝이 전쟁의 빌미가 되었던 것이다. 초저녁이었다. 중국군 쪽에서 총성이 났다. 일본군 쪽으로 총알이 날아온 것이었다.

일본군 중대는 즉시 전투태세를 갖추고 인원 점검을 했다. 그때 일본군 병사 한 명이 사라지고 없었다. 아무에게도 알리지 않고 화장실을 갔기 때문이었다. 그러나 일본군은 사라진 병사가 중국군에게 잡혀갔다고 판단하고 중국군 쪽에 진상조사를 요구했다. 이에 중국군은 완강하게 거부했고 전쟁의 구실을 찾던 일본군은 이를 이유로 전쟁을 개시했다. 1937년 7월 7일의 이른바 노구교사건이었다.

지금까지 일본을 두둔하던 장제스는 태도를 바꾸어 저우언라이와 루산盧山에서 공동으로 대항하자며 막후 회담을 가졌다. 일본군의 전술은 속전속결이었다. 막강한 군사력을 앞세운 일본군은 전쟁 개시 21일 만에 베이징을 점령했다. 이제 중국으로서는 상하이를 방어해야 할 다급한 상황이 되었다. 9월 들어 상하이전투가 치열해지자 중국국민당과 중국공산당은 전격적으로 2차 국공합작을 선포했다. 그래도 총공격하는 일본군에게는 역부족이었다. 배수진을 치고 방어했지만 두 달 만에 상하이는 일본군에게 점령당하고 말았다.

조선민족해방동맹 회원들을 비롯한 조선 항일투사들은 상하이를 급히 떠나 난징으로 이동했다. 김성숙도 난징으로 거처를 옮겼다. 상하이 김성숙의 집에서 며칠씩 머물렀던 정율성도 난징으로 따라왔다. 그런데 그때 어디를 가나 옌안으로 떠난 장지락을 잊지 못하고 있던 정율성은 옌안행을 결심했다.

중일전쟁의 광풍이 점점 내륙으로 몰아치던 날이었다. 일본군이 머잖아 난징도 점령할 것이라는 소문이 돌았다. 미리 안전한 우한으로 떠나는 사람들도 생겨났다. 정율성은 기회를 보고 있다가 두쥔후이에게 자신의 마음을 고백했다.

"누님, 옌안으로 가겠습니다. 도와주세요."

"싸오쩡, 옌안은 누구나 가고 싶어 하지만 아무나 들어갈 수 없는 곳이에요. 장지락 동지도 얼마나 힘들게 갔는지 알잖아요."

"누님이라면 저를 도와줄 수 있다고 믿어요. 옌안에는 섬북공학陝北公學도 있고 항일군정대학도 있고 무엇보다 루쉰예술학원도 있다고 그래요. 그곳에서 음악도 공부하고 항일의지를 다지고 싶어요."

"장지락 동지도 만나고 싶은 거죠?"

"장 선배님과 옌안에서 만나자고 약속한 것은 사실이죠."

김성숙 부부는 물론 매형 박건웅도 정율성의 옌안행을 허락했다. 박건웅은 늘 입고 다니는 남루한 외투 차림이었다. 생활고 때문에 아내와 자식들을 국내로 보내고 나서는 빨래도 제때에 못하는지 외투에서 퀴퀴한 냄새가 났다.

"매형, 누님이 없으니까 불편하시죠?"

박건웅은 어색한 표정을 짓더니 동문서답을 했다.

"처남, 편지하게. 우리도 장 동지 소식이 궁금하거든."

"저는 장 선배님과 달라요. 편지를 자주 쓸 겁니다."

박건웅은 정율성과 헤어지는 날에도 또 그 외투를 입고 나타났다. 몸이 달포 전보다 더 수척하여 낡은 외투가 유난히 더 헐렁해 보였다. 두쥔후이가 저녁식사 자리를 마련해 집으로 초대했다. 두쥔후이가 담근 김치 냄새가 방 안을 진동했다. 정율성은 김치 냄새만 맡고서도 감격했다. 아내와 자식을 국내로 보내고 나서 가끔 우울해하던 박건웅도 김치 냄새를 맡더니 얼굴에 생기가 돌았다. 식사 전에 정율성이 바이올린을 들고 일어났다.

"전 누님 덕분에 옌안으로 가게 됐습니다. 상하이에서, 난징에서 늘 신세만 졌습니다. 무엇으로 은혜를 갚을지 막막합니다."

"싸오쩡이 음악으로 우리를 가끔 즐겁게 해주었어요. 싸오쩡의 음악을 듣지 않았더라면 우린 더 지쳤을 거예요. 그러니 너무 미안해하지 마세요."

"누님께서 그렇게 말씀하시니 저도 좋은 음악을 만들어 보답하겠다는 용기가 납니다. 오늘은 누님과 김성숙 선배님과 매형께 제가 작곡한 노래를 연주하겠습니다."

정율성이 바이올린으로 연주한 곡은 항일투쟁의지를 고취시키는 노래였다. 정율성은 최근에 작곡한 〈유격전가〉, 〈전투하는 여성의 노래〉를 연달아 연주했다. 마지막에는 바이올린을 켜면서 작년에 '5월문예사' 창립대회에서 즉흥적으로 작곡했던 〈오월의 노래〉를 큰 소리로 노래했다. 식사가 끝나고 헤어질 무렵에는 아리랑을 석별의 마음이 담긴 선율로 슬프게 연주했다.

다음 날, 정율성은 자신의 결심대로 옌안을 향해 떠났다. 두쥔후이가 중국공산당 지하당원인 쉬안샤푸宣俠父를 소개해주었고, 쉬안샤푸는 시안西安 팔로군 판사처 주임 린보취에게 자필로 소개장을 써주었기에 수월하게 떠날 수 있었다. 시안 팔로군 판사처는 옌안으로 가는 혁명투사들을 최후로 성분검사를 하는 중국공산당 기구였는데, 쉬안샤푸의 소개장을 든 정율성은 그곳마저 무사히 통과했다.

# 8

연 극 〈 안 중 근 〉

중일전쟁이 치열해지자 중국내 조선의 민족주의 우파와 좌파는 각각 진용을 정비했다. 민족주의 우파는 여러 단체를 한국광복운동단체연합회, 민족주의 좌파는 조선민족전선연맹을 결성했다. 조선민족전선연맹은 1937년 11월 한커우漢口에서 김원봉을 따르는 조선민족혁명당, 김성숙이 주도하는 조선민족해방동맹, 유자명이 이끄는 조선혁명자연맹 등은 서로의 조직을 유지하면서 연합했다. 이 연합체에서도 김성숙은 반월간지 〈조선민족전선〉을 창간하여 유자명과 함께 주필을 맡았다. 김성숙은 창간호에서 안창호의 죽음을 애도하는 '애도도산선생哀悼島山先生'이란 글을 발표했다.

가을로 접어들면서 우한 외곽 지역은 피아 2백여 만 명의 병력이 일진일퇴를 거듭하는 전장 터로 변했다. 밤이 되면 포성이 하늘을 찢었다. 일본군은 10여 개 사단 수십만 병력으로 우한 외곽을 공격해왔고, 중국 국민당은 110만 병력을 모아 필사적으로 방어했다. 그러나 날이 쌀쌀해진 10월 초순에 중국군의 우한 남부 방어선이 무너지기 시작했고, 양쯔강 이북의 방어선도 여의치 못했다.

조선민족전선연맹은 우한의 방어선이 흔들리는 것을 보면서 무장조직인 120명의 조선의용대를 급조했다. 총대장은 김원봉이 맡았다. 이제는 총을 들고 눈앞에 다가선 일본군과 맞서 투쟁해야 했던 것이다. 10월 10일에 한커우 기독교청년회 사무실에서 창립식을 가졌다. 창립식은 전쟁 중이었지만 긴 시간 동안 저우언라이의 축사와 궈머루郭沫若의 축시 등의 순서로 진행했다. 저우언라이는 차분한 어조로 동방피압박약소민족의 해방을 주제로 연설했는데 조선의용대 대원들에게 깊은 투쟁의지를 심어주었다.

조선의용대는 중국 국민당 군사위원회 정치부 조직인 지도위원회의 지시를 받았다. 지도위원은 총 8명으로 중국인 4명과 조선인 4명이었다. 조선인은 김원봉, 김성숙, 김학무金學武, 유자명 등이었다. 창립식을 가진 3일 뒤에는 축하공연을 성대하게 우한청년회관에서 가졌다.

조선의용대는 주로 우한 외곽지대로 나가 정치선전, 부상자 구조, 전투 지원 등의 활동을 했다. 그런데 중국군은 속전속결 전술을 펴는 일본군의 총공격 앞에 더 이상 버티지 못했다. 장제스는 밀리는 중국군의 전투력을 보존하고 지구전을 위해 우한 철수를 명령했다. 중국군은 우한을 완전히 철수했지만 조선의용대는 일본군이 우한 시가지를 점령하기 두 시간 전까지도 선전활동을 했다.

가을바람이 부는 텅 빈 거리는 낙엽만 뒹굴었다. 주택과 상점, 그리고 공장의 문을 모두 닫아버린 우한은 유령의 도시 같았다. 조선의용대 제 2구대는 한손에는 붓을, 또 다른 손에는 페인트 통을 들고 전날 궈머루가 지어준 반일의 선동문구를 벽이나 거리에 쓰고 다녔다. 이미 제1구대는 창사長沙로 가 이재민 구호와 도시 복구 작업을 돕고 있는 중이었다. 조선의용대 지도위원인 김학무는 대원들을 네댓 명씩 조를 짜 통솔하면서 눈에 잘 띄는 곳마다 반일 구호를 썼다.

'일본 형제들이여, 착취자들을 위해서 목숨을 바치지 말라.'

'총구를 상관에게 돌려라.'

'병사들은 전선에서 피를 흘리고 재벌들은 후방에서 향락을 누린다.'

시가지를 진입하는 일본군의 사기를 저하시키는 심리 전술의 일환이었다. 김학무는 사다리를 들고 뛰어다니며 담벼락이나 공장 굴뚝, 물탱크 같은 곳에 일본어로 선동문구를 썼다. 대포소리는 물론 일본군이 지척에 온 듯 화약 냄새가 풍겨왔다. 또다시 사다리를 놓고 전신주를 오르는데 누군가가 소리쳤다.

"동지들 철수하시오!"

"한 자라도 더 쓰고 철수하겠소."

소리치고 있는 사람은 국민정부 정치부 간부인 궈머루였다. 그는 마지막 철수를 앞두고 우한 시가지를 시찰하고 있는 중이었다.

"걱정 마시오. 우리 조선 청년들은 왜놈들이 코앞에까지 왔을 때 철수하겠소."

"두 시간 후면 일본군이 시가지로 진입할 것이오. 그러니 어서 내려오시오."

귀머루가 탄 차가 사라졌다. 바람에 실려 온 화약 냄새가 역하게 콧속을 파고들었다. 김학무는 전신주에 선동문구를 마저 쓰고 나서야 그 자리를 떠나 조선의용대 본부로 돌아왔다. 조선의용대 제2구대 대원들의 활동을 보고 감동한 귀머루는 저우언라이에게 사실대로 보고했다.

"지금 시가지에서 선동문구를 쓰고 있는 사람은 모두 조선인 전사들입니다."

"정말이오? 아직까지도 활동하고 있다는 말입니까?"

"사실입니다."

"우리 중국인 중에도 일본어를 잘하는 사람들이 많지 않소?"

"일본 유학생만 해도 수십만 명은 될 것입니다."

"그런데 왜 우리 중국인은 한 사람도 없다는 것이오?"

"확실합니다. 우한이 위험해진 지금 이 시각에 선동문구를 쓰고 있는 사람은 조선의 벗들뿐입니다."

저우언라이는 의자에 앉아서 보고를 받고 있다가 벌떡 일어났다.

"귀머루 동지, 조선의용대 본부를 갑시다."

조선의용대 본부는 국민정부 군사위원회 정치부 건물 한쪽에 있었다. 본부 사무실에는 조직표가 벽에 붙어 있었다. 대장 김원봉, 기밀주임 신영삼申榮三, 총무조장 이집중李集中, 정치조장 김성숙, 그리고 대원으로 이형래李瀅來, 주세민周世敏, 이춘암李春岩, 석성재石成才, 김인철金仁哲, 한지성韓志成, 윤세주, 진일평陣一平, 김석락金錫洛 등 총 13명이었다.

저우언라이는 조선의용대 본부 대원 및 제 2구대 대원들과 악수하고 난 뒤 감사의 말을 했다.

"조선의용대 동지들 수고 많습니다. 여러분은 우리 중국이 가장 위험한 시기에 무장조직을 결성해 투쟁하고 있습니다. 동지들이 마지막까지 우한에 남아 용감하게 활약하고 있다는 보고를 궈머루 동지에게 받았소."

궈머루는 저우언라이의 말이 끝나기를 기다렸다가 말했다.

"적들은 우한을 점령하더라도 조선의용대 동지들이 쓴 선동문구 때문에 골머리를 앓을 것입니다. 써놓은 선동문구를 지운다 해도 머릿속에 박힌 선동문구는 지울 수 없을 것입니다. 우한의 주민들은 다투어 충칭重慶으로 피난을 떠났습니다. 그런데도 조선의용대 여러분은 우한에 남아서 적들에게 정신적인 지뢰를 매설해놓은 것입니다."

궈머루는 중국인으로서 솔직한 감정을 김성숙을 비롯한 의용대 대원들 앞에서 토로했다.

"조선의용대의 두려움을 모르는 용감한 행동은 저에게 큰 감동을 주었습니다. 또한 저를 가장 부끄럽게 하였다는 것을 말씀드리지 않을 수 없습니다. 선동문구를 쓰고 다니는 중국인들이 단 한 사람도 없었으니까요."

저우언라이가 조선의용대 대원들에게 명령했다.

"정치부 부부장으로써 동지들에게 명령하겠소. 우한에 더 이상 남아 있다는 것은 무의미한 일이오. 그러니 더 큰 투쟁을 위해서 즉

각 철수하기 바라오. 광시성廣西省 구이린桂林으로 가 제 4전구 국민당 부대를 따라 함께 행동하시오."

"지금 포구로 나가 철수하겠습니다."

김원봉이 저우언라이의 지시를 받았고, 곧바로 김성숙도 본부 대원들과 함께 양쯔강의 포구로 나가 구이린으로 이동했다. 제 2구대 대원들은 허난성河南省 뤄양洛陽으로 가 제 1전구 국민당 부대에 합류하라는 명령을 받고 떠났다.

그런데 조선의용대 본부는 구이린으로 간 지 두 달 만에 광시성 구이린마저 일본군에게 점령당하자 충칭으로 옮겨갔다. 두쥔후이도 간과 젠, 두 아이를 데리고 충칭으로 이사를 했다. 이제 두 아이는 두쥔후이 등에 업히지 않고 스스로 걸어 다닐 수 있는 열 살, 일곱 살이었다. 김성숙은 모처럼 가장으로서 가족과 함께 시간을 보내는 날이 많았다. 자신이 활동할 만한 단체가 여의치 않았으므로 일종의 휴가를 받은 것 같은 기간이었다. 임정 옹호 세력인 우파와 좌파인 조선민족전선동맹의 연합전선이 결렬되면서 김원봉과 김성숙의 입지는 좁아져버렸고, 조선의용대 대원들 상당수가 공산당의 홍군을 따라 충칭을 떠나버렸기 때문이었다.

김성숙에게 충칭 생활은 가족과 더 가까워지는 계기가 되었다. 낮에는 대부분 가족과 시간을 보냈고, 밤이 되면 촛불을 켜놓고 독서하거나 번역과 집필을 했다. 어느 날은 충칭 공산당 팔로군 판사처에서 여는 연회에 초대를 받았다. 조선 독립투사들을 위로하는 자리로써 저우언라이의 지시로 마련한 연회였다. 김성숙 부부도 초대받아 갔다. 홍군을 따라 가지 않고 남은 민족주의 좌파나 임시정부의 민족주의 우파들이 함께 모였다. 두쥔후이는 두 아들 손을 잡고 연회장으로 들어섰다.

저우언라이는 아내인 덩잉차오와 연회장 문 앞에 나란히 서서 손님들을 맞았다. 저우언라이는 김성숙을 보더니 반갑게 악수를 청했고, 덩잉차오는 두쥔후이의 두 아들을 보더니 머리를 쓰다듬고 볼에 입맞춤을 했다. 아직도 아이를 갖지 못한 때문인지 덩잉차오는 두쥔후이의 두 아들을 유난히 귀여워했다.

사회자가 다소 엄숙하게 행사를 진행하고 있었지만 저우언라이는 온화하게 미소를 지으며 분위기를 누그러뜨렸다. 조선이 해방될 때까지 중국이 협력할 것이라는 요지의 축사도 좋았지만 박수소리가 크게 터진 것은 두 번째로 연단에 올라 얘기할 때였다.

"우리는 조선의 혁명동지들을 결코 잊지 못할 것입니다. 조선의 용대 동지들이 화약 냄새가 진동하는 위기일발의 우한에 남아 선전활동을 한 용기는 우리 중국인들에게 오래도록 귀감이 될 것입니다. 또한 안중근 의사, 윤봉길 의사 등이 단신으로 일본군 적장을 쓰러뜨린 일은 몇 백만의 우리 중국군도 해내지 못한 위대한 거사였습니다. 저는 여러분 앞에서 약속을 하나 하겠습니다. 우리 중국인들이 항일의식을 굳세게 가질 수 있도록 당장 안중근 의사의 일생을 연극 무대에 올리도록 당에 지시할 것입니다."

안중근 일생을 연극 무대에 올리겠다고 약속하는 부분에서 환호성과 박수소리가 멈추지 않았다. 연회장의 분위기가 단번에 뜨겁게 달아올랐다. 김성숙은 콧잔등이 시큰거려 견딜 수 없었다. 슬그머니 자리에서 일어나 밖으로 나가 마음을 진정한 뒤 돌아왔다. 바로 옆 테이블에 앉은 윤세주도 투박한 손으로 두 눈을 훔치고 있었다. 얼굴은 실제 나이보다 더 늙어 보였으며 손톱에는 까만 때가 끼어 있었다. 사선을 넘나들며 자신의 몸을 돌보지 않고 투쟁해온 것이 조선 독립투사들의 삶이었다.

두쥔후이가 김성숙에게 말했다.

"중국 정통요리에요. 어서 드셔요."

"저우언라이 지도자 동지의 말에 난 이미 배가 불러버렸소. 당신이 좋아하는 요리이니 많이 드시구려."

"아니에요. 아이들이 맛있게 먹는 것을 보니 저도 배불리 먹은 것 같아요."

사회자가 저우언라이 옆에서 그림자처럼 조용하게 앉아 있는 덩잉차오를 불러 세웠다. 그러면서 연회장의 모든 요리는 덩잉차오가 당의 여성동지들과 함께 밤을 새우며 만들었다며 박수를 유도했다. 덩잉차오도 저우언라이 못지않게 뜨거운 박수를 받았다. 연회는 저우언라이 부부의 합작품인 셈이었다. 김원봉은 연회가 끝나갈 무렵에 연단 위로 올라가 즉흥적으로 고맙고 감사하다는 내용의 답사를 했다.

한 달 뒤였다. 저우언라이는 약속을 지켰다. 연극 〈안중근〉을 충칭의 한 회관을 빌려 처음으로 무대에 올렸다. 회관 안은 이미 중국인들로 만원이었다. 입장하지 못한 중국인들은 회관 밖으로 길게 줄을 서 다음 공연을 기다릴 정도였다. 저우언라이가 기획한 연극 〈안중근〉은 첫 공연부터 성공작이 됐다. 그의 의도대로 중국인들에게 항일 투쟁의지를 고취시켜주었던 것이다.

## 연 날 리 기

충칭 시가지는 창강長江과 자링강嘉陵江이 합수해서 흘러가는 곳을 중심으로 형성돼 있었다. 김성숙 부부는 서민들이 밀집해 사는 창강 이남의 남안구에 살았다. 특히 남안구는 조선인들이 많이 모여 사는 이른바 조선촌도 있었다. 두말할 것도 없이 조선촌에는 항일 투사들이 좌우를 가리지 않고 드나들었다.

김성숙 부부는 결혼한 뒤 처음으로 금불산金佛山 초입의 노상온천에서 온천욕을 즐겼다. 온천수는 30도 정도로써 뜨겁지 않았다. 온천수 속에 사는 물고기들이 맨살을 간지럽게 했는데 사람을 겁내지 않고 살갗을 콕콕 쪼았다. 두쥔후이는 기겁을 했다. 속옷이 몸에 찰싹 달라붙은 두쥔후이의 몸매는 두 아이를 낳은 여인 같지 않게 날씬했다. 혼기를 앞둔 처녀처럼 가슴과 둔부가 풍만했다. 젖은 머리카락이 이마로 흘러내려 감추어진 야성미도 드러났다.

"아이들도 데려올걸 그랬어요."
"지금은 당신 자신을 위한 시간이라고 생각하구려."
"당신은 즐겁지 않으세요?"

"왜 즐겁지 않겠소. 이 순간이 꿈만 같소."

"꿈이 아니라 현실이에요. 당신과 내가 지금 이렇게 행복한 시간을 보내고 있잖아요."

김성숙 부부는 온천욕을 끝내고 부근의 식당으로 들어갔다. 두쥔후이는 식당 메뉴판을 보더니 화과火鍋(일종의 전골)를 시켰다. 광저우요리가 달콤하다면 충칭요리는 몹시 매웠다. 충칭 사람들은 입안이 얼얼할 정도로 매운 고추와 독특한 향의 산초를 넣어 요리했다. 김성숙은 곱창과 생선, 육류와 야채 등이 들어간 전골요리를 오랜만에 배불리 먹었다.

마치 전장 터의 직업군인이 휴가를 받아 자유롭게 시간을 보내고 있는 느낌이었다. 두쥔후이도 그런 생각이 들었는지 웃으며 말했다.

"전장 터의 동지들을 생각하면 지금 당신과 나는 호사를 누리고 있는 것 같아요. 그러나 우리의 휴식도 길지는 못할 거예요."

"당신 생각이 맞아요. 지금 우리는 투쟁하다가 잠시 멈칫거리고 있을 뿐이지요. 중국은 공산당과 국민당이 연합해 투쟁하고 있지만 우리 조선 우파와 좌파는 그러지 못하고 있어요."

"저우언라이 동지와 장제스 동지가 만나 연합했던 것처럼 당신도 임시정부의 누군가를 만나야 해요."

"나야 당장 임시정부를 찾아가 합치고 싶지만 지금까지 함께 투쟁해온 조선민족해방동맹 동지들의 동의를 구하기가 쉽지 않아요."

중일전쟁의 와중에서 항일투쟁을 목적으로 조선민족해방동맹과 조선민족혁명당, 그리고 조선혁명자연맹 등의 단체와 연합전선을 펴기는 했지만 충칭으로 옮겨온 임시정부와 힘을 합치는 데는 난관이 많았다. 노선의 차이도 부인할 수 없었고 주도권 다툼의 힘겨루기도 있었다.

김성숙 부부는 집으로 돌아온 뒤에도 식당에서 마저 하지 못한 얘기를 계속했다.

"당신은 조국해방이 될 때까지 좌와 우를 초월하자는 민족주의자예요. 그것이 바로 불교의 중도 논리라는 당신 주장에 나는 동의해요. 맞아요. 당신 나라에서 좌파와 우파를 아우를 수 있는 이념은 민족주의밖에 없어요."

"중국은 민족주의가 없다는 것이오?"

"중국은 단일민족이 아니에요. 여러 민족이 하나가 된 대국이에요. 그러니까 민족주의를 내세우는 것은 분열을 자초하는 것이죠. 국민당과 공산당이 손잡은 것은 일본이라는 공동의 적이 있기 때문이죠. 공동의 적이 사라지면 분열할 수밖에 없어요. 그런데 반봉건, 반제국주의를 내세운 공산당이 국민당보다 도덕적으로나 역사적으로나 우위에 설 수밖에 없어요. 중국 인민들은 결국 공산당 깃발 아래 모일 수밖에 없어요. 국민당을 따라가지는 않을 거예요."

"우리들이 중국공산당을 협조해온 이유도 바로 그 점 때문이었소."

"중국 청년들이 홍군을 따라서 옌안으로 떠나는 것도 그러한 현상이에요. 나는 그렇게 생각해요."

"당신은 여자지만 시야가 넓고 탁월하군. 정율성 동지의 편지를 보면 옌안의 뜨거운 혁명 분위기가 느껴지니까."

"싸오쩡의 편지를 보면 누구라도 공산당의 미래를 예감할 수 있을 거예요."

정율성은 김성숙 부부에게 가끔 편지를 보내왔는데, 그의 편지에는 옌안의 분위기와 자신의 음악 공부 이야기가 세세하게 적혀 있었다. 두쥔후이는 곧 잠들었고 김성숙은 내일 아들 간과 젠에게 연을 만들어주기로 한 약속을 떠올리며 엎치락뒤치락했다. 이제는 자신과 뜻을 같이 하는 일부 동지들만이라도 임시정부에 참여해 투쟁하는 것이 최선이라는 생각도 들었다.

상하이로 보낸 정율성의 편지는 다행히 의열단 단원을 통하여 충칭으로 이사 온 김성숙 부부에게 전해졌다. 첫 번째 편지에는 정율성이 섬북공학을 졸업하고 루쉰예술학원에 입학했다는 소식과 옌안에는 한 달에 수천 명의 젊은이들이 몰려오기 때문에 학원들의 교육 기간은 6개월밖에 안 되며 수학이 끝나면 바로 항일과 혁명의 현장에 배치된다는 소식을 알려왔다.

두 번째 편지에는 정율성이 작곡한 〈연안송延安頌〉이 옌안에 온 젊은이들에게 인기곡이 되었다는 사실과 마오쩌둥의 칭찬을 받았고 주더朱德가 자신에게 총 한 자루를 선물했다는 얘기가 적혀 있었다. 〈연안송〉은 노신예술학원 동기생들과 북문 밖의 산에 올랐다가 노을에 붉게 물든 보탑산 봉우리와 옌안 시가지를 행진하는 학생들의 모습 등을 달이 뜰 때까지 보고 있다가 혁명에 대한 격정이 솟구쳐 옆에 앉은 입학 동기인 중국인 여학생 모예莫耶에게 가사를 부탁하여 작곡한 노래였다.

보탑산 봉우리에 노을이 불타고
연하강 물결 위에 달빛이 흐르네
봄바람 들판으로 솔솔 불어오고
산과 산 철벽을 이루었네
아, 옌안! 장엄하고 웅대한 도시
항전의 노래 곳곳에 울린다.

〈연안송〉이 처음 불려진 곳은 옌안의 중앙대례당이었다. 마오쩌둥의 연설에 앞선 공연에서 정율성은 바이올린을 켜며 여가수 탕룽메이唐榮枚와 함께 불렀다. 노을이 보탑산을 적시듯 서정적으로 잔잔하게 시작한 곡조는 행진곡풍으로 바뀌어 우렁차게 불리다가 다시 달빛이 물결에 스며들듯 고요하게 끝났다. 마오쩌둥을 비롯한 당의 간부들이 일어나 기립박수를 쳤다. 가사를 쓴 모예는 한쪽에서 환호하는 당 간부들을 보고는 눈시울을 붉혔다.
 정율성은 루쉰예술학원의 비서장에게 불려가 마오쩌둥이 당 간부회의에서 옌안의 혁명정신을 격찬했다는 얘기를 전해 들었다. 이후 마오쩌둥은 정율성을 위로하기 위해서 옌안에 모인 조선인들을 만나게 해주었고, 팔로군 총사령관 주더는 정율성에게 파격적으로 성능이 뛰어난 총 한 자루를 선물했다. 천재성을 인정받은 정율성은 루쉰예술학원을 졸업하자마자 항일군정대학에 배치되어 학생들에게 음악을 가르쳤다. 이 시기에 17곡이나 작곡하였고 섬북 민요와 가곡을 결합한 서정적인 노래 〈연수요延水謠〉를 발표했다. 평생의 반려자인 아내 딩쉐쏭丁雪松을 만난 것은 항일군정대학에 근무할 때였다. 당시 딩쉐쏭은 항일군정대학 여학생대대 대장이었으므로 회의 때마다 자주 마주쳤던 것이다. 〈팔로군행진곡〉의 가사를 쓴 청년 시인 궁무公木와 교유한 것도 항일군정대학 시절이었다. 정율성은 궁무에게 가사를 부탁하여 바로 작곡에 들어갔던 것이다.

김성숙은 두 아들과 약속한 대로 연을 만들었다. 대나무를 젓가락처럼 얇게 쪼개서 살을 만든 뒤 커다란 문종이를 직사각형과 마름모꼴로 잘랐다.

"아버지, 연 만드는 것을 어디서 배우셨어요?"

간과 젠은 능숙하게 연을 만드는 김성숙 곁을 떠날 줄 몰랐다.

"조선에서 살 때 배웠지."

"조선이 어디 있는데?"

"저 동북쪽에 있는데 땅덩어리가 호랑이처럼 생긴 나라다. 연은 서당에 다닐 때 친구와 같이 만들었지."

"서당이 연 만드는 곳이에요?"

"아니다. 서당은 한문을 배우는 곳이다."

"아버지는 공부하지 않고 연만 만들었구나."

"아버지가 살던 나라에서는 연날리기 대회도 있었단다."

김성숙은 아들들에게 직사각형은 방패연, 마름모꼴은 가오리연이라고 얘기했다. 방패연은 자신이 혼자서 만들었지만 가오리연은 두 아들과 함께 만들었다. 간과 젠에게 종이조각을 주고 가오리연 꼬리를 붙이도록 했던 것이다. 이윽고 김성숙은 방패연과 가오리연을 들고 창강 강변으로 나갔다. 때마침 남동풍이 강북 시가지 쪽으로 불어가고 있었다. 연날리기에 더없이 좋은 바람이었다.

아이들이 날리는 가오리연의 실은 곧 바람에 끊어지고 말았다. 실이 바람을 이기지 못했기 때문이었다. 김성숙은 허공으로 사라지는 연을 보며 향수에 젖었다. 조선은 연이 사라지고 있는 서북쪽 너머 먼 하늘 아래 있을 터였다. 그러고 보니 고국을 떠난 지 15년이나 되었다.

김성숙은 아이들이 심심해하자 늪지 가운데의 깊지 않은 둠벙으로 갔다. 갈대가 울타리처럼 자라 있었으므로 옷을 홀랑 벗어도 사람들 눈에 띄지 않았다. 김성숙은 두 아들과 물장구 장난을 친 다음에 수영하는 법을 가르쳐 주었다.

"두 발과 두 손으로 물장구를 치면서 가는 것을 개구리헤엄이라고 하지."

"아버지는 어른 개구리, 우리는 아기 개구리. 개굴개굴."

두 아이들이 개구리 울음소리를 흉내 내며 웃었다. 김성숙은 두 손으로 간과 젠의 몸을 교대로 받히면서 물에 뜨는 연습을 시켰다. 몸이 물에 뜨게 되면 두 손과 두 발을 움직이면서 앞으로 나가게 했다. 두 아들은 입술이 파랗게 질릴 때까지 물장구를 치며 놀았다. 간과 젠의 고추가 번데기처럼 오그라들었다.

"아버지, 날마다 연 날리고 수영만 했으면 좋겠다. 내일 또 와."

"그러자구나. 나도 너희들과 이렇게 번데기를 내놓고 노는 시간이 좋다."

"내일 또 연 날리는 거 약속해줘."

"좋아. 수영도 하자구나."

김성숙은 강변 모래밭에 누워 아이들과 함께 몸을 말렸다. 새떼가 날아가고 있었다. 북쪽으로 날아가는 철새 떼였다. 철새 떼는 날갯짓을 멈추지 않고 북쪽으로 사라졌다. 자신의 신세도 철새와 마찬가지였다. 조국이 해방되는 그날 중국 생활을 접고 고향으로 돌아갈 것이기 때문이었다. 김성숙의 두 눈이 젖었다.

## 해 방 전 후

광복군 제 2지대 대원 김준엽金俊燁은 약도만 들고 김성숙의 집을 찾아갔다. 김성숙이 세 들어 사는 집은 충칭 남안구의 언덕배기 달동네 뒷골목에 있었다. 김준엽은 언덕배기를 다 오른 뒤 헐떡이는 숨을 골랐다. 약도를 다시 꺼내보니 마주보이는 엉성한 대나무집이 김성숙이 사는 거처가 분명했다. 몸채는 흙벽돌집인데 현관은 대나무로 얼기설기 엮어놓아 비가 오면 빗물이 샐 것 같았다. 김준엽은 가게로 가서 호주머니를 털어 배갈과 건포도 안주를 샀다. 항일투사로서 대선배인 김성숙에게 빈손으로 갈 수는 없었다. 아무리 어려운 중국 생활이지만 빈손 방문은 조선인들 사이에 가장 무례한 일이었다.

정율성의 매형인 박건웅은 충칭 생활 대부분을 김성숙 집에서 얹혀살고 있었다. 박건웅은 생활이 궁핍해져 일찍이 그의 아내와 자식들을 국내로 들여보내고 홀아비처럼 살고 있었던 것이다.

"김원봉 부사령관님께서 약도를 그려줘서 찾아왔습니다. 선생님, 절 받으십시오."

"누군가?"

"저는 김준엽이라고 합니다. 광복군 대원입니다."

"거기 제1지대는 조선의용대 출신이 대다수지?"

"그렇습니다. 저는 제2지대 대원입니다."

"반갑네."

조선의용대 대원 일부는 공산당의 홍군을 따라갔지만 나머지 대원들은 해체를 선언하고 임시정부의 광복군에 흡수되었는데 1942년 7월의 일이었다. 조선의용대와 통합한 광복군의 초대 총사령관은 지청천池靑天, 부사령관은 김원봉이었다.

20대 중반의 김준엽이 큰절을 하고 나자 김성숙은 자못 놀라면서 말했다.

"김 동지가 나를 찾다니 괜찮겠소? 임정 안에서 나를 진짜 빨갱이라고 음해하는 사람들이 있다고 들었소."

박건웅이 혀를 차며 말했다.

"정통성이 있는 대한민국 임시정부 아래 모이자고 합의해서 우리가 합류했는데 임정 안에서조차 또다시 당이나 노선을 들먹이며 대립하다니 씁쓸하오. 김 동지는 어떻게 생각하오?"

"저는 선생님들의 존함을 일찍이 듣고 존경하는 마음으로 인사드리러 찾아왔습니다. 선생님들의 주장을 동조하지 않는다면 어찌 이 자리에 있겠습니까?"

김성숙은 머리카락이 다 빠진 대머리가 되어 나이보다 훨씬 늙어 보였다. 적어도 10여 년은 더 나이 들어 보여 50대 후반이나 60대

초반의 늙은이 같았다. 김성숙이 술을 두어 잔 마시더니 신세타령 하듯 말했다.

"내가 임정에 합류할 때 김원봉 단장하고 얼마나 다투었는지 아시오? 내가 윽박지르다시피 설득하여 김 단장이 이끄는 조선민족혁명당 대원들을 임정에 가담시켰어요. 그리고 나니까 조선민족혁명자연맹을 이끄는 유자명 동지와 그 대원들도 합류했소. 내 자랑하는 것이 아니고 세상이 다 아는 사실이오."

김성숙의 얘기를 듣고 있는 청년 김준엽의 이력도 드라마틱했다. 작년까지만 해도 도쿄 게이오慶應대학 학생이었는데 학도병으로 징집당해 중국 쉬저우徐州의 쓰가다塚田부대에 배치되었다가 목숨을 걸고 탈출하여 충칭까지 6천 리 길을 걸어 임정의 광복군 대원이 되었던 것이다. 김준엽은 삭발한 승려처럼 머리카락이 없는 김성숙의 대머리를 무의식적으로 보다가도 그의 열변에 감동하여 눈길을 거두곤 했다.

"내가 조선민족해방동맹을 만들 때 이런 생각을 했어요. '우리 공산주의자들이 전부 중국공산당원이 되어버렸다. 조선공산당이 중국공산당이 다 되었다. 이래서는 안 된다. 나 혼자만이라도 조선 혁명을 위해 노력해보자. 그런데 나 말고도 중국공산당에 들어가지 않은 채, 혹은 들어가지 못한 채 조선공산당 운동이나 조선의 혁명에 몸 바치려는 동지들이 있지 않은가? 이들이 함께 일할 곳을 만들자.' 이래서 조선민족해방동맹을 만들었어요. 이 이름 안에 공산주의라는 말을 넣지 않았어요. 나는 공산주의보다 조국의 해방이 더욱 중요하다고 보았기 때문이오. 그러나 다른 사람들이 우리 단체를 공산주의 단체로 본 것은 사실이오. 임정에서도 우리를 그렇게 인정했으니까."

김성숙은 얘기를 하다가 멈추었다. 안방에서 아기 울음소리가 들려왔다. 아내 두쥔후이가 아기를 다독거리는 음성이 들려왔다. 놀랍게도 '자장자장' 히면서 조선말로 아기를 달래고 있었다. 실제로 두쥔후이는 충칭임정 외교부 과원課員으로 일하면서 자신을 '조선의 딸'이라고 연설한 적도 있었다. 김성숙이 안방 쪽을 바라보며 미소를 지었다.

"작년에 또 아들을 봤어. 이름을 롄連이라고 지었지."

"다복하십니다."

"여보! 손님이 왔어요."

두쥔후이가 바로 나왔다.

"낮술이군요. 아기 좀 봐줘요. 안주를 마련해 올 테니까요."

"불쑥 찾아뵈어 죄송합니다."

"아이들 아버지가 요즘 쓸쓸해하는데 잘 오셨어요."

김성숙이 셋째인 롄을 보듬어 받는 사이에 열다섯 살 간과 열두 살 젠이 나와서 김준엽에게 인사를 했다.

"아기 눈이 또록또록 합니다. 선생님."

"엄마 눈을 닮았어요. 눈을 보고 있으면 이놈이 큰일을 하겠구나 하는 생각이 들어 기분이 좋아요."

김성숙은 다시 얘기를 계속했다.

"나는 임시정부를 새롭게 강화할 결심을 했어요. 그래서 해외에 있는 모든 정치세력은 임정에 집중하라는 구호를 내세우고 나부터 솔선해서 나섰던 것이오."

말없이 술만 마시고 있던 박건웅이 한마디 했다.

"우리가 생각했던 것은 당이나 노선은 원래대로 유지한 채 임정 아래로 모든 단체들이 참여하는 통일전선이었소."

"박 동지의 말이 맞아요. 무슨 당이 무엇을 한다고 하지만 권위로 보든지 국내의 대중 일반에 대한 영향으로 보든지 그래도 임정밖에 없거든. 임정도 계속해서 일본하고 싸워왔으니까 임정을 중심으로 해서 모이자고 한 것이었소. 당을 같이하는 것이라면 모르겠지만 정부를 같이하자는 것이니까 명분이 있었어요."

"김 동지 생각은 어떻소?"

"선생님 의견에 어찌 토를 달겠습니까? 조국해방이라는 목적 아래 모든 세력이 힘을 합치는 통일전선이 대의명분이었던 것 같습니다."

두쥔후이가 안주를 사왔다. 아마도 채소가게를 다녀온 듯 오이가 싱싱했다. 김성숙은 배갈을 마실 때 반드시 오이를 생으로 먹는 습관이 있었다. 오이가 없을 때는 생무라도 안주 삼아 먹었다.

"난 우리나라의 절대 다수인 무산계급의 해방에는 동조하는 사람이오. 하지만 방법론에 있어서 계급투쟁이나 폭력혁명에는 반대하는 사람이오. 우리의 급선무는 모든 세력이 힘을 합쳐 일본제국주의 노예가 되어 있는 동족을 해방시키는 것 아니겠소? 그런데도 투쟁이나 혁명을 앞세우는 것은 우리의 화급한 현실과 맞지 않을뿐

더러 왜놈들에게 억압받고 있는 우리 조선인들에게 죄를 짓는 일이라는 생각이 들어요."

술을 몇 잔 더 마시고 난 뒤에는 취기를 빌려 임정의 우파들에 대한 섭섭함을 토로했다. 김원봉, 박건웅 등과 함께 임정의 국무위원에 당선되어 활동하고 있지만 임정의 우파 일부로부터 '빨갱이'라고 손가락질을 당하고 있었던 것이다.

"내가 진짜 빨갱이라면 왜 충칭에 남아 있겠소? 임정의 국무위원으로 왜 활동하고 있겠소? 나도 옌안으로 가려면 얼마든지 갈 수 있었소. 그러나 내 인생 목표는 조국해방이었기에 나는 좌파를 설득해 임정에 참여했던 것이오."

술자리는 초저녁이 되어서야 파했다. 김준엽은 젊은 패기로 술을 마셨지만 그도 역시 김성숙의 집을 나설 때는 몸을 가누기가 힘들었다. 그러나 김준엽은 가물가물해지는 의식을 일깨우면서 겨우 언덕배기를 내려와 인력거를 불러 탔다.

이른바 '빨갱이'라는 오해를 받으며 임정에 합류한 김성숙의 활동은 순탄치 않았다. 한번은 김구 주석에게 국무위원 사퇴서를 제출하였으나 반려된 적도 있었다. 유엔창립총회 때 임정의 대표 자격으로 참석한 이승만이 벌인 반소활동反蘇活動 때문이었다. 유엔총회의 중국 대표로 참가한 동비우董必武가 친분이 있는 김성숙에게 알려주었던 것이다. 이승만이 미국의 편을 들어 반소연설은 물론 반소전단까지 살포했다고 전해주었는데 김성숙은 격분했다. 소련 역시 임정에 대해서 적의를 가진 적이 없었지만 태도를 바꾸어 임정을 중국 국민당의 주구이자 반소 특무기관이라고 비난했다.

이승만의 반소 입장은 임정의 국제외교 폭을 좁히는 결과를 초래했다. 미소 간에 중립적인 입장을 견지해야 할 힘없는 임정의 외교활동에 큰 장애가 되었다. 김성숙은 조소앙, 김원봉, 장건상 등의 동의를 얻고 나서는 즉시 김구 주석에게 임정 국무위원회의 소집을 요청하였다. 그런 뒤 주미외교위원부 위원장인 이승만을 맹렬하게 비판하며 파면할 것을 주장했다. 그러나 국무위원회에서 이승만 파면 건은 다수결 표결로 부결이 됐고, 김성숙은 국무위원 사퇴서를 김구 주석에게 제출한 뒤 충칭시 밖에 있는 판시潘溪로 떠나버렸다.

이는 훗날 이승만 정권과의 갈등을 예고하는 사건이 되었다. 불우한 김성숙의 소식은 한국으로 오지 못한 두쥔후이에게도 전해져 그녀를 한동안 우울하게 만들었다. 김성숙은 이승만의 노선과 반대되는 길을 걸으면서 박해를 받았고, 그 후의 정권에서도 좌절과 시련이 멈추지 않았던 것이다.


1945년 11월.

8월 15일에 일제가 무조건 항복을 선언한 지 석 달 만이었다. 김성숙에게 석 달은 일제의 패망으로 얻어진 조국해방의 황홀한 기분과 동시에 미소 강국에 의한 남북분단이라는 한탄이 교차하는 기간이었다. 김성숙은 임정을 따라 충칭에서 상하이로 갔다. 조국이 독립했으니 서둘러 귀국하기 위해서였다. 두쥔후이와 세 아들은 미군정이 제공한 군용기를 탈 수 없었으므로 충칭에 남았다. 김성숙은 귀국하여 자리를 잡으면 가족을 부르기로 약속했다. 미군군용기를 함께 탈 수 없었던 두쥔후이는 자신의 노력만으로 한국에 갈 수 없다는 사실을 곧 알았다. 여비를 마련한다 해도 한중수교 전이었으므로 한국으로 갈 방법이 없었던 것이다.

일제가 패망한 뒤 충칭은 갑자기 무서운 도시로 돌변했다. 공산당원을 색출하여 처단하는 국민당원들의 백색테러가 날마다 도심 거리에서 벌어졌다. 두쥔후이는 거리로 나갈 때는 평범한 아낙네처럼 신분을 위장했다. 설상가상 둘째아이 젠이 복막염에 걸려 입원 치료를 받았다. 결국 두쥔후이는 충칭에서 더 살지 못하고 아이들 셋과 함께 1946년 1월 말에 상하이로 돌아왔다. 상하이에는 지인들이 많아 안주하는 데 도움을 받을 수 있기 때문이었다.

복막염을 앓은 둘째아이 젠은 상하이에 살면서도 병을 달고 살았다. 이번에는 늑막염에 걸려 입원했다. 두쥔후이는 둘째아이 치료비를 마련하느라고 친구들을 찾아다니며 돈을 빌렸다. 둘째아이가 입원해 있을 때는 월세를 아끼기 위해 낮에는 아이들과 함께 다른 곳에 있다가 밤이 되면 병원 병실로 돌아와 밤을 지새웠다.

두쥔후이의 희망은 남편 김성숙을 다시 만나는 것뿐이었다. 특히 병약한 둘째 젠은 병실 침대에서 열이 오를 때마다 아버지 김성숙을 찾았다. 두쥔후이 가족 모두는 한국으로 떠난 김성숙을 애타게 기다렸다. 김성숙이 머잖아 반드시 가족을 부르겠다며 약속하고 떠났던 것이다.

# 9

## 폭설

쌀가루 같은 눈이 새벽부터 내리고 있었다. 2월이 되자마자 퍼붓는 폭설이었다. 김성숙은 통합야당인 신민당에 제출할 이력서를 쓰다 말고 지그시 눈을 감았다. 김성숙은 이미 신민당 운영위원과 지도위원으로 내락을 받은 터였다. 그에게 눈은 서설이 아니었다. 22년 전 중국 상하이에서 미군군용기를 타고 귀국했을 때가 문득 떠올랐다. 그러자 자신도 모르게 눈가에 눈물이 고였다. 슬픈 감정은 없었다. 억울한 마음도 들지 않았다. 어찌 보면 민중당과 신한당이 통합하고 머잖아 자유당과 한국독립당까지 통합할 기미가 보이는 기쁜 날이었다. 그러나 조국해방을 위해 반평생 동안 중국에서 투쟁했던 자신의 인생은 진정 무엇을 이루었는지 허허로웠다.

그날 임정 간부 2진을 태운 미군군용기가 김포공항에 착륙하지 못하고 군산비행장으로 날아간 사실부터가 두고두고 아쉬웠다. 공항에 나온 환영객들에게 나누어주려고 태극기를 만들어왔지만 미군군용기는 폭설 때문에 김포공항에 착륙하지 못하고 아무도 없는 군산비행장으로 갔던 것이다.

대기하고 있던 버스를 타고 논산까지 가서 1박한 뒤 서울에 도착했을 때는 이미 임시정부봉영회臨時政府奉迎會가 끝난 지 하루 뒤였다. 임시정부봉영회는 임시정부와 연합군환영회가 서울운동장에서 주최한 임시정부 요원들을 환영하는 행사였던 것이다. 수많은 환영 인파가 "김구 만세! 이승만 만세!"를 외쳤다.

그런데 몇 달 뒤 김성숙은 임정을 탈퇴하고 말았다. 임정이 미군정의 자문기관인 남조선국민대표 민주위원에 참여했기 때문이었다. 반일과 독립을 위해 고투해온 임정이 미군정의 자문기관으로 참여하는 것을 용납하지 못했다. 이때부터 김성숙은 김원봉, 장건상 등과 함께 진보적인 정책과 좌우합작 노선을 지향하는 민주주의민족전선(약칭 민전)에 참여하여 전국을 돌아다니며 강연 정치를 했다.

민전은 자주, 민주, 통일, 독립 등 4대 노선을 추구한 좌파도 우파도 아닌 중간파였다. 5인의 강연단을 만들어 전국을 순회하는 김성숙을 미군정이 좋아할 리 없었다. 김성숙은 전북 지방에서 강연하다 미군정법 제2호를 위반했다는 죄목으로 1946년 3월 25일에 미군에 체포되어 재판받고 전주형무소에서 6개월을 살았다. 해방된 조국에서의 첫 번째 수감생활이었다. 훗날 김성숙은 다음과 같이 냉소하며 회상했다.

"그때 3월 30일에 체포되어 전주에서 재판을 받았어요. 가관이지. 내가 군정을 반대했다는 겁니다. 미군정법 제2호에 보니까 '무릇 군정을 반대하는 자는 6개월 금고로부터 사형까지다'라고 되어 있어요. 그래 '당신들 마음대로 해라. 나는 도대체 답변할 것이 없소'했지요. 재판장이 뭘 딱딱 두들기더니 6개월 금고라는 거요. 그래 전주 감옥에서 6개월 있었소. 내 휴양 기간이었지. 수십 년 고난으로, 전쟁에 너무 시달려 몸이 말이 아니었는데 잘 쉬게 되었다 싶었어요. 아닌 게 아니라 특별대우를 해줍디다."

두 번째는 1957년 10월에 민주혁신당을 창당한 뒤 간첩 사건의 누명으로 6개월 동안 구속을 당했다. 세 번째는 1961년 1월에 통일사회당을 창당한 뒤 5.16 군사정변이 일어나 아무 죄 없이 10개월 동안 구속을 당했다.

김성숙은 쓴웃음을 지었다. 5.16 군사정권의 군사혁명재판소에서 집행유예 판결을 받고 석방된 지 얼마 뒤에 사복 차림의 낯선 군인이 찾아와 자신을 회유했는데 창당할 민주공화당에 입당하여 요직을 맡아달라는 것이었다. 김성숙은 일언지하에 거절했다. 쿠데타를 일으킨 군사정권이 만드는 당에 입당하는 것은 자신의 인생을 뿌리째 부정하는 것이기 때문이었다.

김성숙이 해방된 조국에서조차 세 번이나 수감됐던 이유는 너무도 분명했다. 그는 임정 때부터 일관되게 지켜온 자신의 신념을 버릴 수 없었던 것이다. 상하이 한 호텔 회의실에서 김규식 부주석이 개최했던 임정 국무회의 때였다. 귀국하기 바로 직전의 국무회의 석상이었다. 김성숙은 세 가지를 제안하고 관철시켰는데 그것은 다음과 같았다.

첫째, 임정은 비록 개인 자격으로 입국하기로 되었으나, 미군정이 용인하는 한도 내에서 정치활동을 할 것인데, 국내에서 극좌와 극우파의 대립 항쟁하는 사태에 임하여 임정은 어느 파에도 편향함이 없이 초연한 입장을 취하여 양파의 대립을 해소시키며 다 같이 포섭하도록 노력할 것.

둘째, 입국 즉시 전국 각 정당 사회단체 대표자와 각 지방 반일민주인사를 소집하여, 비상국민대표회의를 가져 임정은 이 대회에서 30여 년간 지켜온 임정헌법과 국호와 연호를 채택하는 조건 하에 임시의정원의 정원을 확대 개선하는 동시에, 명실상부한 한국 민주정부를 재조직할 것.

셋째, 미소에 대해서는 평등한 원칙 하에서 외교관계를 수립할 것.

자신의 이력서를 마저 다 쓴 김성숙은 자신이 1938년 〈조선민족전선〉 창간호에 발표했던 '애도도산선생' 애도문 원고를 봉투에 챙겨 넣었다. 홍사단 간부가 김구와 이광수가 쓴 애도문은 있는데 김성숙의 글만 없다고 협조를 요청했던 것이다. 김성숙은 어색한 문장이 보였지만 당시 좌우파가 모두 존경했던 안창호였으므로 선생의 서거를 애도했던 원고 그대로 봉투에 넣었다.

위대한 민족해방운동가이자 지도자인 안창호 선생이 3월 10일 적군의 감옥에서 나와 세상을 떠나셨다는 비보가 들려왔다. 조선민족 특히 선생과 혁명 사업을 책동한 오랜 동지들과 도산 선생의 지휘 하에 혁명투쟁에 적극적으로 참여한 무수한 청년들은 선생의 오랜 해외 망명생활 중에 만난 잔혹한 조운遭運과 그에 대한 비통함을 감추지 못했다.

도산 선생은 향년 61세로 원로혁명가셨다. 선생은 30여 년간의 망국 생활을 하면서 줄곧 조선민족의 자유 독립을 위해 끈질긴 투쟁을 했다. 특히 나라를 잃은 후에도 해외로 망명해 만주 상하이 및 미주 각지에서 혁명동지들을 도우며 사단을 조직해 혁명사업을 이끌어나갔다. 1919년 3.1운동 대혁명운동 당시, 선생은 한국임시정부에 가입하여 국민대표대회를 소집했다. 이는 혁명운동의 통일을 도모하기 위한 책략이었다. 1.28 전쟁 후 윤봉길 열사의 폭탄투여사건으로 상하이 파견군 사령관인 시라카와 요시노리白川을 살해한 사건이 발생했을 때, 도산 선생은 상하이에서 왜적에게 체포되어 경성의 감옥으로 이송된 후, 5,6년간의 처참한 철창생활을 하다가 병환으로 석방되었다. 하지만 노병으로 적군들의 심문을 더 이상 버텨낼 수가 없었던바 결국 우리 곁을 떠나셨다. 우리는 민족의 자유 독립 투쟁을 위해 희생된 도선 선생을 기억해야 한다.

선생은 혁명운동 중, 전민족의 힘을 모으고, '착실하고 열심히 일해야 한다'라는 정신을 가지고 전진해 나가야 함을 주장하셨다. 왜적이 대대적으로 중국을 침략하고, 전민족반일통일전선운동의 기운이 일어나게 된 오늘날 특히 전민족반일통일전선운동이 막 고조되었을 때, 선생의 육체는 비록 적군들에 의해 잃게 되었지만, 선생의 혁명정신은 모든 혁명가 마음속 깊이 영원히 새기며, 혁명운동을 지속적으로 이끌어갈 것이다. 따라서 우리는 도산 선생을 애도해야 하고, 전민족 단결의 힘을 모아 전민족의 통일전선을 건립하고자 했던 선생의 유지를 계승하여 일본제국주의를 무찔러야 한다.

김성숙은 빗자루를 들고 마당으로 나섰다. 아무리 폭설이 내린다 해도 눈은 치워야 했다. 눈이 녹을 때까지 기다리는 것은 김성숙의 생활방식이 아니었다. 그러나 김성숙은 눈을 쓸다 말고 주저앉았다. 힘이 부쳤다. 이제 자신의 나이도 어느 새 예순아홉, 하늘이 부르면 가야 할 늙은이였다. 입안이 비릿했다. 갑자기 침이 고여 뱉어내니 피가 섞여 나왔다. 핏덩어리가 흰 눈을 붉게 물들였다. 며칠 전부터 기침을 심하게 했는데 핏덩어리가 식도에 얹혀 있었던 모양이었다.

김성숙은 토방에 빗자루를 세워두고 잠시 고개를 들었다. 쌀가루 같은 눈이 얼굴에 내려앉았다. 문득, 곧 사라질 눈송이지만 이것도 조국의 것이라는 생각이 들자 고마웠다. 눈발 사이로 '비를 피하는 집', 피우정避雨亭이라는 편액이 보였다. 노산 이은상이 짓고 쓴 글씨였다. 그리고 보니 10.5평의 시멘트 벽돌집도 동지들이 지어준 오두막이었다. 자신의 인생에 박해와 좌절만 있었던 것은 아니었다. 동지들의 마음이 오두막과 편액에 스미어 있었다.

김성숙은 외출을 포기했다. 방으로 들어와 누운 채 몸을 녹였다. 연탄불이 활활 타는지 아랫목은 뜨거웠다. 기침은 밤이 돼야 터져 나올 것이었다. 일전에 들렀던 약국에서는 천식이라며 보름치 약봉지를 내밀었다. 병원으로 가 입원 치료할 형편은 못 되었다. 그래도 김성숙은 동지들이 지어준 오두막 아랫목에 누워 기침이 멎은 것만도 다행이라고 생각했다.

그날 밤에도 김성숙은 누운 채 일기를 썼다.

'나의 유일한 명분은 민족국가의 독립과 민주체제의 확립과 행복된 사회의 건설이었다. 나는 이러한 대의명분 하에서 일생을 바쳐왔고 아직도 이런 목적을 달성하기 위해서 분투하고 있다.'

얕은 잠의 꿈속에서는 자꾸 중국에 두고 온 두쥔후이와 세 아들이 나타났다. 특히 병약했던 둘째 젠이 꿈속에서 울음 섞인 소리로 "아버지!"라고 부를 때는 벌떡 일어나곤 했다. 오래 전에 젠이 중국 텐진에서 인천까지 배를 타고 왔지만 자신을 만나지 못한 채 지인만 보고 돌아갔기에 안타까움이 더했다. 원래는 세 아들 모두가 밀항선을 이용하려 했지만 둘째 젠만 외국상선을 타고 와서 인천 연안부두에 내린 뒤 아버지 김성숙을 만나려고 여기저기 수소문만 하다가 돌아갔던 것이다.

눈은 꿈속에서도 하염없이 내렸다. 피우정을 지붕까지 덮을 기세로 계속해서 내렸다. 김성숙은 방을 나가지 못하고 옴짝달싹도 못했다. 눈으로 덮인 세상이었지만 피우정만은 자신을 보호해주는 왕국 같았다. 꿈속이었지만 그런 생각이 들자 피우정이야말로 가장 편안한 곳이라는 생각이 들었다. 김성숙은 새벽녘이 되어 모처럼 기침도 하지 않았을 뿐더러 깊은 잠에 들었다.

## 꿈

김성숙은 방바닥을 짚고 가까스로 일어나 가슴을 어루만졌다. 그런 뒤 보름 전에 약국에서 지어온 진통제 세 알을 삼켰다. 약봉지에 든 마지막 진통제였다. 잠시 후, 터져 나오려던 기침은 멎었지만 정신은 몽롱해졌다. 멀리서 소쩍새 울음소리가 흐릿한 의식을 쪼는 듯했다. 간밤에 꾼 꿈은 기쁘고도 슬펐다. 5년 전에 꾼 꿈과 흡사한 꿈이었다. 통일사회당 국제국장 김철金哲을 만나 다방에서 환담하고 돌아온 날 밤에 꾼 꿈이었다. 김철은 5.16 이전에 일본으로 갔다가 수일 전에 귀국하였는데, 2차에 걸쳐 유럽과 미국 등 민주사회주의 정당들을 방문하였던 것이다.

5년 전 왕십리 피우정으로 이사 온 지 3일 만에 꾼 꿈보다 이번에는 이야기가 더 구체적이었고 등장하는 인물들이 하나같이 선명했다. 김성숙은 죽기 전에 꼭 만나고 싶었던 중국의 세 아들을 꿈속에서 다시 상봉했다.

한 노승이 피우정에 나타났다. 노승은 나한전의 나한처럼 광대뼈가 튀어나오고 주먹코에다 눈은 부리부리했다. 자신의 키 높이만 한 육환장을 든 노승은 방으로 들어오지 않고 마당에서 김성숙에게 물었다.

"중국으로 건너가서 가족을 만나고 싶소?"
"스님, 남북통일이 되는 날 만날 수 있겠지요."
노승은 말할 때마다 자신의 흰 수염을 쓰다듬는 버릇이 있었다.
"통일 전이라도 신통으로 갈 수 있소."
"저는 일찍이 환속하여 도인이 되지 못하였는데 어찌 신통 같은 것이 있을 수 있겠습니까?"
노승이 흰 수염을 자랑이라도 하듯 앞으로 내밀면서 말했다.
"나를 따라오기만 하면 되오. 단 자격이 있어야 할 것이오."
"무슨 자격을 지녀야 한단 말입니까?"
노승은 김성숙의 호주머니 속에 무엇이 들어 있는지 이미 다 알고 있었다. 노승이 흰 수염을 또다시 만지더니 말했다.
"저고리 안주머니에 있는 것을 내보이시오."
"도첩뿐입니다. 평생 넣고 다닌 것입니다."
"바로 그것이오. 바로 그것만 있으면 나와 같이 중국에 갈 수 있소."
김성숙은 읽고 있던 잡지 《사상계》를 한쪽으로 밀쳐놓고 외투를 꺼내 입었다. 봄날이었지만 날씨는 겨울로 돌아간 듯했다. 김성숙에게 한문을 배우겠다는 청운, 천연, 배명중학교 입학시험에 합격한 삼양에게 《명심보감》을 가르쳐주기로 한 날이었지만 약속을 어기고 노승을 따라나섰다. 꽃샘추위처럼 바람의 손길이 차가웠다.

찬바람을 쐬자 기침이 나고 숨이 더 가빠졌다. 청운, 천연, 삼양의 어머니가 피우정을 나서는 김성숙을 보았다면 만류했을 터였다. 천식이 심해지면 그만큼 그녀의 간병도 힘들어지고, 또한 피우정 쌀독에는 양식이 떨어져가고 있기 때문이었다.

그런데 이상한 일이었다. 김성숙은 자신의 몸이 풍선처럼 붕 뜨는 느낌을 들었고, 잠시 후에는 구름을 방석 삼아 앉아 있는 듯했다. 구름 위 세상의 날씨는 거친 북풍도 없었고 온돌방처럼 포근했다. 기침 없이 한숨 편하게 자고 일어나니 낯익은 도시가 나타났다. 노승과 함께 걷고 있는 곳은 베이징 거리였다. 1923년에 금강산을 떠나 처음으로 본 베이징과는 전혀 딴 세상이었다. 고층 빌딩들이 줄을 서 있었다.

이윽고 노승이 걸음을 멈춘 곳은 고급주택들이 들어서 있는 목서지북리木樨地北里였다. 노승은 김성숙을 셋째아들 집 앞까지 데려다주고는 자신이 사는 절에 볼 일이 있다며 홀연히 사라졌다. 집은 정원이 딸린 고급주택이었다. 정원에는 금가루처럼 황금빛깔을 띤 금목서꽃의 향기가 진동했다. 황실 정원에만 심었다는 금목서는 이제 절의 정원이나 민가에도 널리 퍼져 있었다.

이번에는 고깔을 쓴 해맑은 여승이 나왔다. 미소를 머금은 여승은 관세음보살처럼 눈썹이 초승달처럼 가늘고 오똑한 코에다 볼은 통통했다. 김성숙은 여승이 안내하는 대로 집안으로 들어갔다. 거실에는 세 아들 간, 젠, 렌이 모두 아버지 김성숙을 기다리고 있었다. 아내 두쥔후이는 아쉽게도 외출하고 없었다.

소파에 앉아 있던 세 아들이 일어나 김성숙에게 조선식으로 큰절을 했다. 김성숙은 여승이 내온 감로수를 한 잔 마신 다음 이런저런 얘기 끝에 첫째아들부터 직업을 물어봤다. 무엇을 하고 사는지가 가장 궁금했던 것이다.

"간은 무엇을 하고 있느냐?"

"저는 광둥악단의 지휘자로 일하고 있습니다."

"예술가가 되었구나. 우리가 상하이에서 살 때 정율성이라는 혁명음악가가 우리 집에 가끔 머물며 바이올린을 켜곤 했었지. 그때부터 너는 음악을 좋아했었지. 둘째 젠은?"

"서양화가가 됐습니다. 북경대학에서 학생을 가르치고 있습니다."

"충칭에 살 때 내가 방패연을 만들어주면 너는 연에다가 그림을 그리곤 했었지. 막내 롄은?"

"저는 예술가인 형님들과 달리 수학과 물리 등을 좋아하여 북경항천대학航天大學을 졸업한 뒤 제 적성을 살려 활동하고 있습니다."

"네 어머니는 건강하느냐?"

"어머니는 베이징 6중 교장으로 계시다가 퇴임하셨습니다. 특히 농민과 노동자의 자녀들을 가르치시는 데 남다르게 헌신하셨습니다."

김성숙의 눈에 눈물이 맺혔다. 두쥔후이의 안부를 더 물으려고 하다가 목이 메어 잠시 멈추었다. 세 아들들도 마찬가지였다.

"못난 아비한테 할 말은 없느냐?"

"아버지 허락을 받지 않고 저희들은 어머니 성으로 바꾸었습니다. 대신 저희 이름 앞 자에 아버지 성인 진金을 붙였습니다."

김감金甘, 김건金健, 김연金連을 어머니 성인 두杜로 바꾸어 두간杜鉀, 두젠杜鍵, 두렌杜鏈으로 개명했다는 첫째아들 간의 얘기였다.

"아, 그것은 일찍이 네 어머니가 나에게 양해를 얻은 일이다."

"아버님, 제가 어머니를 모시고 오겠습니다."

첫째아들 간이 방을 나갔다. 둘째와 셋째만 남아 김성숙과 얘기를 나누었다. 여승은 말없이 밖의 벤치에 앉아서 염주를 굴리며 '아미타불'을 외고 있었다. 감정이 섬세한 둘째는 김성숙이 두췬후이의 안부를 물을 때마다 안경을 벗고 눈을 훔쳤다.

"연애시절에는 네 어머니를 엘레나라고 불렀지."

"투르게네프의 소설《전야》의 여주인공이 엘레나죠?"

"그래, 맞다. 혁명가를 사랑한 아름다운 엘레나였지."

김성숙은 두췬후이와 함께 다녔던 중산대학 시절이 떠올라 희미하게 미소를 지었다.

"어머니는 저희들에게도《전야》를 읽도록 권했습니다."

여승이 들어와 거실 다탁 위에 감로수가 든 정병淨甁을 놓고 나갔다.

"아버님, 중국에는 언제까지 계실 겁니까?"

"그건 모른다. 노승이 허락할 때까지다."

"아버님은 왜 저희들을 데리러 오지 않았습니까?"

셋째의 원망 어린 물음에 둘째가 대답했다.

"아버님 편지에 어머님이 한국에 가지 않겠다고 답장을 하셨으니 원망할 필요는 없다."

"젠의 말이 맞다. 내가 한국에서 출가 전에 결혼한 늙은 아내가 아직도 나를 기다리고 있었다는 편지를 하자 네 어머니가 나를 자유롭게 해주었다. 허나 중국에 두고 온 너희들을 어찌 하루라도 잊었겠느냐?"

이윽고 여승이 노승이 왔다고 전해주었다. 오고 가는 것은 김성숙의 의지가 아니었다. 노승의 생각에 따라 김성숙의 몸은 저절로 움직였다. 끝내 두쥔후이는 나타나지 않았다. 김성숙은 젠과 렌에게 말했다.

"한국이 남북통일 되면 다시 오겠다. 그때 만나자구나."

"아버지, 한국의 남북통일은 언제 됩니까?"

"지금도 나는 주장하고 있단다. 자주독립을 하지 못한 우리나라는 외국 세력에 의해 남북한이 분단하여 전 민족이 신음하고 있으므로 독립운동을 계속해야 한다는 것이다. 민족자주노선을 밀고 가다 보면 언젠가 우리 힘으로 남북통일이 될 것이다."

아들의 물음에 대답하는 김성숙은 괴로웠다. 메마른 줄 알았던 눈물이 쭈글쭈글한 볼을 타고 주르르 흘렀다. 아내 두쥔후이를 만나지 못하고 가는 것도 안타까웠고, 남북통일을 하염없이 기다리는 자신의 신세가 처량하여 심장이 찢어질 듯이 아팠다. 김성숙은 숨을 몰아쉬며 심장을 움켜쥐었다.

김성숙이 베고 있던 베갯머리가 축축했다. 푸른 새벽빛이 창을 타고 넘어와 방안을 채우고 있었다. 어디선가 닭 우는 소리가 들렸다. 새벽을 알리는 닭 우는 소리에 의식 한 가닥이 또렷해졌다. 간밤 꿈에서 만난 세 아들이 다시 떠올랐다.

'내가 항상 마음으로 사랑했던 두쥔후이와 아이들을 그리워하는 탓이리라. 언제나 그들을 만날 수 있을까? 죽기 전에 남북통일만 되면 만날 수 있을 게다.'

멎었던 천식 기침이 다시 터져나왔다. 김성숙은 찬물로 기도를 진정시켰다. 그래도 기침은 멈추지 않았다. 진통제는 약봉지 안에 더 이상 없었다. 그렇다고 누군가를 약국으로 보내 진통제를 사오게 할 수도 없었다. 김성숙의 호주머니 속에는 단 1원도 없었다.

김성숙은 두어 시간 동안 천식 기침을 하다가 정신을 잃었다. 기침 발작 끝에 사지가 늘어졌다. 기침을 토해낼 여력도 없는 혼절이었다. 다행히 심장의 박동은 멈추지 않고 있었다. 맥박은 느리게나마 뛰고 있었다. 김성숙은 택시에 실려 급히 서대문에 있는 성요셉병원으로 옮겨졌다. 의사가 응급조치를 취하자 김성숙은 가늘게 실눈을 떴다. 동공은 이미 풀어져 있었다. 그런데도 숙녀와 정봉, 청운 등에게 미안하다는 표정을 지으며 한마디 웅얼거렸다. 한국의 가족에게 남기는 유언은 그뿐이었다. 단 하나 너희들을 고생시켜서 미안하다는 표정이 전부였다. 김성숙은 응급실의 형광등 불빛이 부신 듯 눈을 감았다.

결국 김성숙은 다시 눈을 뜨지 못했다. 유족들은 그의 기침소리라도 듣고 싶어 팔다리를 주무르며 흔들었지만 그의 심장은 곧 멎고 말았다. 눈을 감은 김성숙의 강개한 얼굴에는 울분의 그림자가 드리워져 있었다. 그것은 죽은 뒤에도 자신의 신념을 지키겠다는 투쟁의지의 발현 같기도 했다.

1969년 4월 12일 오전 10시.

그에게 허락된 이승의 시간은 거기까지였다. 김성숙은 이승의 남루한 헌옷을 벗고 불우한 혁명가로서 삶을 마쳤다. 반생은 중국 대륙에서 풍찬노숙하면서 항일투쟁을 했고, 조국에서의 반생은 끼니를 걱정하는 가난과 투옥의 고초, 말년의 병마 속에서도 민족자주 노선으로 남북통일을 갈망했던 파란만장한 인생이었다.

작가후기

## 김산의 사상적 스승, 운암 김성숙 이야기

사립문에 능소화가 피어 있다. 능히 웃을 줄 아는 꽃이 능소화 같다. 능소화의 꽃말은 명예 혹은 자존심이라고 전해진다. 낙화가 되어 비로소 완성되는 꽃이 있다면 겨울의 동백꽃과 여름의 능소화이리라. 온몸으로 살고 온몸으로 죽는 능소화를 보면서 문득 깨달은 것이 한두 가지가 아니다. 지난 몇 년 동안 구상해오다 올해 집필을 마친 소설 《조선에서 온 붉은 승려》 속의 항일독립투사들의 의로운 혼이 능소화로 피어난 듯도 하다. 그들은 조국해방을 바랐을 뿐 일신의 부귀영화와는 거리가 먼 분들이었다.

오늘, 면소재지 우체국으로 가서 《조선에서 온 붉은 승려》 교정지를 김영사 편집부에 넘겼다. 참고로 나는 개인의 정신세계를 탐색하는 구도소설이나 명상의 산문집을 주로 써왔던 사람이다. 그런데 이번 소설에서는 이데올로기의 그림자가 짙게 드리운 혁명과 투쟁의 이야기를 다뤘다. 작가가 된 지 30여 년 만에 처음으로 이런 생각이 든다. '소설가로 복무한다'는 말이 성립하는지 모르겠다. 복무라는 말에는 구성원으로서 사회나 국가에 의무를 다한다는 뜻이 내포돼 있다. 그렇다. 이번 작품은 대한민국에 태어난 소설가로서 자발적으로 복무했다는 징표가 되고 독자들에게는 의미 있는 질료가 됐으면 좋겠다.

님 웨일즈가 쓴 《아리랑》의 주인공인 김산(장지락)이 "내 사상에 가장 큰 영향을 준 사람은 금강산에서 온 붉은 승려였다"고 고백한 그 승려가 바로 이번 소설의 주인공인 운암 김성숙 선생이다. 승려 출신의 운암 김성숙 선생은 3.1 독립운동에 참여하여 옥고를 치른 뒤 중국 대륙으로 건너가 풍찬노숙하면서 항일운동을 했던 분이다. 조국이 해방되자 상하이임시정부 국무위원 자격으로 귀국하여 그의 꺾이지 않는 신념 때문에 세 번의 옥고를 치르고 만년에는 병마에 시달리다 돌아가신 분이다. 운암 김성숙 선생의 사상적 좌표는 급진적 민족주의자 정도가 되지 않을까 싶다. 조선의열단 선전부장이었던 선생은 공산주의자, 무정부주의자, 테러리스트, 상하이의 우파민족주의자들에게 조국해방을 위해 아무 조건 없이 모두 힘을 합치자고 주장했던 민족주의자였던 것이다. 극단적인 좌우를 지향하고 중도中道를 외쳤던 운암 김성숙 선생의 사상과 신념이 각광받을 날이 반드시 오리라고 믿는다. 때마침 세계사적으로 수명이 다 해가는 이데올로기를 넘어서 민초와 민족을 위해 탈이념의 길을 모색해보자는 새로운 사조가 형성되고 있어 운암 김성숙 선생의 마중물 같은 선견지명에 새삼 놀랄 뿐이다. 통일에 대한 선생의 지론도 탁월하다. 강대국의 힘이 아니라 민족자주 역량을 키워 남북통일하자는 것이 평생을 관통한 선생의 신념이었다. 혁명가 김산의 사상적 스승이자, 중국 3대 혁명음악가인 정율성의 후원자였던 운암 김성숙 선생을 통하여 우리가 몰랐던 혹은 우리가 외면했던, 그래서 잊혀져버릴 뻔했던 좌파민족주의자들의 항일투쟁사를 나름대로 복원하려고 시도했는데, 이제 소설은 독자들의 냉혹한 판단을 앞두고 있다.

극우와 극좌를 비판한 운암 김성숙 선생의 사상과 민족자주노선을 주창한 남북통일에 대한 탁견이 오늘을 사는 우리들에게 타산지석이 되었으면 좋겠다. 그렇다고 이 소설이 단순히 어떤 계몽적인 목적을 가진 작품이라는 오해를 받고 싶지는 않다. 불우한 혁명가 운암 김성숙 선생의 인간적인 내면을 들여다보려고 애썼다. 광활한 중국 대륙에 이름 없이 묻힌 수많은 항일투사들의 고혼孤魂을 달래는 마음으로 한 잔의 맑은 차를 올리듯 한 뼘의 향을 사르듯 글을 써나갔다. 운암 김성숙 선생이 중국의 영웅 마오쩌둥毛澤東과 저우언라이周恩來, 루쉰魯迅 등과 어떻게 만나고 헤어지는지 그 인연도 다뤘다. 특히 중국인 아내 두쥔후이杜君慧와 자식을 사랑했지만 조국이 해방됨으로써 생이별해야 했던 한 가장으로서의 고뇌도 파고들어가 보았다.

다만, 일본의 극우들이 제국주의 환상을 버리지 않은 채 독도를 자기 땅이라고 광분하는 요즘, 이 소설이 무지와 야욕에 사로잡힌 그들에게 일침을 가했으면 더 바랄 게 없을 것 같다. 철학을 모르면 바보가 되고, 역사를 모르면 민족혼을 잃어버리게 된다고 믿는다. 항일투사들이 일제와 투쟁했던 역사는 불과 70여 년 전의 일이다.

그런데도 오늘을 사는 우리들이 그때의 역사를 바로 알고 참으로 깨어 있는지는 장담할 수 없다. 이 소설을 통하여 우리의 항일투쟁사가 세대를 초월하여 바르게 널리 알려지고 민족혼을 일깨우는 계기가 된다면 작가로서 이보다 더 큰 보람도 없을 듯하다.

이 소설은 물심양면으로 여러분의 도움을 받았다. 운암 김성숙 선생 기념사업회 회장이자 운암 선생의 외손자인 민성진님, 미디어 붓다 대표 이학종님, 그리고 무엇보다도 소설이 완성될 때까지 여러 모로 힘을 보태준 김영사 사장 박은주님, 공들여 편집해준 김상영님의 고마움을 오래도록 잊지 못할 것 같다. 다시 한 번 이 지면을 빌어 감사의 말을 전한다.

2013년 여름 이불재에서<br>
정찬주

## 참고문헌

### 단행본

《김산 평전》(이원규 지음, 실천문학사)

《나의 회억》(유자명 지음, 민족출판사)

《대륙의 지도자 등소평》(등용 지음, 정인갑 옮김, 북스토리)

《덩샤오핑》(벤저민 양 지음, 권기대 옮김, 황금가지)

《뜰앞의 잣나무》(정찬주 지음, 미들하우스)

《마오쩌둥》(로스테릴 지음, 박인용 옮김, 이룸)

《마오쩌둥과 저우언라이》(아부키 스스무 지음, 신준수 옮김, 역사넷)

《불멸의 발자취》(김성룡 지음, 민족출판사)

《사기》(사마천 지음, 김진연·김창 옮김, 서해문집)

《소동파, 선을 말하다》(스야후이 지음, 장연 옮김, 김영사)

《아리랑》(님 웨일즈 지음, 송양인 옮김, 동녘)

《약산 김원봉》(이원규 지음, 실천문학사)

《운암 김성숙의 생애와 사상》(운암 김성숙 선생 기념사업회 편, 선인)

《운암 김성숙 혁명일기》(운암 김성숙 선생 기념사업회 편, 채륜)

《운허스님의 크신 발자취》(신용철 지음, 동국역경원)

《육조단경》(나카가와 다카 지음, 양기봉 옮김, 김영사)

《정율성 평전》(이종한 지음, 지식산업사)

《정율성》(이건상 지음, 대동문화)

《중국혁명사》(서진영 지음, 한울)

《주은래와 등영초》(리훙 지음, 이양자·김형열 옮김, 지식산업사)

《한용운 평전》(고은 지음, 향연)

《혁명가들의 항일회상》(이정식 면담, 김학준 편집 해설, 민음사)

《현대사 아리랑》(김성동 지음, 녹색평론사)


**논문 및 칼럼**

〈김성숙의 생애와 독립운동〉(이동언)

〈김성숙 연구의 성과와 과제〉(신운용)

〈1920년대 중국지역에서 전개한 김성숙의 민족혁명과 사회주의 운동〉(손염홍)

〈김성숙의 1930년대 중국 관내지역의 독립운동〉(김광재)

〈김성숙, 민족해방과 통일 위해 바친 자의 묘비명〉(김재명)

〈이념 사상가로서 김성숙이 지니는 현대적 의의〉(신규탁)

〈근대 불교계의 변화와 봉선사 홍월초〉(한동민)

〈근현대 선지식의 천진면목, 월초 거연〉(이성수, 불교신문)

〈동국역경원이 걸어온 길〉(임연태, 현대불교신문)

〈붉은 승려를 지도한 김사국〉(김남수, 불교포커스)

〈조선불교유신론〉(한용운)

〈'新중국 100대 영웅' 정율성 선생 심포지엄 자료집〉(화순군)

〈정율성 국제학술토론회집〉(중국 하얼빈시 음악가협회, 전남일보사)